FEM
NEDFRYSTA
PEKINESER

av

Stefan Gadnell

Det finns ingen tid, allt är bara en
massa atomer som rör sig

Denna bok är ett skönlitterärt verk och eventuella likheter med personer, levande eller döda, eller platser och händelser är fullständigt oavsiktliga. Karaktärerna är produktioner av författarens fantasi och används fiktivt.

Fem Nedfrysta Pekineser
© 2023, Stefan Gadnell
Ymershorn förlag, Uppsala
www.ymershorn.se
Omslag av Stefan Gadnell, www.gadnell.com
ISBN tryckt utgåva: 978-91-8059-755-5
ISBN e-bok: 978-91-981006-8-6

*****
Stort tack till:

Kule Palmstierna
Albin Berglund
Margaretha Stjernefeldt

För er korrektur och tips
som gjort boken till vad den är
*****

FÖRSTA BOKEN

ÄR ALLT EN ILLUSION?

Att resa utan resmål

”Egentligen är det omöjligt att resa i tiden. När man reser på vanligt sätt åker man till platser som finns, som existerar just nu. Thailand finns hela tiden även om vi för tillfället inte befinner oss där. Kvinnan som står vid bensinfatet och tillagar din lunch har växt upp i Thailand och funnits där i över tjugo år, ända tills du kommer fram och beställer en pad-thai, en riktig klassiker. När du sedan kommer hem till Sverige kommer den unga kvinnan att fortsätta vända sina nudlar, dag efter dag. Skulle du åka tillbaka senare, efter flera år, är det fullt möjligt att du blir serverad av samma kokerska. Förhoppningsvis inte samma nudlar och nötter, men kvinnan har levt sitt liv under hela tiden ni varit åtskilda. Resa i tiden går däremot inte, de platserna, eller rättare sagt, de olika tidpunkterna finns inte. I och med att de inte finns så är de förstås inte åtkomliga. När du bläddrar i senaste upplagan av tidsrese-broschyren är den tom på resmål, och det kommer den för alltid att vara.”

Universitetsaulan var full av åhörare som alla tittade med spänning på professor Harriet Hansson när hon bläddrade bland sina papper för att visualisera en charter-begiven tidsresenär. Trots sin ålder på dryga femtio ansågs hon attraktiv för många av de unga studenterna. Hennes lilla uppnäsa gjorde att hon påminde om Nefertiti, men den ljusa hästsvansen förtog lite av drottning-effekten. Det hände till och med att någon student flirtade med henne, men det var något hon varken upptäckte eller förstod.

”För hur skulle det fungera om någon åkte till en tidpunkt när du var åtta år? Skulle du då plötsligt skapas? Eller skulle du som lever nu bli medveten om att det plötsligt skapas en till av dig, som åtta-åring? Skulle din kropp frambringas bara för att det kom en tidsresenär? Skulle minnet av denna händelse dyka upp i ditt minne, tio år efter? Eller existerar du för evigt som åtta-åring ifall någon från framtiden skulle vilja göra en påhälsning?”

Harriet nickade lätt åt publiken.

”Tänk om alla ögonblick finns bevarade i något dolt multiversum, och man kunde åka till vilken tid som helst och starta tiden där. Det låter alltför otroligt. Overkligt. Totalt omöjligt. Sitter det en tidskoordinator någonstans som beslutar att nu måste vi starta den 5e november 1776, för det dyker upp en tidsresenär där just nu?”

Med brysk min härmade professorn en tänkt koordinator. Mungiporna långt nere och ögonbrynen i kors för att därefter skaka på huvudet.

"Så kan det inte fungera, alltför otänkbart. Men det är väldigt spännande att fantisera om tidsresor. Det är kul. Det kittlar sinnet, eller hur? Självklart kan man göra underhållande historier om någon som reser i tiden. Någon som förhindrar sin pappa att träffa sin mamma, för att sedan göra det ännu mer spännande när den personen försöker återställa allt, bara för sin egen existens. Vilka underbara paradoxer det skulle bli. Men det är alltså allt det blir, en rafflande historia, fullständigt omöjlig i verkligheten. Men finns det överhuvudtaget inget sätt att förflytta sig genom tiden kan man fråga sig?

Ännu en paus. Harriet log lätt.

"Man skulle kunna säga att vi reser framåt i tiden med en hastighet av sextio sekunder per minut, eller tjugofyra timmar per dygn om man föredrar det. Det vi kallar tid. Allt vi behöver göra är att helt enkelt sitta och vänta."

Här gjorde Harriet en lång paus. Efter en stund hördes ett dämpat skratt och lite fnitter från åhörarna.

"Vill man förflytta sig snabbare framåt i tiden kan man prova att sova en stund. Det är ett okomplicerat, och ett mycket billigt sätt att resa i tiden. Man skulle också kunna tänka sig att frysa ned sin kropp och sedan väckas upp i framtiden, efter flera år. Teoretisk möjligt, och kanske kommer det att fungera…i framtiden. En sak gäller för både sömn och infrysning. Man kan inte backa, aldrig resa tillbaka!"

Med handen markerade Harriet en rörelse tillbaka.

"En teori är att tidsmaskiner kommer att uppfinnas i framtiden. Men…är det kanske så att framtiden är det rätta nuet. Vi finns till för att de ska ha en plats att resa till? Vi existerar just i detta ögonblock bara för att det råkar vara någon från framtiden här och hälsar på? Ett helt universum finns till, just nu, bara för att en tidsresenär råkar besöka toaletten på Burger King i Markaryd?"

Harriet tystnade en kort stund och såg att några på första raden drog på munnen.

"Om nu framtiden finns, eller har funnits, kan man undra varför det inte har dykt upp några tidsresenärer hos oss, just i detta nu? Varför har de inte gett sig tillkänna? Någon?"

Professorn gjorde ännu en paus. Med handen ovanför ögonen spanade hon ut över publiken. Slängde en blick på läktaren.

"Man kan fundera varför det inte finns någon tidsresenär med oss idag? Kanske vår tid är ointressant att åka till. Vi krigar och våldtar. Misshandlar varandra och de små barnen. Utrotar tusentals djurarter varje år. Vi missbrukar och utarmar jorden på dess resurser. Våra mobiler ser löjliga ut. Stora, tunga och går på batteri. Måste laddas varje kväll. Vi tittar på TV, med mängder av TV-kanaler, eller så har vi kört fast i något dataspel. Vem skulle vilja hälsa på oss, brutala, asociala och rätt så tråkiga? Vi kanske är ett ointressant och trist resmål. Under lång tid har det slumpats ut sista minuten-resor till vår tid, men ingen i framtiden vill åka till oss.

Tur för oss att någon just nu besöker Markaryd, annars skulle vi överhuvudtaget inte existera"

Harriet skakade på huvudet.

"Framtidens tidsresenärer skulle nog hellre åka till mer spännande händelser som Kristi korsfästelse, eller allra hellre hans födelse. De tre vise männen var kanske från framtiden? De hade ovanliga kläder och det sägs att de kom långväga ifrån? Det kanske är så att det förekommer massor med tidsresenärer omkring oss ändå, men ingen törs avslöja sig. För då kommer den beryktade tidspolisen. Ordningsvakter som kontrollerar att alla håller sig till den Stora Regelboken Gällande Tidsresor. För visst finns det personer som beter sig som om de kom från framtiden, och kanske ännu troligare från forntiden."

Nu tog Harriet lite vatten och fuktade strupen.

"Nostradamus var en filosof som på 1500-talet skrev verser och profetior som sägs ha förutsagt framtiden. Han kanske var en tidsresenär, från framtiden, en revoltör som inte följde den stora regelboken om tidsresor? Hans verser kan man tolka lite hur man vill. Man hittar lätt ett textstycke som passar in på en händelse som redan inträffat. Det finns däremot ingen som lyckats förutsäga en händelse med hjälp av hans texter. Nej, Nostradamus kom nog inte från framtiden och det var nog tur för honom. Det är nämligen så att skulle man resa i tiden hamnar man på en helt annan plats, troligtvis ute i rymden. Jorden roterar och färdas runt Solen, som i sin tur flyttar sig runt Vintergatans centrum. Vintergatan förflyttar sig med hög fart i Universum, vilket innebär att jorden aldrig befinner sig på samma plats. Det kanske är lättare att förstå om man tänker sig att du är ute på bilsemester. Efter många timmar upptäcker du att du kört fel, du borde ha svängt av för två timmar sedan. Du skulle ju ha svängt av vid Växjö, mot Markaryd."

Harriets hand pekade åt vänster.

"Men du är lyckligt lottad och har en tidsmaskin inbyggd i bilen. Du åker helt enkelt två timmar bakåt i tiden för att rätta till ditt misstag."

Harriet gjorde en kort paus.

"Trodde ni det? Men vad händer när du ställt in minus två timmar och trycker på knappen på din magiska maskin? Du blir förstås kvar på samma plats, men klockan i bilens instrumentbräda visar på två timmar tidigare. Du reste mycket riktigt i tiden, men inte tillbaka till den plats du befann dig för två timmar sedan. Men misströsta inte, du har fått lite extra tid på dig för att hitta rätt väg. Det är lätt att tro att man även skulle förflytta sig tillbaka till samma plats som man befann sig två timmar tidigare? Men hur ska det gå till? En resa i tiden innebär även en förflyttning. Den kan ta lång tid om man vill åka tillbaka till samma plats som man varit tidigare. En resa tjugo år bakåt i tiden gör att man hamnar långt utanför vårt solsystem. Ett försök att resa för att se dinosaurier skulle placera dig ännu längre bort, kanske utanför Vintergatan. Skulle du resa i tiden skulle jorden och allt runtomkring dig befinna sig mycket långt bort, på ett helt annan ställe. Du skulle själv hamna ute i svarta rymden, svälla upp som en ballong och koka bort i rymdens vakuum. Några ödlor skulle du inte få se för de skulle befinna sig flera ljusår bort. Långt bort!"

Med hela handen pekade Harriet ut genom fönstret.

"Mycket korta etapper är det bästa valet om man vill resa i tiden. Kanske några minuter, eller hellre endast sekunder. Men det kommer ändå att vara riskfyllt. Vi och Jorden förflyttar oss i Universum med en fantastisk hastighet, ungefär sexhundra kilometer i sekunden. Jorden är en perfekt rymdfarkost som håller god fart på sin resa i rymden. Tillsammans med solen är vi ett helt självförsörjande system som rest i många miljarder år. Jorden har förflyttat sig fyrahundra ljusår, sedan människan började vandra på jorden, det tog ungefär tvåhundratusen år. Skulle vi vilja resa tillbaka tvåhundratusen år måste vi alltså förflytta oss fyrahundra ljusår. Det är långt det."

Professorn satte armare i kors.

"Skulle vi resa bakåt tiden endast en sekund så hamnar Jorden sextio mil bort, eller rättare sagt där planeten befann sig för en sekund sedan. Man kan säkert räkna ut vilket håll vi förflyttar oss och se till att man hittar av Jorden efter denna korta resa i tiden. Räkna inte fel, för du kan lätt hamna en bit ute bland våra satelliter. Eller ännu värre några kilometer inne i jordklotet. För säkerhets skull siktar vi lite ovanför jordytan. Därför bör du ha fallskärm på dig."

Det sista sa Harriet med lite eftertryck.

"Efter att ha gjort alla beräkningar så skickar vi iväg dig en sekund bakåt i tiden. Jordytan är då på en annan plats, sextio mil bort, och du hamnar en dryg kilometer upp i luften. Fallskärmen vecklar ut sig. Du svävar. När du sedan landat har du kanske inte märkt av den tidsresa du gjorde på en sekund. Men du kan ju stolt visa upp ditt armbandsur för dina vänner. Frågan är om någon tror dig bara för att din klocka visar en sekund fel?"

Här höll professor Hansson upp sitt armbandsur. Den hade en extra stor urtavla, utvald just för att göra den här gesten, vid det här tillfället.

"En fallskärm kan ju vara ett sätt att förbereda sig, men man skulle kunna tänka ett steg till. Vi vet att man kommer att hamna långt ute i tomma rymden om man skulle åka ett år tillbaka i tiden. Närmare bestämt tjugo miljarder kilometer bort. Det är fem gånger längre bort än Pluto. Det är långt. Tyvärr tar det tio år att resa till Pluto med vår tids rymdfarkoster. Det skulle ta femtio år att resa till den plats där Jorden befann sig för ett år sedan. Så åk iväg i din ungdom, till rätt position ute i tomma rymden, långt bortom Pluto. Femtio år senare är du på plats för att knappa in rätt datum på din tidsmaskin"

Professorn gjorde en paus och tittade upp på läktaren. En student smög in med en kopp kaffe. Försiktigt satte han sig ned, längst bak. Harriet fortsatte, med höjd röst.

"Med det typiska ljudet av en tidsresa dyker Jorden upp utanför din farkost. Det är bara att gå ned och landa. Hur enkelt som helst. Här kan du förresten träffa dig själv som tjugoåring. Kanske övertala denne att göra något annat av sitt liv än att tillbringa femtio år ensam i en rymdfarkost?"

Professorn sneglade på första raden för att se om de förstått.

"Istället för att resa i tiden skulle man kunna skåda tillbaka i tiden genom att på något sätt komma åt det ljus som kastades ut från jorden för länge sedan. Ljuset från Sverige på femtonhundratalet förflyttas just i detta ögonblick med ljusets hastighet genom rymden. Det vet vi med säkerhet. Vi tar helt enkelt en mycket snabb rymdfarkost och åker långt bort, tittar tillbaka på jorden och ser det ljus som lämnade jorden för femhundra år sedan."

Här satte Harriet handflatorna ihop framför munnen.

"Men det går inte att förflytta sig snabbare än ljuset. Det är omöjligt. Men ljuset kanske passerar nära ett svart hål och ändrar därmed riktning och då skulle man kunna genskjuta ljuset och få en titt på Gustav Vasa som förste man åkandes Vasaloppet. En skäggig karl, med tjära under skidorna. Vad häftigt det vore att kunna se i ett super-teleskop hur fjädrade och färggranna dinosaurier jagar bytesdjur i solnedgången. Sådana teleskop har vi ännu inte tillverkat, vi kan inte ens se en planet som kretsar kring en stjärna fyra ljusår bort. Vi får nöja oss med att titta på månen och se en sekund bakåt i tiden. När vi tittar på solen, vilket ni inte bör göra, ser vi faktiskt något som hände för åtta minuter sedan. När du tittar på stjärnorna ser du flera miljoner år bakåt i tiden. Men det är förstås ingen tidsresa man gör då. Faktum är att det bara finns ett nu. Om man skulle kunna resa i tiden så innebär det att det finns flera nu och det är inte möjligt. Det fungerar inte som i science fiction-filmerna där fotografier förändras och texter på gravstenar försvinner. Att prata om olika tidslinjer är bara ett försök att få någon form av logik i något som är helt ologiskt."

Harriet rättade till sina papper på podiet, hennes föreläsning närmade sig sitt slut.

"En resa i tiden innefattar en mycket lång resa i rymden. Sexhundra kilometer för varje sekund du vill resa. Man skulle kunna sammanfatta drömmen om tidsresor så här: Framtiden är ännu inte skapad och alla gamla ögonblick finns inte längre kvar, de existerar inte. Även om någon av er skulle skapa en tidsmaskin så finns det inga resmål. Tyvärr."

Farfarsparadoxen

”I filmen Tillbaka till framtiden används en sportbil som måste uppnå en viss hastighet för att göra en tidsresa.”

Den självsäkra rösten tillhörde en av de äldre studenterna på skolan. Hans blick rörde sig över studiekamrater för att slutligen fästa blicken på professorn. ”Har det något med det här att göra? Att man även måste förflytta sig för att resa i tiden?”

Professor Harriet Hansson tittade ned i golvet. Tog några steg åt sidan. Hon visste att den här frågan skulle komma.

”Du nämner en fantasiprodukt, filmen har förstås inget med vetenskap att göra. Det är en tillfällighet att denna sportbil, en DeLorean DMC-12, ska åstadkomma hundrafyrtioen kilometer i timmen för att få till stånd en resa i tiden. Det kan synas märkligt att fordonet dessutom är nedkylt, som om den vistats i rymden en längre tid, men det är en tillfällighet. Att den ibland även flyger är bara en lyckträff av regissören Leonardo Zemeckis.”

Professorn väntade några sekunder, så att hennes förträffliga kunnande skulle få smälta in hos åhörarna.

”Att förflytta sig trettio år bakåt i tiden, vilket de uppenbarligen gör i filmen, innebär att man måste åka dit jorden befann sig för trettio år sedan. Det blir en mycket lång resa och, ursäkta lustigheten, en synnerligen tidskrävande resa. Nästan tvåhundra miljarder kilometer. Femtio gånger längre än avståndet mellan Jorden och den yttersta planeten i vårt solsystem. Det är nämligen den sträcka som Jorden förflyttat sig i rymden under de trettio år som gått. Tjugofem år tog det för våra rymdsonder att nå utkanten av vårt solsystem. Det skulle ta oss mer än femtonhundra år att resa till den plats Jorden befann sig för trettio år sedan. Besättningen skulle förstås kunna vara nedfrysta under den långa resan, men det stora problemet är att man inte har en fungerande tidsmaskin när man slutligen kommer fram. Men det förstås, de kanske har en DeLorean i lastrummet?”

Det hördes ett svagt fnissande i lokalen. Harriet log. Detta var det perfekta svaret efter en bra genomförd föreläsning.

Bland åhörarna satt även hennes brorson Samuel. Han mindes att han pratat om Tillbaka till framtiden med henne en gång men då visste hon ingenting, inte ens vad en DeLorean var för något.

Det fanns inte många tomma stolar i aulan på Institutionen för astronomi och teoretisk fysik. Harriet var relativt nyanställd på universitetet och hennes föreläsningar fyllde ofta aulan. Samuel såg stolt på sin faster. Han hade träffat henne lite sporadiskt under sin uppväxt, men sedan en månad tillbaka så bodde hon hos honom, eller rättare sagt, han bodde hemma och Harriet hade flyttat in i huset. Detta efter att Samuels båda föräldrar förolyckats i en bilolycka.

”Om man skulle åka tillbaka i tiden för att döda sin egen farfar, innan ens pappa blivit född. Vad händer då om man lyckas?” En förstaårsstudent med lockigt hår hade ställt sig upp. Professorn var väl förberedd även på denna fråga.

”Du har förhindrat din egen födelse och därför kommer du inte kunna åka tillbaka i tiden och genomföra mordet. En paradox helt enkelt. Den kallas för farfarsparadoxen. En populär förklaring är att det skapas en alternativ verklighet eller ett parallellt universum. Du lever i en verklighet och dödar din farfar i en annan verklighet, i ett universum där du därmed inte kommer att födas.”

Det blev tyst i lokalen. Många började tänka på släktingar och vänner som gått bort och som kanske ändå levde någon annanstans, i ett annat universum.

”En annan, mer humoristisk förklaring, är att du kommer att missa hela tiden du försöker skjuta din farfar. Du kan helt enkelt inte döda honom. Du snubblar precis i skottögonblicket och missar. Vapnet kanske klickar. Kulorna fungerar inte eller kanske poppar det upp en tidsresenär framför dig som hamnar i vägen för dina skott.”

Det fnittrades återigen i lokalen. Harriet blundade en kort stund. Det svaret var perfekt.

Ännu en hand upp i luften. Harriet var inte beredd på detta och tvekade. Hon nickade kort åt den unge aspiranten som därmed ställde sig upp. Den här killen kände hon igen, ett riktigt felskär.

”Men många kända professorer och vetenskapsmän forskar på tidsresor, de pratar om kvantfysik och sammanflätning, om maskhål och krökt tid? Det är mycket intelligenta personer med lång utbildning och seriös forskning. Vill professorn påstå att de har fel?”

Detta var en känga, det kändes på sättet som frågan formulerades. Det är klart att man hellre tror på män som pratar om krökt tid, än en kvinna som säger att det är omöjligt, tänkte Harriet.

Det som överraskade Harriet var att studenten lyckades frambringa en så pass lång och sammanhängande mening.

”Det handlar om pengar, som så mycket annat här i världen. Du blir inte berömd eller får ihop några forskningspengar genom att säga att det INTE går att resa i tiden. Det vore osmart, och det sa du ju själv att de inte var.”

Den unge mannen replikerade.

"Men man kan kanske förutsäga framtiden på något sätt. Det finns personer som säger sig vara synska?"

"Jorden rör sig i Universum med en hastighet av sexhundra kilometer i sekunden. Det innebär att i morgon är vi på en annan plats, tjugofem miljoner kilometer bort. Det är lika långt som halvvägs till Mars. Det är omöjligt att se att någon trillar i vattnet eller kör i diket så långt bort. Vi kan inte ens se månlandarna på månen med våra teleskop, än mindre se några siffror på en lottokupong på ännu större avstånd!"

Harriet tackade publiken efter sin replik, hon ville inte ha en till oförberedd fråga. Samuel följde henne med blicken när hon packade ihop sina saker. Han tänkte på sina föräldrar som också hade föreläst på skolan, mamma och pappa.

Alice och Leopold Hansson hade båda jobbat med forskning på universitet. För två månader sedan hade de tagit bilen för en weekend vid havet. En efterlängtad ledighet, några härliga dagars avkoppling. Under deras färd kom en drogmissbrukare över på fel sida och frontalkrockade med dem. Det gick fort. Han hade haft mycket hög fart. Alice klarade sig inte, men Leopold överlevde kraschen. Efter några dagar på sjukhuset skrev Leopold ett testamente där han ville att hans syster, Harriet Hansson, skulle ta över huset och hjälpa Samuel tills han vuxit upp. Leopold visste att han inte hade långt kvar att leva och på kvällen, dagen efter, släppte han ned persiennen för gott.

Harriet fick kort därefter anställning vid universitet och flyttade samtidigt in i huset hemma hos Samuel. Villan låg högt, i ett populärt område, i alla fall populärt för äldre par med relativt vuxna barn. Huset var stort, med källare, och Samuel hade haft eget rum och badrum så länge han kunde minnas. Det var nära både till centrum och till universitet vilket alla familjemedlemmar hade uppskattad.

Men nu var de borta.

Att Harriet bodde i huset borde ha varit bra för den unge mannen. Ofta behöver stora pojkar också tröstas.

Men när den värsta gråten började gå över visade sig att Harriet hade fullt upp med sitt arbete, planera föreläsningar, forskningsrapporter, läsa böcker och bläddra i tidskrifter. Ofta gick hon omkring i huset med en tumstock.

Samuels faster hade svårt att komma nära, att visa värme och förståelse. En klapp på axeln var inte mycket tröst. Kramar var inte Harriets grej, det märktes. Kom man närmare än en meter så blev hon paralyserad, släppte tumstocken och hängde med armarna. När Samuel backade plockade hon upp tumstocken och tittade på Samuel, men inte i ögonen, lite mer snett, mer på hans ena öra.

"Hur går det för dig?"

Samuel muttrade. Ingen förväntade sig något svar.

Ett av de stora rummen i nedervåningen fylldes snabbt med flyttkartonger. Lådor som Samuel absolut inte fick röra, förutom att de skulle ställas i rätt ordning. Harriet stod inte ut med att låda nummer fem stod efter nummer sju. Det var inkorrekt, menade hon, måste rättas till.

Harriet hade stora ombyggnadsplaner på gång. Bara några veckor efter att Harriet flyttat in kom ett gäng killar och började riva en stor klädkammare mitt i huset. Hela rummet kläddes in med betong och stål. Värre än det värsta skyddsrum, tänkte Samuel.

Byggjobbarna jobbade i flera veckor och installerade all möjlig teknik. Utmed de betongklädda stålväggarna hängde färgglada kablar som den värsta reggae-frissan. En bepansrad dörr markerade ingången till klädkammaren, bredvid stod en liten vit pelare med en lysande fingeravtrycksavläsare på toppen. Harriet sa till Samuel att hit in hade han inget tillträde. Aldrig någonsin!

Dörren förblev stängd och Samuel hade ingen aning vad som fanns i de lådor som Harriet burit in. Det måste vara mycket värdefullt, tänkte Samuel, något som är mycket mer värt än kostnaden för ombyggnationen.

Harriet var förmögen, det visste han, men han förstod inte varför hon byggde om på detta sätt, till denna enorma kostnad. Helt klart var att något skyddsrum för honom och de närboende var det inte.

Harriet var singel, men det hade inte alltid varit så. För några år sedan hade hon haft ett förhållande med en man, en ung och snygg herre. De båda hade varit på besök hos Alice och Leopold, och de hade alla gått på restaurang. Det var kristallkronor, vita dukar och kypare i frack. Harriet hade betalt hela kalaset, för hon var mångmiljonär, det hade Alice berättat för Samuel. Det hade varit trevligt och det syntes på Leopold att han var glad över att hans syster hittat en livskamrat, även om den unge mannen verkade lite konstig. Han lyssnade aldrig på någon annan än sig själv, och Leopold störde sig på att mannen hela tiden startade nya dialoger.

"Det är som att prata med en telefonsvarare", hade Leopold vrålat när de kom hem efter att ha ätit hummer och druckit vin för femton tusen kronor.

Men endast ett år därefter tog det slut mellan Harriet och telefonsvararen. På något sätt visste Harriet att det skulle hända. Hon berättade att hon försökt hundra gånger att få honom tillbaka, men till slut gjorde varje försök så ont att hon gav upp. Samuel förstod inte riktigt vad hon menade med det.

Därefter valde Harriet att leva ensam. Samuel påminde sig om att Harriet hade ringt hans mamma och pappa på morgonen den olycksaliga dagen då hans föräldrar blev påkörda. Hon hade varnat dem att ta bilen. Något fruktansvärt skulle hända. Leopold hade garvat och kallat henne jönsig.

"Har du blivit synsk på gamla dagar? Han hade skrattat högt. "Har du börjat läsa horoskop? Du brukar alltid säga att sånt är bullshit."

Harriet hade ringt flera gånger och försökt stoppa dem, men Leopold brydde sig inte.

Visste hon vad som skulle hända? tänkte Samuel.

Ofta fick Samuel känslan av att hon verkligen var synsk. Men det är omöjligt, det är ju det som hon försöker påvisa i sina föreläsningar?

En märklig händelse var när Harriet väckte Samuel tidigt en morgon och förklarade att Samuel inte fick ta bussen till skolan.

"Bil?" hade Samuel undrat.

"Vi ska promenera!"

"Har du tänkt på att det är märkligt att kommunen tar betalt för att folk åker buss?"

Några löv virvlade runt på trottoaren, solen strålade genom träden, det var en fin morgon.

"Vad menar du? Det är väl inte därför vi går till universitet idag?"

"Nej, det kostar pengar att ta bussen till jobbet. Det är en liten bestraffning, att ta betalt, menar jag. Att åka buss borde vara gratis, eller ännu bättre vore om folk fick betalt när de tog bussen."

"Betalt, så dumt, hur skulle det fungera?" Samuel skakade på huvudet och tittade tvekande på sin faster, hon brukar sällan skämta.

"Enkelt, när man kliver på bussen får man en krona av chauffören. Då skulle vi få betydligt färre bilar i städerna och kommun skulle inte behöva bygga nya bredare vägar, kostsamma korsningar och andra vägarbeten. Kommunen skulle säkert kunna göra detta och ändå gå med vinst."

"Men då skulle man kunna hoppa på bussen bara för att tjäna pengar. Hur skulle det går till?"

"Ja, men du måste av för att kunna hoppa på, och då måste du vänta på nästa buss."

"Man kanske kan ordna så att man bara får betalt två gånger per dag?"

"Bestraffa folk för att de åker buss, så oerhört dumt!"

Samuel tittade på sin faster, och konstaterade att hon inte skojade.

När de närmade sig skolan tittade Harriet allt oftare på sitt armbandsur.

"Vissa saker är oundvikliga", sa hon plötsligt och Samuel undrade vad hon menade. Kort därefter kom en bil i hög fart och körde in i bussen, den buss som Samuel skulle ha suttit på. En lastbil hade svårt att få stopp, svängde undan och körde över en liten sportbil. Flera bilar krockade från olika håll och gjorde att hela korsningen blev ett tumult av fordon och springande människor. Skrik blandades med varvade motorer. På avstånd hördes tjutande däck och ännu en smäll.

Harriet suckade och ringde 112. Hon berättade att det var fem döda och över trettio skadade. Sedan gick hon rakt över gatan till en liten Skoda som blivit illa klämd. Hon öppnade bakdörren. Då såg Samuel barnet som grät i baksätet. Utan att titta mot framsätet knäppte Harriet loss barnet och höll det hårt i famnen. Samuel sprang fram till bilen.

"Mamman är död", sa Harriet. "Vi lämnar barnet på skolans expedition. Den lilla pojken heter Nils, mamman i bilen är Ellen Mobacke. Något mer kan vi inte göra. Ambulans och polis kommer snart och tar hand om allt detta."

Samuel kände inte till någon som heter Mobacke och frågade om Harriet kände Ellen och barnet på något sätt.

"Nej", svarade hon kort, nästan lite förvånad. "Varför det? Kvinnan är ju död."

Harriet blev aldrig sjuk, eller skadad för den delen. Det var som om hon visste vad som skulle hända och undvek de plasterna. Hon kunde helt plötslig ta en annan väg till jobbet, eller inte gå till jobbet alls. Kort därefter kunde man höra på trafikradion om köer, ibland även olyckor och andra stopp.

Men det hände också att Harriet var på rätt plats vid rätt tillfälle. En gång stötte hon på Richard Gere när han klev ur en taxi vid flygplatsen. En gång var hon och badade då Brad Pitt dök upp och skulle filma en kort scen vid bryggorna. Där stod Harriet och såg inte alls förvånad ut, bara hängiven.

De flygande gula taxibilarna

I slutet av en föreläsning frågade en elev professor Hansson om ljusets hastighet.

"Om jag åker i ett rymdskepp i ljusets hastighet samtidigt som jag släpper en atombomb bakom mig så borde jag väl öka farten ytterligare?

En avlägsen dämpad hostning hördes i den fullsatta lokalen. Harriet visste att det var många av hennes elever som hade det svårt att ta till sig Einsteins relativitetsteori. De hade helt enkelt bara lärt sig att så är det och egentligen inte förstått. Om de skulle knysta om att det skulle de verka okunniga, därför var det extra tyst när den här frågan dök upp. Beundransvärt av eleven att ha kurage att ta upp problemet inför alla sina studiekamrater.

"Tänk er att allt i hela universum är statiskt, ingenting kan förflytta sig. Varenda molekyl är orubblig. Allt står blixtstilla, överallt. Det händer ingenting. Att förflytta sig är omöjligt, inte ens radiovågor kan röra sig, det är som om tiden stod still. Det finns ingen tid. Ljuset står still. Vattendroppen i din kökskran svävar i luften. Höjdhopparen svävar en centimeter över ribban, inte ens byxorna fladdrar. Vågorna i havet har stelnat med skummet svävande runt omkring. Jorden har stannat i sin bana runt solen. Inte ens de svarta hålen kan suga till sig något, allt står still som i ett fruset ögonblick."

Professor Hansson stod blickstilla några sekunder för att sedan fortsätta.

"Så skulle universum se ut om inte de flygande gula små taxibilarna fanns."

Några dämpade osäkra skratt hördes.

"När du vill röra ett finger så packar bilarna snabbt ned alla fingrets delar, slänger in dem i baksätet och kör iväg. Kör några centimeter, till den plats du ville ha fingret. Sedan packar de snabbt upp alltihop, så snabbt att vi inte märker någonting. Det är samma sak när du cyklar. De små taxibilarna plockar isär och sätter ihop, både dig och din cykel, för varje meter du förflyttar dig. De är snabba, oerhört snabba, men de kan inte köra fortare än trehundratusen kilometer på en sekund. Det är maximalt vad de små gula bilarna klarar av. Utan de skulle vi inte kunna röra oss, ingenting skulle kunna ske. Universum hade aldrig funnits och det skulle inte finnas någon tid. Big Bang hade bara varit en förstelnad klump, en enda stor orörlig singularitet."

Harriet tog en klunk vatten. Eleven som ställde frågan hade sedan länge satt sig ned.

"Om du nu skulle åka i ett rymdskepp med mycket hög hastighet så pressar du dina små taxibilar till det yttersta. De kan inte flytta dig och ditt skepp snabbare, även om en supernova skulle explodera dig i bakhasorna. Därför kan inget i universum förflyttas fortare än ljuset. Även ljuset anlitar nämligen de små taxibilarna. Det är tack vare dem som vi kan röra oss. Tänka. Älska. Existera."

Harriet skruvade upp korken på vattenflaskan och fyllde sitt glas. Efter en stund började det viskas och Harriet fortsatte, den här gången lite improviserat.

"Men utvecklingen går snabbt. Skulle vi berätta för en person från 1600-talet om våra asfalterade vägar och bilar som kör i hundrafemtio på femfiliga motorvägar skulle de inte tro det var sant. Tänk på våra mobiler, de skulle ha varit helt otänkbara för hundra år sedan. Därför kan det vara svårt att veta vad som kommer att hända i framtiden. Man kanske kan skapa en ny materia, som inte är uppbyggd av våra atomer. Den materian skulle vara i en annan dimension och inte vara begränsad av vår världs naturlagar. De skulle inte ha några gula taxibilar för att förflytta allt. Istället har de små blå jetplan, som går mycket fortare. Byggde vi ett rymdskepp med den materian, skulle det kunna röra sig fortare än ljusets hastighet. I alla fall fortare än vårt ljus."

Harriet kollade in de elever som satt närmast för att se om de förstått. Tveksamt, tänkte hon, och fortsatte berätta.

"Jag har ingen aning hur det skulle gå till att skapa sådan materia. Och hur skulle vi kunna kommunicera med skeppet? Det skulle kunna åka till Andromedagalaxen på några sekunder, men hur hittar det dit? Och den skulle ha svårt att hitta tillbaka till oss. Vi skulle heller inte se skeppet, det är som om det inte fanns. Vi får hålla oss tillgodo med våra små gula bilar, de gör ett utomordentligt jobb!

ÄR ALLT EN ILLUSION?

En kväll ville Harriet bestämt ta sig till sjukhuset. Samuel skulle också med, det var viktigt.

Väl framme vid akutmottagningen begärde hon att de skulle ha henne under övervakning. Hon hävdade att hon skulle få en hjärtattack när som helst. Sköterskan undrade om vilka symptom som Harriet känt av, vad det var som gjorde att hon misstänkte en hjärtinfarkt. Harriet hade svarat irriterat och kastat hotfulla blickar mot alla med vita rockar.

"Jag har inte kommit hit för några symptom, jag har kommit hit för jag kommer att få en hjärtattack! Förstår ni inte? En hjärtattack!"

Efter att fått de erforderliga uppgifterna bad sköterskan att Harriet och Samuel skulle sitta ned i väntrummet.

Klockan 20.03 blev Harriet placerad i ett rum. Sköterskan kollade blodtrycket och sedan kopplade hon på ett EKG.

"Vänta här, jag kommer tillbaka strax", sa hon och lämnade rummet.

Klockan 20. 32 kom hjärtinfarkten. Tack vare att Harriet var på plats kunde läkarteamet snabbt undsätta henne. Samuel var alls inte lika förvånad som sköterskan som skrivit in professorn.

Harriet återhämtade sig snabbt och var hemma redan efter en vecka. Korta promenader var ett sätt för henne att träna.

"Jag ska börja motionera", sa hon vid ett flertal tillfällen.

Men bara en vecka därefter fick hon besöka sjukhuset återigen. De hade upptäckt en hjärntumör, en elakartad cancertumör. Tumören hade hon inte kunnat förutsäga, tänkte Samuel.

Trots sin cancer ville Harriet fortsätta med sina föreläsningar på universitet och redan efter några dagar stod hon åter på podiet med en fullsatt aula. Hon välkomnades med en varm applåd.

"Det jag nu kommer att berätta har inte hänt i verkligheten och kanske vissa detaljer verkar ologiska. Men jag råder er att inte fastna i detaljerna. Det viktiga är att ni följer med i historien och skapar en bild av den värld som jag kommer försöka visualisera."

Professorn rundade pulpeten, ställde sig framför.

"Vi består mest av tomrum. Om min kropp skulle placeras i ett svart hål så skulle jag tryckas ihop och bli så liten att ni inte skulle kunna se mig. Atomerna är huvudsakligen mest tomrum. De har ett kraftfält som stöter bort allt. Ljus, ljud och om man rör dem. Utan det kraftfältet skulle vi med lätthet kunna passera rakt igenom varandra. Stod vi upp skulle vi glida ned genom jordytan, rakt genom golvet och bara försvinna. Visste ni att om en atomkärna vore stor som en ärta skulle det första elektronskalet befinna sig femhundra meter bort. Så stort är tomrummet i din kropp. Vi förstorar en atom och placerar den i Paris. Atomkärnsärtan placerar vi en bit ovanför toppen av Eiffeltornet, atomskalet skulle hamna vid marken. Från marken skulle vi inte kunna se atomkärnan, den lilla ärtan, svävandes långt ovanför antennerna på tornet. Allt skulle se fullständigt tomt ut. Detta gäller för hela dig, mig och alla andra atomer i hela universum."

Åter vid podiet tittade Harriet ned bland sin anteckningar.

"Ni har kanske hört talas om Nya Kiruna i norra Sverige? Under staden finns en enorm malmfyndighet som gruvbolagen vill börja bryta. Därför bygger de upp en ny stad i närheten. När den gamla staden är ödelagd och invånarna har flyttat kommer gruvbrytningen inledas. Ett av företagens som tvingats flytta till nya lokaler är Kiruna Screen AB. De har under många år levererat skärmar till bland annat Apple och Samsung. De är helt enkelt världsbäst på skärmar. Nu senast har de gjort en produktionskedja med extremt högupplösta skärmar för TV, mobiler och laptops. Upplösning är nära nog på molekylnivå. Produktionslinan är lika bred som en fotbollsplan och med den kan de framställa skärmar i alla möjliga storlekar. De kan göra en högupplöst skärm som täcker en hel byggnad."

Harriet tittade upp mot aulans höga tak.

"Tyvärr är de multinationella bolagen inte intresserad av en sådan exklusiv skärm…ännu. De vill inte att utvecklingen ska gå för fort. De måste hela tiden ha något bättre att erbjuda, släppa en ny teknikalitet i taget, endast en per år. Det vore idiotiskt att sälja den bästa skärmen redan nu, som vd:n för Apple svarade när Leonard Fors, forskningschefen på Kiruna Screen AB, visade skärmens förträfflighet."

Här tog Harriet en kort paus för att sedan berätta vidare om den märkliga staden i norr.

"I och med gruvbrytningen har Kiruna numera en nedlagd fotbollsstadion. Det får inte spelas några matcher där på grund av rasrisken. Och absolut ingen publik. Leonard Fors, forskningschefen, lyckades ändå hyra anläggningen inför ett stort experiment. Den stora skrivaren, den som skapar dessa högupplösta skärmar, placerades i stadion. Sedan rullades det ut ett tunt lager med högupplöst skärm över hela gräsplanen. Sedan lades ett lager till ovanpå. Den utrullade skärmen är tunn, supertunn, endast tre hundra mikrometer.

Lager på lager lades ut i stadion. Det tog några dagar innan man kunde se tjockleken trots att skrivaren var väldigt snabb. Skärmarna kopplades ihop med superdatorer som placerades på läktarna, en dator i var stol."

Professorn pekade och låtsade räkna stolarna i salen.

"Ett år senare var fotbollsplanen täckt med skärmar till en höjd av 8 meter, flera miljoner lager. Alla sittplatser, och även ståplatserna, var fyllda med supersnabba datorer. Tio upphöjt till fjorton pixlar är mycket att hålla reda på."

Harriet ritade en tia och fjorton med fingret i luften.

"Då började experimentet! Datorerna höll koll på pixlarna på skärmarna, vilka färger de hade omkring sig. Både på sidan, ovanför och under. Sedan skapades regler hur de förhöll sig till varandra. Vissa färger klumpade ihop sig, riktigt fastnade i varandra, andra var repellerande. En mörk pixel har mer massa än en ljus, den färgade pixel är svårare att flytta till en ny pixel. Energi sändes vidare genom pixlarna, ungefär som ljus och elektricitet. Ljusa pixlar skickade energin vidare, mörkare pixlar fångade upp energin och fick då ett energivärde, som om den kunde lagra värme. Det blev en konstgjord värld, men som inte gick att styra. Det är viktigt att poängtera att detta inte var som ett datorspel där designade figurer gör förprogrammerade rörelser. Här fanns inget färdigt, bara en massa färgade punkter som hoppade mellan pixlarna och som höll koll på ljuspunkterna bredvid sig. Det var allt."

Professorn väntade en stund för att sedan fortsätta.

"Nu började ljuspunkterna klumpa ihop sig, det bildades avancerade formationer. Förhoppningen var att några bindningar skulle börja reproducera sig. Detta blev som en annan dimension av en molekylär soppa. Här hade forskarna några parametrar de kunde ändra och experimentera med. En mycket betydelsefull finess var att de kunde styra tiden i modellen. De kunde helt enkelt driva upp farten på alla interaktioner, som om tiden gick supersnabbt. På en vecka kunde de simulera flera tusen år. Detta märks inte i den virtuella världen, ungefär som att vi inte märker att tiden går lite fortare när vi befinner oss på hög höjd. Detta gjordes möjligt genom en optimering av interaktionerna där en pixel som inte varit i rörelse inte uppdateras lika ofta. En sten som ligger stilla kräver inte så mycket datorkraft. En pixel-fisk som simmar får mer datorkraft. Nu fanns där inga stenar till en början, utan allt var mer som en tyngdlös soppa. Forskarna ändrade parametrarna allt eftersom, och till slut fick de fram små grupperingar av pixlar som kunde reproducera sig. Datorerna visste inget om detta, de skötte bara om färg, energi och position på en pixel i taget. De levande klumparna var något som skapades utom datorernas egentliga påverkan.

Nyfiket bromsade forskarna farten och tog skärmdumpar för att försöka skapa en tredimensionell bild av vad som pågick där inne. Allt de fann var en soppa av ljus i olika färger. Men med flera bilder i rad kunde de se att några ljuspunkterna hängde ihop och rörde sig."

Harriets paus skapade lite spänning i lokalen.

"Forskarna fortsatte därefter att köra anläggningen i den höga hastigheten. Efter miljoner år av utveckling i den stora skärmklumpen fann de något som påminde om växter. Kort därefter dök det upp lösgjorda skepnader som förflyttade sig i soppan. Lysande klumpar som såg ut att simma, som åt små energifyllda ljusgrupperingar. Andra pixel-fiskar åt mindre pixel-fiskar. Allt var ändå bara ljus som på något osynligt sätt bands samman. Men kom ihåg, här fanns inga polygoner och AI som i våra datorspel. Sedan blev det dags att programmera och applicera gravitation. Mörkare pixlar drogs neråt, de ljusaste pixlarna strävade uppåt, andra pixlar påverkades inte alls eller endast lite av gravitationen. Denna stegring pågick långsamt och under lång tid, flera tusen år i kuben. Snart hade det skapats varelser som vandrade i något som påminde om skogar. Något passerade vid träd-topparna, flög, andra kröp bland de mörka pixlarna längst ned. Det är fascinerande att tänka att sig att den kompakta klumpen av skärmar innehöll liv och rörelse. Skärmarna var en kompakt massa på flera tusen ton, totalt omöjlig att tränga sig in i, samtidigt flög fåglar med lätthet i hög fart innanför, i sin egen dimension."

Harriet härmade en fågel med armarna, långsamt, som en glidande örn.

"Vid ett tillfälle stannade allt av. Inget liv, inga rörelser kunde registreras. Forskarna hade ingen aning om vad som hänt. Det spekulerades om överetablering av några arter, andra pratade om en mystisk sjukdom, ett virus? Efter månader av felsökning gav de upp, de fann inget som skulle kunna åstadkomma denna massdöd. Men allt stod ändå still. Vad skulle de göra? Projektet hade pågått i flera år. Skulle de tvingas börja om från början? Då kom någon på den briljanta idén att backa tiden. På samma sätt som de kunde styra hastigheten, och även stoppa tiden, kunde de förstås köra den virtuella världen baklänges."

Det var tyst i salen, alla lyssnade med spänning på professorns historia.

"Redan vid första försöket kunde de efter ett tag återigen se rörelser, denna gång baklänges. Tanken slog dem att när de vänder tiden i rätt riktning kommer massdöden återkomma. De måste påverka något. Göra en förändring. Men de hade ingen möjlighet att förhindra händelser i världen. Den var liksom en annan dimension. Oåtkomlig."

Här tystnade Harriet och tittade ned på golvet. Hittade sin väska vid fötterna. Där hade hon sin flaska med vatten. Den var i plast och det gjorde inget när hon med avsikt tappade den och lät den rulla iväg en bit från podiet. Det var först när den stannat som Harriet började röra sig mot flaskan.

"Som ni alla redan listat ut kunde de ändra gravitationen. Det var ett enkelt sättet att påverka den konstgjorda världen. I samma ögonblick som forskarna vände tiden rätt ökade de gravitationen, men ytterst lite. Vad skulle hända nu? Det kan väl ändå inte påverka så mycket kan man tycka, men det skulle visa sig få omfattande förändringar."

Harriet tog upp flaskan. Öppnade den. Tog en klunk.

"Till en början fick de stora rovfåglarna svårt att lyfta från marken. Deras bytesdjur ökade snabbt i antal. De marklevande rovdjuren hade därmed mängder med mat, både smådjur och rovfåglar som inte kunde fly. Även rovdjuren blev fler, även om de inte kunde springa lika fort som tidigare på grund av deras nya tyngd. Evolutionen rättade snabbt till denna förändring, snart fanns det återigen flygande varelser, men det viktigaste var att det denna gång inte inträffade någon plötslig massdöd. Efter miljoner simulerade år kunde forskarna ana en varelse som såg ut att kunna kommunicera med sina artfränder. Man skulle kunna säga att de var små människolika figurer. Korta och kraftiga eftersom forskarna valt en något högre gravitation än på jorden. Forskarna fann två av varelserna som ofta såg ut att stå och prata med varandra. De fick namnet Frodo och Sam."

Harriet tittade ut över publiken. Det var tyst. Längst bak fanns det några lediga platser. Alla tittade på henne och hon ville att alla skulle ha visionen av det här experimentet i tankarna när hon nu fortsatte berättelsen.

"Nu kommer vi till er del i detta experiment. Detta kan vara mycket svårt, men jag uppmanar er att försöka. Ni som fastnat i små ologiska detaljer kommer inte att förstå, men det är bara synd för er."

Harriet väntade en kort stund.

"Föreställ er att ni är Frodo eller Sam. De två varelserna som växt upp i denna pixel-värld efter flera generationer av evolution. Kan ni se de framför er? Ni befinner er i denna värld, som sett ut så sedan ni föddes. Ni vet inget annat. Världen är fyrkantig, för ni har hört att det finns de som vandrat till alla världens hörn. Ni har också observerat att det finns motsvarande hörn uppe i luften. Vad som finns utanför har ni ingen aning om. Sam säger till Frodo att han tror att världen inte är som den ser ut att vara. Vi är egentligen bara små ljuspunkter, laddningar, och inte alls så kompakta och tunga som vi upplever att vi är. Tyngden är en illusion. Allt är bara ljus. Frodo skrattar och tycker Sam är löjlig. Hur kan han tro något så dumt. Han ber honom att ta upp en sten som ligger bredvid dem på marken. En pixel-sten. Sam plockar upp den. Det är en rätt så stor sten och Sam känner dess tyngd i handen, den är kompakt och den dras kraftigt neråt. Där finns en kraft. Frodo fortsätter skrattande och undrar hur han kan tro att den bara skulle vara ljuspunkter, han kan ju känna tyngden, stenen är hård, kompakt. Släpper han den kommer den ramla rakt ner. Den kan inte bara var ljuspunkter, det är helt absurt. Befängd tanke!"

Harriet gick ner på huk och stoppade tillbaka vattenflaskan i väskan. Hon gjorde sig ingen brådska, alla skulle få tid till att tänka igenom allt som sagts. När hon ställt sig upp fortsatte hon med allvarlig röst.

"Se er nu omkring här inne i lokalen. Se på era studiekamrater. Vad ser ni? Är världen verkligen så kompakt, tung och beständig som ni upplever den? Vi vet att det mesta är tomrum. Kan det vara så att vi endast består av någon typ av kraftfältförsedda ljuspunkter? Tyngden är bara en illusion? Vi vet att Sam hade rätt, men han lyckades inte övertyga Frodo. Vem är du själv, Frodo eller Sam?"

Harriet i Tv

"I kväll välkomnar vi professor Harriet Hansson, forskare, vetenskapskvinna och föreläsare i teoretisk fysik på universitet i Uppsala."

Den röda lampan utanför dörren hade tänts och de femton personerna i publiken hade klämts sig in på de enkla stolarna. Det var trångt. Som tur var hade Samuel fått en plats längst fram. Mörkret fyllde lokalen bakom honom, men på scenen var det ljust. På ett litet podium satt Harriet. Hon såg förvånansvärt lugn ut, avslappnad. Den röda klänningen var ny för Samuel. Hon som alltid brukar ha jeans, tänkte han. På andra sidan det minimala bordet satt programledaren. Ett stort svart skägg spretade ut nedanför de svartbågade glasögonen. Mörkbrun skjorta, något för liten.

"Det har skrivits om dig i media i dagarna för att du nekat göra ett intelligenstest. Berätta! Vad var det som hände?"

Harriet tittade på mannen och undrade om alla människor, kvinnor och män, hade skägg förr, och att kvinnorna av någon anledning förlorade det arvsanlaget. Ingen ville vara ihop med en skäggig kvinna, de fick helt enkelt inga barn. Eller var det så att inga människor hade skägg under stenåldern och att det plötsligt började växa hår runt munnen på männen? Ett straff från gudarna? Kanske för att de slog kvinnorna i huvudet med sina träklubbor?

"IQ-tester tar fasta på speciella skills, inte hur intelligent en person verkligen är. Det borde inte få kallas intelligenstest, snarare SF-test, Speciella Färdigheter-test. Vi har alla hundra procent färdigheter, olika fördelade, men ändå, hundra procent. Så vissa är bra på räkna, andra har bra viljestyrka, minne, uthållighet, musikalitet, konstnärlighet, medkänsla etcetera. Hjärnan är som en bil, vissa modeller har mycket motorstyrka och är supersnabba, men kan inte köras i terrängen. Skulle man ta sportbilen på bilsemester får man bara med sig en tandborste. I husbilen får du plats med allt och mer därtill, men den beter sig inte som en Ferrari på racerbanan. Det finns många olika modeller, men ingen bil är bäst på allt. Vad kör du själv för bil?"

Skägget stelnade till av den oväntade frågan.

"Hm….jag har inget körkort!"

"Se där" skrattade Harriet. "Det är också en variant."

Här gjorde Harriet en liten paus och smuttade på glaset med mineralvatten som stod på ett litet bord mellan dem.

"Att göra en enkel miniräknare som räknar supersnabbt är relativt enkelt, den
kräver inte så många transistorer. Men få en miniräknare att känna förståelse och
medkänsla för en annan miniräknare. Det kräver betydligt mer. Mycket mer. Detta
finns inte med i det så kallade IQ-testet. Bara det att de som har över en viss poäng
i IQ skapar en klubb talar för att man har fått för mycket av en sak och saknar
mycket av något annat."

"Fåfängan är stark hos vissa", mumlade skägget.

"Ja, så är det tyvärr. IQ-företagen, för det är vinstdrivande företag som skapar
IQ-tester, lever ju på att sälja sina tester. Därför var det i deras intresse att jag
skulle, som professor i teoretisk fysik, göra deras test. Men det kommer inte att
bevisa någonting. Det intressanta är att skulle jag göra deras test så skulle jag inte
kunna misslyckas."

"Ha ha, det var sturskt sagt. Vad får dig att tro det?"

"Paprikorna på IQ-företaget är trots allt inte helt kärnfria. Om jag skulle göra bra
ifrån mig på deras test, över hundrafemtio, så vore det användbart i deras
marknadsföring. Skulle jag däremot få endast nittio skulle de antingen dölja testet
eller helt enkelt hitta på ett bättre resultat. Jag är populär inom
populärvetenskapen, många förmodar att jag har högt IQ. Ett test som visar att jag
har lågt IQ skulle vara förödande för ett företag som lever på IQ-tester. Så jag kan
helt enkelt inte misslyckas. Därför avstod jag."

"Hm", mumlade skägget men innan han hann öppna munnen fortsatte
professorn sin monolog.

"Ett jämt tal är valt som normalnivå, etthundra, och det är intressant. Människans
intelligensnivå är väldigt unik. Den är på en väldigt speciell nivå. För ungefär
tvåhundratusen år sedan föddes ett missfoster någonstans i Afrika. Det lilla barnet
hade enormt stort huvud, inte som de andra barnen, utan en grotesk klump till
skalle. Barnet fick dock en bra uppväxt och mycket kärlek från sina föräldrar. Det
visade sig snabbt att den stora hjärnan var ingen nackdel, barnet var både listig och
smart. Flickan tog sig en bra position i gruppen och fick som vuxen många barn.
En ny art hade skapats på Jorden. Hade intelligensnivån på den arten varit lite lägre
hade arten fortsatt leva i paradiset, samlat sina frukter och jagat smågrisar i
solnedgången, i flera miljoner år därefter. Arten hade fortlevt tillsammans med de
andra djuren på den här planeten. Hade intelligensnivån däremot blivit högre än
vad den blev hade de kunnat förutspå vad som skulle hända när den förste bonden
började gräva i jorden för att plantera grödor, den första arbetaren. De andra hade
sagt till honom att sluta anstränga sig. Se dig omkring, allt finns omkring oss,
Jorden tillhör oss alla. Om du börjar odla, samla på dig mer än vad du behöver,
kommer du skapa något som heter pengar och arbete, och därmed även fattigdom
och arbetslöshet. Några få kommer att ha väldigt mycket, men de flesta kommer
att ha lite eller inget. Detta kommer inte bara att förorsaka orättvisor och

korruption, utan även världskrig, massförstörelsevapen, miljöförstöring och massdöd av Jordens djurarter. Vi kommer att bo i enorma betongklossar, flera tusen personer på samma ställe. Arbete och åter arbete, sjukdomar, smuts och föroreningar. Vi kommer tillslut att förgöra hela planeten."

Harriet ställde sig upp. Lade handen på programledarens axel, vilket förvånade Samuel. Hon lutade sig fram och såg honom djupt i ögonen, vilket förvånade Samuel ännu mer.

"Sluta med ditt arbete, min vän. Kom med oss till lägerelden istället. Vi har dödat en hjort. Den hänger över elden och den kommer att vara klar när solen går ned. Då blir det fest."

Programledaren visste inte vad han skulle säga och vände sig leende till publiken. Den finniga pojken med applådskylten blev också osäker men visade ändå sitt plakat. Harriet satte sig och väntade på att applåderna skulle tystna innan hon tillade.

"Hade människan varit lite intelligentare hade den kunnat förutspå vad som skulle kunna hända och därmed övertalat den förste bonden att sluta med sitt arbete. Människan blev exakt så ointelligent att ingen förstod att hindra honom, tyvärr."

"Men vi skulle inte ha några sjukhus eller läkare? Ska vi låta alla sjuka bara dö?"

"Medicinmän och medicinkvinnor var mycket kunniga förr, vi förstår nog inte hur fantastiskt mycket de kunde om människokroppen och naturen, något som nu är helt bortglömt. Den lilla gruppen jägare och samlare tog hand om de sjuka och gamla, de fick vara med och hjälpa till, alla behövdes. Vi däremot placerar de opassande i ett rum, ger dem mat och byter blöjor, totalt ovärdigt både människor och djur. De flesta av våra sjukdomar har vi dessutom själva skapat genom miljögifter, ohälsosamma miljöer, dålig livskvalitet och dåligt leverne. Vår civilisation dödar dagligen folk i trafikolyckor, arbetsplatsolyckor och folk som lever i misär skapad av vår tekniska revolution, för att inte tala om alla vapen. Våra ungdomar begår självmord, det gjorde de inte för hundratusen år sedan, det kan jag lova."

Harriet tystnade en stund, för att den tanken skulle få smälta in.

"Större delen av de tvåhundratusen åren som människan funnits har vi levt tillsammans med naturen, varit en fungerande del av Jordens kretslopp. Planeten var renare, vattnet var rent, luften kristallklar, inga föroreningar, miljögifter hade ingen hört talas om. Visst dog det folk i naturen, en naturlig död, av skador och brist på avancerad sjukvård. Men det ska jämföras med alla som dör i vår högteknologiska civilisation, av cancerogena ämnen, miljögifter, bilolyckor, mord och självmord, krig och annat helvete. Det är inte bara människan som dör och mår dåligt, även djuren lider av vår civilisation. Lider, var snällt sagt, djuren plågas ihjäl och vi utrotar tusentals arter varje år. Men om vi levde i naturen, med naturen, skulle dessa sjukdomar och dödsfall inte finnas. Men förstås, vi skulle dö av andra orsaker. Frågan är vad som medför mest lidande och dödstal. Det pekar åt att Jorden inte klarar av oss längre. Om vi levde med naturen skulle människor få fortsätta leva och existera i flera hundra tusen år till, kanske miljoner år. Tänk hur många människor som skulle få leva då. Nu är vi också många som lever, men endast för en kort period, för en massdöd närmar sig, av både människor och djur!"

   Det skrämmande ämnet fick skägget att bläddra nervöst bland sina små lappar för att hitta ett annat ämne att diskutera.

"Hm…det sägs att om delfinerna fått en tumme hade de regerat på Jorden, men den senaste forskningsrapporten visar att intelligensen hos dessa djur är klart överdriven."

   "Jo, jag läste den rapporten. Delfinerna hade svårt med våra IQ-tester, mycket svårt. Det djur som klarade sig bäst var sjöstjärnan. Men det framgick inte om det bara var dess form som gjorde att den lyckades få rätt på några av frågorna eller om den verkligen tänkt ut svaret. Jag hörde senare att delfinerna gjorde ett eget IQ-test på människan, där människan presterade riktigt dåligt, ett mycket svagt resultat. Delfinerna simmade, hoppade, skruvade, knorrade och ålade sig i olika logiska mönster, men deras tränare såg inget samband, han bara visslade i sin pipa och pekade med hela armen, det såg ut som om han inte förstod något alls."

   "Ha ha", skrattade programledaren. "Men det är inte därför du är här?"

   "Precis, det är inte därför jag är här."

   "Berätta."

   "Jag har alltid varit frisk, aldrig varit inlagd på sjukhus. Men inte för så länge sedan hände något inne i hjärnan på mig. Jag kände att något inte var som det skulle. Något var fel. Förutom yrsel och korta attacker av huvudvärk så var det något mer, en tanke som var verksam samtidigt med mina tankar."

   "Det låter märkligt. Var du på väg att bli schizofren?"

   "Nej, inget sådant. Jag är själv helt medveten och har inga svårigheter av detta. Problemet är att det visade sig vara en hjärntumör. En sak som skapat nya banor i min hjärna. Den har öppnat upp mitt seende, min vision för omvärlden. Jag kan numera se hur världen fungerar, hur allt ser ut, från minsta detalj till hela Universum."

   "Vad ser du för någonting då?"

   "Det finns ingen minsta partikel. Det minsta vi kommer att hitta är en stor enhet som fyller hela universum, det är den vi glider omkring i. Vi svävar. Jag kan också säga att Universum inte alls är så stort som det ser ut att vara. Universum har en diameter på endast 4,65 miljarder ljusår. Det är fortfarande obegripligt stort, men betydligt mindre än vad vi har fått lära oss."

"Men…hur kan de komma sig? Jag har för mig att man kan se längre bort än så med våra teleskop?"

"Ja, det kan tyckas märkligt men Universum är en enorm sfär, och det finns ingenting utanför. Det är egentligen fel att säga utanför för det finns inget där, och där är därmed fel att säga. Ingen tid, inget tomrum, nada!"

"Jaha?"

"Det är mycket svårt att föreställa sig, jag har själv aldrig förstått det tidigare, men min hjärntumör ger mig en bild som gör det begripligt. Denna sfär reflekterar allt, ljus och radiovågor, hundra procent reflektion. Ljuset från en galax färdas genom rymden, kommer till sfärens slut och allt reflekteras tillbaka. Det vi ser i våra teleskop är en reflektion av galaxerna vi har omkring oss. Fast några miljarder år bakåt i tiden.

"Okay", tvekade skägget.

"Det spännande med detta är att vi kan se hur alla galaxer rört sig framtill nu, hur de krockat och slagits samman, och ibland bara touchat varandra. Med bra teleskop kommer vi att se Vintergatan, vår egen galax, på avstånd. Vi kommer att hitta flera versioner där ute, i olika åldrar. Vi kommer kunna se Solen och kanske Jorden som snurrar omkring. Med ett superbra teleskop kommer vi att se dinosaurier. På riktigt. Det är häftigt!"

Programledaren hängde inte riktigt med på slutet. Han nickade så att glasögonen höll på hoppa av.

"Ja, det skulle vara häftigt."

"Vi kommer också upptäcka att Universum endast är 79 minuter gammalt! 79 minuter och 7,356 sekunder för att vara exakt."

"Nähä, det kan inte vara möjligt. Professorn måste skoja?"

"Våra kroppar är anpassade för vårt liv här på Jorden. Det är ingen tillfällighet att syremängden i luften är korrekt anpassad för våra lungor, och att gravitationen har rätt intensitet i förhållande till vår benstyrka. Det samma gäller för tiden. Vi har optimerat vår upplevelse av tiden så den passar oss perfekt. Maximerad för vår överlevnad. En fluga har en annan tidsupplevelse. Den ser i god tid handen som kommer mot den, kastar sig upp i luften för att i lugn och ro flaxa iväg. Den vänder sig om i luften, flyger baklänges, och räcker ut tungan. Men det är något vi inte hinner se. Tänk dig två myror som möts på en trädstam. Med antennerna berättar de för varandra om vad de åt till frukost, om vädret i morgon, och om det bästa lunchstället för dagen. För oss är mötet över på en tiondels sekund. Tidsuppfattningen är individuell. Om vi flög i mycket hög fart förbi Jorden och bestämde oss för ett videosamtal så skulle de på Jorden inte förstå vad vi sa. Vi skulle prata så långsamt, och bilden skulle nästan stå still. Vi skulle däremot tycka att de på Jorden rusade runt som i en myrstack. Supersnabbt. Rösterna skulle vara så högfrekventa att det skulle bilda ett pipande ljud. Helt omöjligt att förstå. Tiden

är individuell, den förändras beroende på vår hastighet och position, men är också
olika för olika varelser. Både här och på andra planeter."

Skägget vände på sin komihåg-lapp med frågan han planerat ställa om gästen i
fråga skulle visa sig vara fåordig. Den här damen kunde prata. Här behövdes inga
lappar.

"Men 79 minuter?"

"Big Bang är inte något som hände för länge sedan. Big Bang är något som
händer just nu, och vi befinner oss mitt i. Vi är mitt i en stor explosion, som vi
upplever mycket långsamt, på gränsen till förstelnad!"

Skägget såg sig oroligt omkring. "Låter farligt. Det här får du gärna förklara
djupare, så alla förstår."

"En liten smällare säger pfutt, en dynamitgubbe säger bang. En supernova låter
inte, men i jämförelse med dynamiten skulle den kunna låta ungefär som;
spadoooffffowshsss. Större explosioner går långsammare. Sedan har vi den största
smällen av alla, Big Bang. Det är en enorm explosion, fast i ultrarapid. Först gas
som slungas iväg i hög fart. Den antänds likt ett enormt fyrverkeri. Stjärnor tänds
och slocknar, de blinkar till, likt ett glitter, överallt. Ljuset kastas runt, flyger kring
varandra, i enorm fart. Ett fantastiskt syn. Men skimret bromsas upp, för att
snabbt falna av. Det tunnas ut. Kvar är mörker och svarta hål som inte kan
bestämma sig om de ska sväva iväg i tomhetens mörker för evigt eller ramla tillbaka
för att kanske skapa ännu en smäll. Dynamiten small av på en hundradels sekund.
Big Bang behövde två timmar. Den största explosionen av alla."

På det lilla bordet mellan dem stod två glas vatten. Harriet satte glaset vid
munnen och grymtade till, för att markera att hon inte var klar.

"Vi bromsar tiden och zoomar in. Backar halvvägs, drygt en timme in i Big Bang.
En galax i hög fart flyger in i en annan och de slits sönder i ett moln av stjärnor.
Ett gasmoln komprimeras i dess utkant. En stjärna tänds. Gaserna och stoftet i
dess närhet klumpar ihop sig, bildar små bollar som snurrar runt i hög fart. Sedan
sväller stjärnan upp, fångar in stoftklumparna, för att sedan krympa ihop till en
förtvinad klump. En kort stund senare dimper den ned i ett svart hål, på väg mot
oändligheten och vidare."

Skägget har nog inga barn, tänkte Harriet när hon såg att mannen inte reagerat på
den sista meningen.

"Det gick ändå för fort. Vi missade ett litet stoft som i full fart roterar kring en
glödande boll, likt en elektron i ett elektronskal. Vi bromsar tiden ännu mer, så
tiden nästan står still. Då ser vi att det inte var ett litet stoftkorn utan en planet, och
där finns det växter likt möglet på en ost. Det finns liv. Vi hittar flera liknande
bevuxna stenar. På en annan finns det varelser som kallar sig intelligenta och de har
själva utvecklat tester som bevisar detta. Men de har ett problem, de kan inte förstå

att inget kan röra sig fortare än ljuset? För dem står tiden nästan still och de kan observera hur ljuset fortplantar sig i rymden. Ett ljus i rörelse är vad de ser, de har till och med preciserat dess hastighet. Men vi vet att Big Bang är över på två timmar, och ljusets hastighet är ögonblicklig. Ingenting kan röra sig fortare. Det beror helt enkelt på att det finns ingen tid, tiden är ingenting, allt är bara en massa atomer som rör sig.”

Programledare log osäkert, men det det var svårt att se genom skägget. Han tänkte att han skulle se intervjun senare och försöka förstå då istället.

”Individuell tid eller inte. Jag ser i alla fall att vår programtid här håller på att ta slut. Men vi hinner med en kort fråga till.”

Mannen läste innantill från en av sina många lappar.

”Finns det liv på andra platser i Universum?”

”Självklart finns det liv. Det finns flera miljoner planeter med olika typer av liv. Några med endast bakterier, andra är fyllda med blötdjur, där finns också planeter med enorma djur, stora som dinosaurier, och det finns massor med intelligens därute. Men vi kommer inte att finna högteknologiska civilisationer, typ den på Jorden. Dessa är alldeles för kortlivade och existerar bara några hundra år. Möjligtvis kan vi få kontakt med deras robotar som tagit över efter dem. De kan existera över längre tid.”

Det blev tyst en stund, en lång stund för att vara på TV.

”Vi tackar professor Hansson för denna vetenskapliga inblick, eller ska vi säga utblick. Har ni något ni vill tillägga? Något kort?”

Harriet vände sig mot kameran och log, så där lite underfundigt.

”En del säger att Universum är oändligt stort. Det skulle innebära att vi skulle vara oändligt små. Men det är vi ju inte.”

HARRIETS FINGER

Tumören gjorde att Harriet inte längre klarade av att undervisa. Ett par dagar efter TV-framträdandet blev hon inlagd och fick ett eget övervakningsrum på sjukhuset. Samuel besökte henne varje dag efter skolan.

”Hej, hur mår du? Hela skolan hälsar!”

”Det går bra, stundtals har jag väldigt ont. Men personalen här är underbara.”

”Men kommer du att klara dig? Hur kommer det att gå?”

”Det finns ingen återvändo. Döden väntar på mig!”

”Men…så du säger!”

”Det är okay. Jag vet att det finns inget efter döden. Och tur är väl det. En del tror på ett liv efter detta, men fy vilket helvete man skulle få vara med om i så fall!”

”Vad menar du? Det låter väl inte helt fel!”

”Tänk att sväva runt och se alla orättvisor, vidrigheter, tortyrer, barnmisshandel och djur som plågas utan att kunna göra något åt det. Som en osalig ande sväva omkring, se allt vidrigt som pågår, i all tid och evighet, utan att kunna göra något åt det, enda nöjet skulle vara att hemsöka något hus och säga buuuuh!”

”Ja”, skrattade Samuel. ”Andarna verkar ha lite svårt att kommunicera med oss!”

”Det känns bra att när detta är över så blir de inget mer. Jag kommer inte hemsöka dig, väcka dig mitt i natten och stå i någon dörröppning för att viska ditt namn.”

”Tack, det vore inte så trevligt!”

”Tänk att sväva omkring bland folk och allt man klarar av är att bromsa farten på en snurrande flaska. Sånt tror jag inte på. Tur att allt blir svart när man dör!”

”Men…jag måste få fråga om det hemliga rummet.”

Harriet blev plötsligt allvarlig.

”Du får inte gå in dit. Du kan inte gå in där!”

”Nej, jag vill bara veta. Jag tror att du kan förutse händelser med något som finns där inne. Mammas och pappas bilolycka, du visste den skulle komma. Masskrocken vid skolan också, du förstod på något sätt att den skulle hända!”

”Nej, det bara råkade…!

”George Clooney….hur visste du att han…och din hjärtinfarkt! Du kan se i framtiden!”

Harriet ansikte förvreds av smärta, men efter en stund kom en kort skratt.

"Framtiden… i morgon vid den här tiden har Jorden förflyttat sig bortom planeten Mars. Helt omöjligt att jag skulle kunna se vad som kommer att hända på det avståndet."

"Men det är nånting med det där rummet, vad är det du har där?"

"Ingenting… snart…det är mycket farligt…allt kommer att förstöras. Händer mig något så har min advokat rätt att omhänderta och destruera allt jag förvarar där. Det är säkrast så. Det är alltför farligt, det får absolut inte komma ut."

"Men…vad är det?" undrade Samuel.

"Livsfarligt, världsfarligt, en fara för hela universum."

"Men en advokat…du har väl aldrig gillat…"

Men Samuel blev tvärt avbruten.

"Nä, det stämmer, men det är mest vad advokaterna symboliserar som jag ogillar. Att de överhuvudtaget behövs är ett uttryck för människosläktets svagheter och brister. Vi är det enda djuret på den här planeten som har behov av advokater. Alla djur har ordningar och regler, men några jurister behöver de inte, men människan, denna intelligenta varelse klarar sig inte utan dessa parasiter. Dessutom skor de sig på brottslighet, kriminaliteten gör dem rika!"

"Men jag kan ta hand om allt, du kan lita på mig."

Harriet funderade en stund och tittade på Samuel.

"Det är mycket komplicerat…det tog mig många år att inse att flyttar man en liten sten, ett gruskorn, så påverkar det en massa annat, i tid och evighet. Kanske en hel kontinent några hundra år senare. Man kan inte ha hela världen på sitt samvete. Det klarar ingen människa att leva med."

Efter det kryptiska svaret valde Samuel att inte ställa fler frågor.

Men han hade en plan.

Tumören växte för varje vecka som gick. Harriet kunde inte längre stå upp och det gick inte längre att föra ett sammanhängande samtal. Samuel besökte henne på morgonen, innan skolan. Den här gången hade han med sig lite grejor i sin väska.

Det var förvånande att det rymdes en säng i det lilla rummet, det kändes mer som ett förråd för diverse utrustning, tänkte Samuel när han smög in i hennes rum. Väskan ställde han vid Harriets fötter. Hon såg ut att sova. Hennes hud såg mjuk ut i det svaga ljuset. Det fanns ett lugn i ansiktet, helt oberörd av alla röriga displayer och blinkande lampor. Vad vacker hon är, tänkte Samuel och tog hennes hand. Den var varm och torr.

Vad är det jag har gett mig in på? Hur kan jag göra så här? Men samtidigt visste han att han skulle fundera hela sitt liv om han inte slutförde detta nu. Detta måste göras, hur mycket han än älskade sin faster.

Samuel lyfte försiktigt på täcket för att hitta den morfin-pump som hon hade för att själv kunna styra smärtlindringen. Han fann knappen under kudden och tryckte in den. Hårt, handen började skaka. Efter ett stund var maxdosen uppnådd och Samuel började plocka i sin väska. Han lade ett par torkdukar, en sekatör och en Crème Brulée–brännare på kanten av sängen. Han lyfte upp hennes vänstra hand och tittade på den. Mjuk, len, totalt avslappnad. Efter att ha lagt handen på en av torkdukarna tog han upp sekatören.

Vad håller jag på med? Jag är inte klok? En del av honom ville släppa allt och gå därifrån. En annan tvingande honom kvar.

Sekatören hade en spärr som höll ihop de vassa skären. Att klicka bort den var ett sätt att samla tankarna. Med ett litet klick flög skären isär och Samuel placerade sekatören kring Harriets vänstra ringfinger. När han tryckte såg han hur huden klämdes ihop på det sköra fingret. Harriet rörde inte min.

Vad gör jag? Jag måste, måste. Detta är enda tillfället jag har att få reda på vad Harriet hållit på med. Förlåt, Harriet, förlåt kära faster. Då tryckte Samuel till. Handen började återigen skaka. Det gick tungt till en början, men sedan knakade det till. Sekatören var igenom. Det lösgjorda fingret klibbade fast i knivbladen. Samuel grimaserade och trots sina skakande händer lyckades han tända brännaren. Blodet pulserade ut på torkdukarna och på lakanet. Genom att knipa hårt kring roten fick han stopp på blodflödet.

Samtidigt som han lyte handen högt förde han brännaren över såret. Lukten av bränt kött fyllde rummet och Samuel började må illa. Jag får inte sluta nu, jag måste fortsätta.

"UIHHHH!"

Ett ihärdigt tjutande fyllde korridoren utanför. En sprinkler var placerad mitt över sängen. Vatten sprutade i nacken på Samuel och rann ned längs ryggen.

Det fräste på Crème Brulée-brännarens metallkanter när Samuel skyndsamt stoppade ned sina saker i väskan. Fingertoppen hann han precis rulla in i en torkduk då två sjuksköterskor med paraplyer kom instormande i rummet.

En blöt Samuel såg förvånat på dem. En sköterska drog fram plastskynken som låg på golvet bakom apparaturen. Med stor noggrannhet täcktes utrustning. Den andra sköterskan delade sitt paraply med Samuel.

"Det är fel på systemet, det är överkänsligt. Vi ber så mycket om ursäkt", vrålade hon och försökte överrösta oväsendet. "Det har hänt förr!"

Samuel lyssnade inte utan hade fullt upp att hitta på en förklaring.

"Harriet ville ha en sista rök, jag tänkte mig inte för och tände en cigg åt henne."

Ingen hörde vad han sa, men sköterskan nickade glatt ändå.

Tjutet i korridoren tystnade samtidigt som sprinklern i taket fräste till för att sedan bara klämma fram några droppar.

Samuel höll Harriets hand, såret såg fint ut, men allt blod och vatten hade färgat alla sängkläder rosa.

"Eh, jag höll på att rengöra såret som hon fick när vi kom hit. Hon klämde sig i bildörren som du kanske minns."

Tillsammans hjälptes de åt att sätta bandage på stumpen som var kvar. Harriet fick sedan en ren och torr säng.

När Samuel kom hem placerade han fingertoppen i kylen, bredvid isterbanden. Någon frukost skulle han inte hinna med utan for direkt till skolan.

Spänd av morgonens händelser försökte han följa med på morgonens föreläsning. Hur skulle det gå för Harriet? Hur kunde han göra så här mot henne? Vad hade han gjort? Vilket vansinne! Klippt ett finger av sin sjuka och döende faster?

Vid lunch klev två poliser in i matsalen. Efter att ha pratat med några av kökspersonalen närmade de sig Samuels bord. Tankarna for runt i huvudet på honom,. Vad har hänt? Harriet? Jag skulle inte klippt av fingret!

Han blev ombedd att följa med och lämnade sin halvätna lunchkorv på bordet. Klasskamraterna följde honom förvånat med blicken när de två poliserna gick på var sida om honom. Som en brottsling placerades han i polisbilen, fortfarande utan förklaring. När bilen körde in på sjukhusområdet blev Samuel säker att det hänt Harriet något. Men varför poliser? Hade hon vaknat och anmält honom. Eller var det sköterskan? Nej, vad har jag egentligen gjort?

Vid dörren till Harriets rum stannade en av polismännen för att vakta korridoren. Den andre föste in Samuel i rummet och stängde dörren.

Där var mörkt. Varmt och kvavt. Vid Harriets säng stod en liten man som presenterade sig som advokat Dagh, Anders Dagh. Hårväxt saknades både i ansiktet och på skallen. De bajsbruna byxorna såg besynnerliga ut till den ljusa kavajen, som om han blivit till hälften doppad i en brunn med någon märklig sörja.

På Harriets bord stod ett elektriskt ljus och en bibel. Den boken skulle Harriet aldrig placerat där.

Samuel förstod att hon gett upp, inte orkat mer. Han kände sig ledsen och förtvivlad, men tvingade sig att slå bort de egoistiska tankarna och fokuserade istället på Harriet. Den plågsamma tiden. Smärtan och lidandet. Detta var ändå det bästa för henne.

”Nu ska du få se…”, sa mannen med bajsbyxorna, samtidigt som han nonchalant kastade Harriets sängtäcke åt sidan. Han slet upp Harriets hand där ena fingret saknades.

”Och vad är det som har inträffat här?”

Harriet såg fin ut där hon låg. De hade klätt henne i hennes favoritblus, den färggranna. Ansiktet var slätt och fint. Hon var vacker. Stilla, förutom den lilla mannen som sträckte hennes hand rakt upp i luften.

"Harriet hade svår cancer…", började Samuel, men blev snabbt avbruten.

"Jag menar fingret förstås, det är borta!" Advokaten skakade Harriets hand så fingrarna fladdrade fram och tillbaka.

"Hon klämde fingret i bildörren när vi var på väg hit. Hon var förvirrad och…" Samuel blev återigen avbruten.

"Men var är det då, HENNES RINGFINGER!" Advokaten slet i armen så hela Harriet såg ut att röra sig.

"Fingret föll i gatan, en hund tog det och lufsade iväg. Jag tänkte följa efter, men kunde inte lämna Harriet ensam. Hon blödde kraftigt ifrån såret", svarade Samuel.

Advokaten flinade, han tyckte inte om det han hörde och tittade Samuel djupt i ögonen.

"Detta är nämligen ett speciellt finger som fröken Hansson använder… vid speciella stunder." Polismannen vid dörren fnissade till och advokat Dagh insåg sin något fumliga formulering.

"Fingret är av stor vikt inför min utredning som hennes advokat", rättade han sig och började fumla efter larmknappen. När han slutligen fann den tryckte han stolt in knappen. En röd lampa tändes. Ett svagt pip hördes i korridoren utanför.

Det dröjde inte länge förrän en sköterska kom in. Samuel kände igen henne. Det var hon som hjälp honom med såret när han klippt fingret av sin faster.

"Det saknas ett finger här", sa advokaten med hög röst och skakade återigen Harriets hand i luften. Mannen var så upphetsad att rösten sprack, som om han var i målbrottet.

"Vi har skött såret så gott vi kunnat", ursäktade sig sköterskan.

"När försvann fingret! Var är det?" Spottet flög i luften när advokaten vrålade.

"Handen såg ut så när hon blev inlagd. Hon hade tydligen fastnat i en dörr. Visst var det så?"

Sköterskan tittade frågande på Samuel. Brulée-brännaren måste ha gjort att såret såg äldre ut, tänkte han. Vilken tur. Advokaten log irriterat, han kände sig lurad. Mumlandet som följde var knappt hörbart, som om han tänkte högt för sig själv.

"Men jag behöver inte något jävla finger,…koderna, jag har ju koderna."

Samuel fick därmed lämna rummet. När han stängde dörren efter sig kunde han höra advokaten vråla till polismannen.

"Här finns inget mer att hämta. Den här jävla kärringen är död och hennes viktiga finger saknas, hennes vidriga jävla finger. Nu måste vi handla snabbt!"

Någon polisbil syntes inte till när Samuel närmade sig hemmet. Svetten rann längs ryggen efter att han sprungit nästan hela vägen. Det fanns ingen tid till att byta tröja för nu skulle det ske. Nu måste det ske. Han skulle ta sig in i det hemliga rummet.

Dörren var orörd. Allt var stilla. Ur kylen hade han plockat Harriets finger. Det var kallt. Fuktigt.

Försiktigt pressade han Harriets fingertopp mot den turkosblå lilla glasrutan. Det hördes ett litet bip och sedan uppmanades han att skriva in en PIN-kod. Den fyrsiffriga koden hade han sett Harriet använda tidigare. Samtidigt hade han upptäckt att Harriet alltid använde sitt vänstra ringfinger på detektionsplattan. Med darriga händer knappade han in 1, 8, 7 och slutligen 8, Lise Meitners födelseår. Det klickade till och den tunga säkerhetsdörren började röra sig.

Jasmine vaknar

Jasmine Saunders vaknade tyst och stillsamt. Ögonen klibbade i det fuktiga mörkret, men hon kunde ana att hon befann sig i en långsmal låda, eller var det en kista? Värmen spreds som eldslågor i den iskalla kroppen. Vad är varmt och vad är kallt? Hennes ansikte lystes upp av en stor röd knapp med texten EJECT. En kaskad av hetta spreds i kroppen när hon försökte röra sig. Hårt och kallt, det skavde och gjorde ont. Märkliga slangar stack ut från armar, ben, händer och fötter, överallt. Ett ihärdigt pipande kom någonstans från fötterna, eller kom ljudet ovanför huvudet? Svala droppar rann utefter hennes nakna kropp och blandades med vattenansamlingarna på sidan om henne.

Jasmine Saunders riktiga namn var Ishani Sharma. Hon var född i Birholi, Indien. Hennes föräldrar hade dött när hon var bara fyra år gammal och Jasmine hade växt upp med sina morföräldrar i ett litet hus strax utanför byn. Föräldrarna hade båda jobbat med att bespruta bomullsplantor. Med insektsgift. Någon skyddsutrustning hade de aldrig använt. De hade blivit lovade att det var ofarligt, av både företaget och av myndigheterna. Dödsorsaken blev aldrig fastställd, men de flesta anade att det var toxinerna. De hade hostat blod i flera veckor innan de slutligen somnade in för gott.

Långt, senare, när Ishani var arton år kom en märklig person på besök. Billy Goldman Saunders, mannen som uppfunnit den återförslutbara läsk- och ölburken. Egentligen hade han inte kommit på förpackningen själv utan lånat idén från en person som han kallade kompis. Hursomhelst var Billy nu en av världens rikaste personer och för varje dag blev han bara rikare. Och rikare. Trots sin enorma rikedom delade han aldrig med sig av sin välfärd. Han skrotade hellre sin Ferrari när han tröttnat på den än att någon skulle få köpa den. Han ville absolut inte se någon annan köra hans begagnade bil.

Trots sina enorma rikedomar fortsatte Billy att utöka sina affärer. Burkar var stort, men plastflaskor var ännu större. Det säljs en miljon plastflaskor varje minut världen över. Det visste Billy. Men att ta sig in med en ny produkt inom plastflaskebranschen var svårt. Därför kom Billy med en ny produkt. En flaska gjord av majs och potatis. Av stärkelse. En bioprodukt. Han kallade den bioplast.

Med bra marknadsföring lyckades han sälja sin nya produkt. Det gällde att skapa ett behov bland folket. Miljörörelsen hjälpte gärna till, utan ersättning. Forskare och professorer världen över producerade forskningsrapporter om bioplastens fördelar, mot betalning förstås. Tidningarna publicerade gärna dessa gratis, vilket Billy skrattade åt varje gång det skedde.

Den här produkten kostade lite mer att producera, men konsumenterna betalade gärna denna merkostnad och mer därtill.

Om bioplasten påverkade klimatet till det bättre var mycket tveksamt, men det lättade på folks dåliga samvete för miljön. Bioplasten sålde i alla fall mycket bra.

Detta gjorde att Billy tjänade ännu mer på sin flaska än om den varit av vanlig plast. Att han senare använde råolja i sin produktion gjorde att han tjänade riktigt mycket pengar. Det var samma plast som i alla andra flaskor, fast den hade en grön symbol och texten BIOPLAST.

Brilliant idé. Det gällde att vara smart om man ska bli rikare än de rikaste.

Men det fanns en sak som Billy inte kunde köpa för pengar: blod, röda blodkroppar med en säregen blodgrupp. Endast några få i världen hade Billys typ, PK43. Vid en olycka eller en akut operation så skulle det inte finnas blod till honom, det visste han. Även om han så skulle slanta upp alla sina miljarder.

Billy arrangerade och bekostade då en stor blodgrupps-undersökning. Mycket stor var den, över hela världen. Han fann då ett flertal personer med PK43. Många äldre. Några barn. Han ansökte om att adoptera barnen, men fick hela tiden avslag av myndigheterna. Trots hans överklaganden, mutor, omförhandlingar, och ännu mer mutor så lyckades han inte få igenom någon adoption.

Han fann även en ung kvinna i Indien med denna blodgrupp. Han lovade ett rejält underhåll till flickans morföräldrar samt att påbörja en undersökning av de gifter som flickans avlidna föräldrar tvingats använda under sitt arbete på fälten.

Billy gifte sig strax därefter med Ishani. Inte för att hon var lång, intelligent och vacker, utan för att få en depå med blod. Giftermålet säkerställde att det alltid skulle finnas en levande kropp i lyxvillan, med blod och mänskliga reservdelar. En garanti. En trygghet för en ängslig och rädd miljardär.

Ishani kallade sig därefter Jasmine, precis som hennes mormor alltid gjort. Efter den snabba vigselakten var hon Jasmine Saunders.

En Ferrari går mycket fort och kräver en erfaren förare. Vid en trafikolycka skadades de båda svårt och Billy beordrade att läkarna skulle ta livet av Jasmine för han behövde hennes blod och organ för sin egen överlevnad. Läkarna vägrade trots att de blev alla lovade flera miljoner. På operationsbordet avled han dock av sina skador och Jasmine kunde istället räddas till livet av sin makes kroppsdelar. Således var nästan halva hennes kropp utbytt, bland annat hennes ena lunga, lever, njurar, ena höften och även hjärtat kommer från hennes mycket rike och avlidne make.

Tyvärr hade Jasmine haft komplikationer med dessa implantat. Besvären var svåra att rätta till och Jasmine valde att frysa ned sig själv i förhoppning att läkarna i framtiden ska kunna åtgärda detta.

Hon vickade på de kalla fingrarna och försökte lyfta ena armen. En kaskad av värme pulserade ända upp i huvudet. Armen kändes tung och stel. Hela kroppen fick hjälpa till för att föra handen upp mot knappen med den engelska texten. Hon hade ingen aning om vad som skulle hända, men hon hade insett att det enda hon kunde göra var att trycka till.

Klick!

Först hände ingenting. Sedan startade ett vinande ljud, hela britsen började röra sig. Den röda knappen försvann uppåt och kall luft strömmade mot hennes fuktiga lår. Svalkan spreds därefter över hela kroppen. Britsen stannade tvärt och i ljuset från några gröna nödutgångsskyltar kunde hon ana att hon befann sig mitt i en stor lokal, många meter över marken.

Hysteriskt slet hon bort alla kablar och slangar som stack ur från hennes kropp. Trots yrseln satte hon sig upp med fötterna dinglade över kanten. Väggen på sidan av henne var fylld med luckor i metall som alla hade stora kromade handtag. Det gröna ljuset blänkte i den mörka metallen.

Var är jag? Hur har jag hamnat här?

Under henne hördes ett klickande ljud och en av luckorna öppnades. Ett långdraget swooosh och ut kom en man liggandes på en brits. Det var mörkt men hon kunde se att hon inte kände honom sen tidigare. Mannen var naken, precis som hon. Utan att se sig om plockade han loss alla slangar som stack ut ur kroppen.

Därefter reste han sig, såg sig omkring, för att sedan stappla över till några smala skåp som fanns på andra sidan rummet. Långsamt vande sig Jasmine med mörkret och såg hur han plockade fram något, det blänkte till, en liten platt ask. Mannen svor och tog på sig en vit rock från skåpet. I hukande ställning gick han längs väggarna i rummet. Passerade en stängd dörr och något som såg ut som hissdörrar. Vid varje eluttag stoppade han in en kontakt, svor, för att sedan snabbt rycka ut sladden. Jasmine följde honom med blicken. Det märktes att han hade sett henne, men mannen verkade inte bry sig.

"Shit också, det finns ingen ström någonstans, totalt strömlöst!" mumlade han efter att gått rummet runt.

"Och var är all personal? Det ska finnas folk här som hjälper mig!" Vrålet ekade i den tomma lokalen.

I sitt skåp hade mannen ännu en pryl, en med vev. Efter att ha kopplat ihop sina elektroniska prylar började han hastigt veva. Först då tittade han upp mot Jasmine.

"Du kanske ska hoppa ned och ta på dig något, det är kyligt här inne och någon assistans verkar vi inte få", sa han och tittade därefter snabbt ned för att se om hans mobil hade börjat ladda.

"Jag heter Marcus förresten, Marcus Gullberg, men du kanske känner igen mig som Macie-ducey?"

Jasmine tittade förundrat på mannen som också såg häpen ut eftersom han förväntat sig någon typ av reaktion från kvinnan däruppe. Han var ju trots allt känd med över hundra miljoner följare på YouTube.

Marcus Gullberg, en svensk You-tuber, mera känd under namnet Macie-ducey. Han hade börjat med att lägga ut filmer där han gjorde bort sig, ramlade fånigt och muckade med motorcykelgäng. Ingen brydde sig om hans filmklipp, förutom några småbarn som inte förstod bättre.

Vid ett tillfälle försökte han göra ett enkelt trick, med rullskridskor. Inget märkvärdigt. Men Marcus föll illa. Han lade som vanligt även ut det på YouTube. Detta klipp hade nog inte heller haft några visningar, förutom två-åringarna förstås, om det inte hade varit hockey-VM samma kväll. En känd spelare föll på exakt samma sätt. De båda klippen blev oerhört populära och efter några dagar hade Macie-ducey flera miljoner följare.

Marcus följe upp detta med att slicka på toalettsitsar på stans alla offentliga toaletter. När han dagen efter filmade sig själv med öppna spjäll dubblerades antalet följare.

Nytt rekord blev det när han bestämde sig för att frysa ned sig själv. Macie-ducey skulle till framtiden. Han var så förblindad av det stigande antalet följare att han inte insåg vad han gett sig in på.

Det som Marcus inte förstod och aldrig skulle förstå var att den nakna kvinnan uppe på britsen blev nedfrusen före YouTubers, Tiktokare, appar, selfies, följare, influensers och annat som dominerade hela hans värld. Nu kände han ett ansvar inför sina följare och försökte få igång sin mobil så snabbt som möjligt. Det han inte visste var att han inte längre hade några följare överhuvudtaget. Det fanns inget mobilnät alls. Inte ens något Internet.

DET HEMLIGA RUMMET

Samuel tittade med spänning på den kraftiga ståldörren när den ljudlöst gled upp.
Dörren var tjock och tung, med nio blanka låskolvar, tjocka som mopedcylindrar.
Spotarna i taket tändes och gav ett kallt blått sken. I den stora bokhyllan på sidan
fanns anteckningsböcker och pärmar i blått och grönt. Men det som fångade
Samuels blick var den märkliga maskinen som stod på ett litet bord mitt i rummet.
Den påminde om en hushållsassistent från femtitalet, men istället för degbunke
fanns där en liten rund behållare av glas. Det måste vara i den som Harriet såg vad
som skulle ske i framtiden, tänkte han.

Han tordes inte röra apparaten utan tittade vidare i hyllan och fastnade för två
anteckningsböcker. Allt är ljus, stod det på det ena. En annan bok som fångade
hans intresse beskrevs som Tidens riktning, framåt och bakåt? Han bläddrade även
i pärmarna och hittade bland annat något som han trodde var ritningar över den
märkliga matberedaren.

Då hörde Samuel hur ytterdörren öppnades. Shit också, är advokaten redan här?
Han plockade åt sig fler intressanta anteckningsböcker. Ett par pärmar åkte in
under armen. De såg viktiga ut. Också ritningarna förstås.

Ljuset slocknade när han skyndsamt lämnade rummet samtidigt som den bastanta
dörren gled igen bakom honom. I hallen stod advokat Anders Dagh med sina två
poliser och Samuel backade in i köket. Kylskåpet fick bli gömstället för allt han
roffat åt sig. Harriets finger stoppade han ned i en burk yoghurt.

De tre männen närmade sig honom med bestämda steg.

"Allt som tillhör Harriet Hansson ska omhändertas och likvideras", förklarade
advokaten och höll upp ett papper framför ansiktet på Samuel.

Kylen, tänkte Samuel, kommer de att tömma kylen också? Han kom inte på något
att säga och advokaten förväntade sig inget heller utan hade redan passerat honom.
Harriets hemliga rum var det som intresserade honom. Dörren var låst och
advokaten hade en lång kod uppskriven på ett papper. Efter flera knapptryckningar
och nästan lika många skrivfel fick han tillslut upp dörren. Han flinade förnöjt.

Nyfiket kikade Samuel på när männen klev in.

Kunde det synas att han nyss varit där?

Pärmar, böcker och anteckningar, allt placerades i flyttlådor som poliserna
omsorgsfullt tejpade igen. Vad det stod på pärmarna brydde de sig inte om. Med
högfärdig hållning gick advokat Dagh runt bland lådorna och bevakade arbetet.

Det var tydligt att han var i vägen för poliserna, men det upplevde han inte själv. Tvärtom, han kände mera att poliserna var i vägen för honom.

När advokaten skärskådande den märkliga apparaten i mitten kunde Samuel inte hålla tyst längre.

"Symaskinen får ni gärna lämna kvar. Jag syr mina egna kläder."

Med ett överlägset leende betraktade mannen Samuel. Sådana här tillfällen var det som gjorde att han en gång i tiden velat bli advokat. Drömmarna som hållit honom igång de där jobbiga studiekvällarna. Han slet en tejprulle av polismannen som var närmast.

"Den här ska också med!"

Sedan började han vårdslöst linda tejp runt maskinen. Då och då tittade han upp för att se Samuels reaktion. Dra ut tejp. Titta på Samuel. Linda tejp. Titta på Samuel.

När de sedan skulle lyfta ned maskinen i en flyttlåda rymdes den inte på grund av all tejp. Polismannen som tvingades bära den till bilen fastnade i en lös tejpbit och snubblade vid ytterdörren. Maskinen höll, kanske på grund av all tejp, men mannen slog sig illa i huvudet och lade sig att vila i bilen.

Resten bars ut av den andre polismannen och snabbt fylldes de två bilarna med pärmar, mappar och lådor. Kvar i det tömda rummet stod advokat Anders Dagh.

"Allt som var här inne är på väg till destruktion. Snart förstört. Finns ej mera!" Han log, för det här skulle bli ännu bättre. Han skulle berätta för unge herrn vid dörren om den kommande bouppteckningen. En rejäl samling pengar.

"Jag vill att du ska veta att fröken Hansson hade en förmögenhet motsvarande åttahundra miljoner när hon gick bort."

"Ojdå, jag visste hon var förmögen, men inte att det var så mycket", svarade Samuel.

"Det finns endast en arvsberättigad släkting." Advokaten försökte se allvarlig ut. Samuel tänkte på sin barnlösa faster, hon hade nog aldrig klarat av att ha barn, absolut inte småbarn. Oberäkneliga små varelser, med alla möjliga plötsliga behov i form av mat, tröst och blöjbyten. "Nä, det förstås", svarade Samuel. "Hon fick aldrig några barn."

"Du är den enda släkting som jag hittat i livet och du är också den hon nämner i testamentet." Advokaten började gå mot ytterdörren. Ett litet leende syntes i mungipan när han vände sig mot Samuel.

"Fröken Hansson donerade hela sin förmögenhet till olika organisationer under de sista veckorna i livet." Han var spänd av förväntan över nästa mening som han skulle få säga. "Enligt tantens testamente ärver du inte ett skit förutom huset! Åttahundra miljoner! Borta! Bye-bye!"

Skrattande gick advokat Anders Dagh mot bilen. Livet är underbart!

"Kan jag få behålla Harriets nyckel till huset?" undrade Samuel.

"Jag lägger den i brevlådan", kvittrade advokaten. "Du får även koden till den stora garderoben. Du kan kanske samla tomburkar där inne! Ha ha!"

Samuel bygger en Tidsregulator

Utdrag ur professor Hanssons anteckningsbok 1:

Nuet har alltid fascinerat mig. Det finns bara ett nu. Men tänk om man kunde styra hastigheten på detta enda nu? Då skulle tiden gå långsammare eller fortare, precis som när man förflyttar sig i hög hastighet eller är nära ett svart hål. Men det skulle vi inte märka något av, så vad spelar det för roll?

Men kan man ändra hastigheten borde man kunna stoppa den helt, eller till och med reversera? Vad händer om man kör tiden baklänges? Man märker troligtvis ingenting eftersom allt återställs precis som det var vid den tidpunkt man vänder tiden framåt igen. Man upplever heller inget när tiden går bakåt eftersom man flyttar saker ut ur minnet, inte in i minnet som när tiden går framåt. Det finns inget att komma ihåg.

Vi kanske alla har varit med om detta, att tiden gått baklänges en kort stund? När tiden vänder rätt får vi en känsla att vi varit med om en händelse tidigare, vilket vi kanske också har. Många kallar detta déjà vu.

En slumpmässig händelse någonstans i Universum skulle kunna få tiden att tillfälligt byta riktning. Men jag vet inte hur, var eller hur ofta det sker. Då skulle Jorden backa, rotera åt andra hållet och förflytta sig tillbaka till en plats där den varit tidigare.

Utdrag ur professor Hanssons anteckningsbok 2:

Tidens riktning och hastighet styrs av något stort, som samtidigt är mindre än det minsta. Det låter kanske egendomligt, men jag menar att tiden är en enhet som fyller hela universum, men också något där de minsta partiklarna hämtar information om sin tid, hastighet och riktning. Det är en enhet som är enormt stor, men partiklarna befinner sig bara i en liten bit, i ett eget fragment. På så sätt går tiden i samma riktning över hela universum. Tiden kan skilja atomer emellan, beroende på deras hastighet och position, men nuet är ändå alltid detsamma för alla.

Kunde man bara komma åt denna stora enhet som är tid skulle man kanske kunna få den att gå åt andra hållet.

Utdrag ur professor Hanssons anteckningsbok 3:

Det handlar om att skapa ett snabbt roterande plasma och spränga det med en pulserande laser. De fria kvarkarna vet för en kort stund inte vart de skall ta vägen, om de är upp eller ned. Då gör man en pol-vändning som lägger tiden baklänges i objektet. Ögonblickligen sprider sig detta i den grundenhet som fyller hela universum. Denna pol-vändning får tiden att gå baklänges överallt, även i den mest avlägsna galaxen. Detta sker omedelbart, överallt. Efter en viss period vänder tiden sig rätt igen. Tiden och universum har en ursprunglig riktning som den alltid faller tillbaka till.

Utdrag ur professor Hanssons anteckningsbok 4:

Farfarsparadoxen infinner sig inte när tiden går baklänges. Man skulle alltså teoretiskt kunna vända tiden bakåt tills ens farfar var ung. Inget skulle hindra dig från att ta livet av honom, förutom den moraliska aspekten förstås. Du skulle därefter inte själv försvinna eller tona bort. Den tidslinjen där du föddes har inte försvunnit, den har existerat, men i framtiden. Du föddes i en annan framtid än den som nu väntar oss, en utan din farfar. Din far kommer inte att födas, men det påverkar inte dig. Din far levde i en annan framtid, en där du föddes. En framtid som funnits, men som inte kommer att återskapas på samma sätt eftersom du dödat din egen farfar.

***

Harriets anteckningar var så lockande att Samuel hoppade över skolan de följande dagarna. Han studerade hennes ritningar och planerade att bygga en liknande maskin, en maskin som kan ändra tidens riktning. Han höll till i Harriets hemliga rum och hade ändrat dörrdetektorn så att han använde numera sitt egna ringfinger för att öppna dörren.

Vissa detaljer på maskinen borde moderniseras. Det hade också Harriet nämnt i sina anteckningar, saker som hon kommit på efter att hon färdigställt sin modell.

Ett par veckor senare var bygget igång. En genomskinlig behållare, som inte skulle påverkas av pulsen, placerades i mitten. En sådan rund behållare hade även Harriet på den märkliga maskinen som advokaten nu hade förstört. Behållaren fungerade så att den skickar en kontrasterande puls som förhindrar att tiden ändras inom ett mindre område. Detta för att man ska kunna meddela sig själv vad som hänt.

Detta förklarade allt för Samuel. Harriet hade varit med om händelserna som Samuel trodde var visioner. Hon hade backat tillbaka tiden och kunde därmed veta vad som skulle ske.

Men tumören? Varför tog hon inte bort den i ett tidigare skede?

Sent en eftermiddag, många veckor senare, var apparaten färdigställd. Tidigare under dagen hade Samuel varit i skolan och lyssnat på en föreläsning om kosmos och matematik. Han hade haft svårt att koncentrera sig på ämnet för hans tankar hade hela tiden varit i det hemliga rummet och den färdigställda tidsregulatorn.

Under lunchen hade Advokat Anders Dagh ringt och velat boka ett möte för att slutföra fröken Harriet Hanssons bouppteckning. Skrattande berättade advokaten att Amnesty International hade hälsat och tackat för miljonerna som Fröken Hansson hade skänkt.

På kvällen var det då äntligen dags att testa maskinen. Samuel hade stängt in sig i rummet. Apparaten var igång och med stor förväntan tryckte han på knappen som skulle ändra tidens riktning. Tiden skulle gå baklänges, för hur länge visste han inte. Någon lapp hade han inte lagt i behållaren, det var ju bara ett test. Handen darrade lätt när han förde fingret till start-knappen.

Klick!

Den här dagen hade Samuel tänkt gå till skolan. Tidsregulatorn var nästan färdig att användas men han kände sig inte mogen att testa den riktigt än. Dessutom lät det intressant med en föreläsning om matematiska pussel i kosmos.

Föreläsningen visade sig vara mycket givande, till en början. Men Samuel lyssnade inte på allt. Hans tankar var hela tiden hos tidsregulatorn som han skulle testa senare på kvällen. En déjà vu-känsla dök upp om att han redan testat apparaten men han slog bort den tanken.

Skolmatsalen serverade köttbullar som smakade soya, och han tappade matlusten totalt när advokat Dagh ringde för att boka ett möte. Det var något om att huset skulle skrivas över på honom.

På kvällen hade Samuel låst in sig i det lilla rummet. Han tittade på knappen som skulle ändra tidens riktning. Behållaren var tom, han skrev ingen lapp, det var ju ända bara ett test. Fascinerande om detta fungerar, tänkte han och tryckte till.

Klick!

Kosmos och matematikens roll i utforskandet av universum var en föreläsning på skolan som Samuel gärna ville vara med på. Han tyckte sig känna igen ämnet och tänkte att det kanske var en bok som han läst en gång. Kanske en bok med en liknande titel?

Föreläsningen var mycket bra även om hans tankar ofta var hos maskinen som nu var nära färdigställd i det lilla rummet hemma i huset. Det kändes som om den varit färdig i många dagar nu och Samuel bestämde sig för att ikväll skulle det ske. Nu skulle han göra ett första test.

På lunchen hängde han med några kompisar till matsalen som idag serverade köttbullar med mos och lingon. Han kände inte för att äta köttbullar och tog en tallrik fil istället. Sockret visade sig vara slut så det smakade inte värst vidare. Surt blev det även när advokaten ringde om en bouppteckning som han ville hålla kommande vecka.

”…och du ska veta att Amnesty tackade varmt för alla miljonerna som de fått in på sitt konto!”, hade advokaten avslutat samtalet. Men Samuel brydde sig inte så mycket, han hade redan anat att Amnesty hade tagit emot många miljoner av Harriet. Det var bra att de fått pengar.

Redan på eftermiddagen satt Samuel i det lilla rummet med maskinen som han jobbet med de senaste månaderna. Han hade en märklig känsla av att ha redan testat den. Någon lapp hade han inte skrivit. Han slog bort tanken och tryckte på knappen som skulle ändra tidens riktning.

Klick!

Samuel funderade på om han skulle gå på dagens föreläsning om världsledande forskning inom matematik och kosmos. Han tyckte sig nyss varit på en liknade föreläsning och bestämde sig slutligen för att stanna hemma. På lunchen ringde han advokat Anders Dagh och undrade om det skulle bli någon bouppteckning efter Harriet. De bokade ett möte kommande vecka. Samuel avslutade sedan samtalet med att fråga om hur många miljoner som Harriet hade skänk till Amnesty International?

”Det är hemliga uppgifter. Det får jag tyvärr inte uppge”, hade advokaten svarat.

På kvällen när Samuel skulle till att testa maskinen funderade han på om den nu fungerar, hur skulle han få reda på det? Det tåls att tänka på, tänkte han, och tryckte på knappen. Knappen som ändrade tidens riktning för en stund.

Klick!

Kosmos och dess matematiska pussel var dagens föreläsning på skolan. Samuel tyckte det lät intressant, men kände att han redan kunde allt om ämnet och valde att åka hem i stället. På väg hem stannade han på snabbköpet och handlade lunch. Han tittade på färdigstekta frysta köttbullar, men valde istället en burk ravioli.

Advokat Anders Dagh ringde på lunchen och bokade ett möte apropå Harriets Hanssons bouppteckning. Samuel bad sedan om en sammanställning om vart Harriet hade skänkt alla pengarna hon hade haft varefter advokaten hade svarat. ” Det är hemligstämplat, det får jag absolut inte uppge för någon!”

Det anade Samuel men tyckte det ända var lite roligt att framföra frågan. På kvällen var det dags att testa tidsregulatorn. Man borde kanske skriva en lapp med tid och datum för att lägga i den lilla sfären. Annars kanske jag inte märker om den verkligen fungerar, tänkte han.

Han skrev aktuell tid och dagens datum på en lapp, gjorde även en liten smiley. Lade den i behållaren, den runda sfären som inte skulle påverkas av tidsförskjutningen. Handen darrade lätt när han förde den mot knappen.

Klick!

Samuel höll på med den sista finputsningen då han upptäckte att det låg en lapp i behållaren på maskinen. Han lutade sig fram och undrade hur den hade kommit dit. Det stod några siffror på den och Samuel tog upp den i handen. Siffrorna var tidsangivelser och datumet som stod skrivet låg nästan två dygn framåt i tiden. Samuel började räkna och utropade:

”Fyrtiotvå timmar. Tidsangivelsen på lappen är fyrtiotvå timmar i framtiden!”

Han kände igen sin egen handstil och funderade på vad han hade planerat att göra de närmaste dagarna.

Det stämmer, tänkte han, om två dygn hade jag tänkt testa maskinen för första gången. Fyrtiotvå timmar, det är den tid som Harriet också nämnt i sina anteckningar. Den tid det tar för tidens riktning att återställas, att vända framåt efter att gått bakåt i flera timmar.

Fantastiskt, vilken lycka, Samuel blev helt lyrisk av att allt fungerade. Istället för att gå på föreläsningen om kosmos och matematik valde han att jobba vidare för att färdigställa maskinen. Nu visste han att den skulle fungera.

De kommande veckorna skrev han texter om vad som hänt och skickade lapparna tillbaka i tiden. Helt otroligt! Samuel återupplevde dagarna om och om igen. Varje gång var dagarna nya för honom, men med en kort text om vad som skulle ske blev en vanlig dag helt fantastisk. Dåliga dagar valde han förstås inte att repetera.

Han provade Lotto och tänkte satsa på en liten vinst på tio-femton tusen kronor. Det kan bli för mycket uppståndelse kring den högsta vinsten. Det här gjorde han bara för att se om det fungerade.

När veckans lotto-nummer hade presenterats skrev han in de vinnande siffrorna på en lapp. Skickade den fyrtiotvå timmar bakåt i tiden. Två dagar före lämnade han in kupongen, men skrev en siffra fel, med flit.

Trots att han visste att han skulle vinna så var det spännande att följa dragningen på TV:n. Det var som att se en repris där han visste vilka nummer som skulle dyka upp.

Nu var Samuel ekonomiskt oberoende, och det för all framtid.

BOUPPTECKNINGEN

Bouppteckningen hos advokat Anders Dagh var något som Samuel inte kunde välja bort, hur många gånger han än startade om tiden. Det märkliga var att advokaten själv ringde och ville fördröja mötet två veckor. Samuel började tröttna på advokat Dagh, som han numera kallade advokat Natt, och ville få allt överstökat så snabbt som möjligt.

"Nej", hade Samuel sagt. "Bouppteckningen ska hållas som planerat."

Samuel tog med Harriets yoghurtsmarinerade finger som han hittat i kylen. Inte för att han planerade att lämna det till advokaten, men på något sätt kändes det rätt att ha med det på hennes bouppteckning.

Det var ett gammalt hus, rejält och pampigt, centralt läge. Byggnaden hade tidigare varit en bank. Måste ha varit på 1800-talet, gissade Samuel när han klev in genom den tunga porten.

I foajén var allt sten och marmor. Den breda trappan svängde upp till andra våningen där advokat Dagh hade sitt kontor. Här satt flera jurister, alla med fina glasdörrar med graverade namn i det frostiga glaset.

"Jag har ett möte med advokat Dagh", sa Samuel till den unga tjejen bakom disken på andra våningen. Hon läste en damtidning och såg lite besvärad ut av att Samuel störde henne. Hon måste ha fått jobbet för att hon var så snygg var Samuels första tanke.

"Hur var ditt namn?"

"Samuel Hansson. Advokaten väntar mig."

"Var god sitt ner och vänta." Hon nickade åt en liten soffa på andra sidan korridoren. Det var nog den billigaste möbeln i hela huset, tänkte Samuel när han satte sig.

Advokatbyrån påminde honom om en diskussion som Samuel haft med Harriet en gång, om advokater. Han hade undrat varför hon ogillade advokater så mycket. Harriet hade svarat att advokaterna visade på människans tillkortakommanden, människans absolut sämsta sidor.

Varför det? De försöker skapa rättvisa, att alla ska följa de lagar som vi kommit överens om, hade Samuel undrat.

Harriet hade då berätta om två grannar, två män i detta fall. Effekten var mer tydlig på män, hade hon förklarat. En morgon hade de funnit ett paket mjölk liggandes på tomtgränsen mellan deras ägor. De började argumentera vems mjölk det var. Båda hävdade att han var den rättfärdiga ägaren av mjölken. Den ena ansåg att det var hans mjölk för att paketets färger passade så bra till hans hus. Den andra för att hans hund gillade att dricka mjölk. Ingen av männen tyckte egentligen om mjölk, men rätt ska vara rätt. Det var viktigt. Det var de överens om.

De anlitade varsin advokat och kostnaderna drog iväg. Detta handlade inte längre om mjölkpaketet, det handlade om att ingen av männen kunde leva med att den andre fick mjölken och de själva skulle bli utan. Hellre lade männen ut pengar motsvarande flera tusen liter mjölk på advokater istället för att helt enkelt köpa ett paket mjölk och ge bort det till grannen. Det är denna dumhet och själviskhet som advokater symboliserar. Om människan var en intelligent och vänlig varelse skulle vi inte behöva några advokater. Kanske inte ens några poliser? Vi skulle till och med klara oss utan politiker?

Lyckliga tanke!

Advokat Anders Dagh kom ut i korridoren och gick direkt fram till flickan med tidningen.

”Det går ju jättebra det här, Agnes. Du är jätteduktig.”

När Samuel hörde advokatens fjäskande gissade han att tjejen fick troligtvis jobbet för att hon var dotter till någon äldre och betydande advokat i huset.

Efter att ha kvittrat för den gamles dotter vände sig Anders Dagh mot Samuel. ” Javisst, där är ju du också…”, skrattade han. De hälsade och gick sedan in på hans kontor.

Väggfasta bokhyllor i mörkt träslag fyllde rummet. Även golv och tak var mörkt. Ett mycket stort skrivbord var placerat framför de höga fönstren och advokaten nickade åt en av stolarna mittemot. Själv satte han sig i en bred kontorsstol, alldeles för stor för den lilla mannen. Han började med att beklaga sig.

”Jag hade för avsikt att flytta mötet några veckor därför att all ekonomi inte var avklarad.” Han verkade lite nedstämd, tyckte Samuel. Inte alls så otrevlig som han brukade vara.

”Pengarna som fröken Hansson donerade till Läkare Utan Gränser hamnade på fel konto.”

”Hur kunde det gå till?”

”Någon hade skrivit fel kontonummer har det uppdagats”, sa Advokaten och lutade sig tillbaka, men stolens fjädring var för kraftig och han trycktes genast fram. För att undvika att skratta tittade Samuel bort. Det var då han upptäckte en liten kanintax som sov i en korg vid sidan av bordet.

"Harriet skulle aldrig skriva fel kontonummer", sa Samuel. "Hon var specialist på siffror och kunde alla sina kontonummer utantill."

"Men nu blev kontonumret felaktigt", förklarade advokaten.

"Någon annan skrev alltså numret?"

"Ja, så kanske det var."

"Det var alltså du som gjorde överföringen", påpekade Samuel.

Advokaten suckade.

"Ja, professorn hade bett mig göra överföringen och det var jag som skrev en siffra fel. Jag beklagar det verkligen. Men nu hamnade pengarna i dödsboet och ni kommer att ärva hela beloppet."

Advokaten hade hoppats att de miljoner som klienten skulle ärva skulle överskugga hans misstag. Få honom tyst. Glömma allt och inte nämna det för någon, absolut inte inom juristkretsarna.

"Men om Harriet önskade att pengarna skulle till Läkare Utan Gränser så måste ni kunna rätta till det."

Idiot! Grabben får ju pengarna istället för att de ska in på något jävla kommunistkonto. Grabben borde vara nöjd, mer än nöjd. Satans besvärliga unge. Advokaten blev än mer förbannad på sig själv för att han skrivit fel. Det där med siffror var inte hans grej, det hade alltid varit svårt. Matte, fy fan.

"Nej, pengarna returnerades, de placerades åter i dödsboet och ni kommer att ärva dessa."

"Då får vi väl flytta över pengarna nu då?"

Advokaten kunde inte på något sätt förstå hur en människa kunde säga nej till så mycket pengar. Han kunde inte förstå människor överhuvudtaget. För honom var rätt så länge det var rätt inför lagen. Hur ska man annars veta vad som är rätt och fel? Satans människor!

Många papper och ännu flera underskrifter senare lyckades de båda herrarna till slut genomföra bouppteckningen. Samuel såg till att de åttio miljonerna överfördes till Läkare Utan Gränser. Denna gång med korrekt kontonummer.

Samuel hoppades att han aldrig mer skulle få träffa advokat Anders Dagh. Aldrig mer.

När Samuel lämnade rummet slängde han Harriets finger till den lilla hunden i korgen. Den smaskade glatt och på något sätt kändes Samuels osanning bättre nu. Han hade ju sagt att det var en hund som glufsat i sig Harriets finger.

Flickan i receptionen var borta och istället satt där en ung man.

"Var är flickan som satt här tidigare?"

"Vem avser min herre, jag förstår inte?"

"Jag tror hon hette Agnes", förklarade Samuel.

"Aha, ni menar advokat Wikner. Hon är på sammanträde och är sedan uppbokad resten av dagen. Vill ni boka en tid en annan dag?"

"Jag trodde hon jobbade här, i receptionen."

"Nähä", skrattade mannen och visade sina vita perfekta tänder. De hade alla perfekt längd, som om han bitit på en sliprondell. "Hon hoppade in för mig... hm... för jag behövde på toaletten."

När Samuel gick nedför den breda trappan kunde han inte bli av med tanken på om killen fått jobbet för att han var så snygg eller för att hans föräldrar var ägare av advokatbyrån.

Suck.

Otto von Knorrhane

YouTube-nörden Marcus Gullberg, alias Macie-ducey, fick till slut igång sin mobil, i alla fall började skärmen lysa. Jasmine klättrade ned med hjälp av de stora handtagen utanpå de andra boxarna. De fuktiga fötterna klibbade sig på det kalla golvet när hon gick mot skåpen för att välja en vit rock. Freeze Yourself stod med turkosblå text på bröstet. En liten snöflinga var placerad bredvid, också blå.

Marcus stirrade hela tiden på sin mobil, han kunde inte förstå att varken 4G, 5G eller något annat G dök upp i överkant på skärmen. Inget nätverk tillgängligt, stod det och WIFI fanns det inte heller.

”Det är inte möjligt.” Frustande tittade han upp mot taket, som om han bad till en högre ort. Här måste det finnas wifi-basstationer, tänkte han. Som en knarkare utan knark eller en alkoholist utan sprit. Marcus kände ett stort hål i sitt bröst, han kände sig tom i hela kroppen och själen. Utplånad och tillintetgjord.

”Det kan inte vara så här, det måste fungera! Det måste!”

Ett nytt swoshande ljud hördes och de båda vände blicken mot väggen med luckor. En ung man satte sig upp och log osäkert samtidigt som han sökte med blicken. Han harklade sig och viskade.

”Var är grabbarna?”

Otto von Knorrhane, 32 år, genomlider sin första svensexa. Efter att ha åkt limousine genom staden och hällt ut flera liter champagne genom fönstren hamnade hela gänget tillslut på fryskliniken. Genom ungdomarnas välbärgade föräldrars kontokort lyckades hans kompisar betala för en infrysning av Otto, det perfekta skämtet.

Några hundra tusen per person blev det. Men vad gör det, pengar är till för att användas. Tanken var att de skulle tina upp honom precis innan bröllopet, men det hela glömdes bort. Ingen tog på sig ansvaret för det dumdristiga pojkstrecket. Bröllopet blev inställt. Unge herr Knorrhane dök aldrig upp. Han rapporterades som saknad.

”Ursäkta, men mina kompisar har skämtat med mig, de håller på med min svensexa. Har mitt herrskap möjligtvis sett dem, eller rättare sagt, hört dem?”

Marcus misstänkte nu att det var något fel på mobilen, för datumet var helt åt skogen.

"Nej", svarar Jasmine. "Vi börjar tro att det är något som gått snett här. Ingenting fungerar. Vi har båda, liksom du, nyss stötts ut från våra frys-kokonger."

Hon tittade på Marcus.

"Lägg bort den där prylen nu, macki-docki, det finns personer som behöver vår hjälp i de där boxarna. Vi måste öppna dem!"

De gick fram mot luckorna, samtidigt som Otto frigjorde sig från sitt kablage, något generad.

"Du hittar något att ta på dig i skåpen längs väggen", sa Jasmine.

Handtagen på väggen var rejält tilltagna, som stora frysar på ett slakteri. Ett mycket litet hänglås satt fasttejpat på en av luckorna, ett sådant som man förr hade på dagböcker. Men det var inget som de båda tog någon större notis om.

Var skulle de börja? Marcus knackade på en av luckorna. "Det är väl bara att öppna", sa han och drog till. Med ett svagt sus öppnades luckan och britsen gled ut. Delar av en modelljärnväg låg utspridda på bristen. Små lok, vagnar, räls-bitar och små tyska alpvillor med blommor under fönstren. Personen som såg ut att ha legat där var försvunnen. Marcus såg sig omkring för att säkerställa att det inte var någon konduktör som lurpassade på dem. Sedan tryckte han igen luckan.

"Personen kanske tog tåget till infrysningen och kom aldrig fram!" Ingen skrattade. Vid nästa lucka hörde de ett ljud inifrån och Marcus tog genast tag i det stora handtaget. Luckan gled emot dem och de tittade nyfiket in bakom. Ett par fötter kom först, gråvita till färgen. Det var när de såg benen som de ryggade tillbaka. Det ena benet var slitet, söndertuggat. En bit av smalbenet syntes. Blod, och vatten rann över kanten. Doften brände i näsan på de båda. Ett ilsket morrande hördes inne i mörkret. Det lät inte mänskligt.

André Ichnek reste som ung man till Brasilien, regnskogarnas land, karnevalernas land. Det var först tänkt som ett sabbatsår, att få koppla av från föräldrar och studier, men efter att ha festat runt några månader började han jobba på en plantage för sojabönor. Kanske för att han behövde pengarna, men orsaken var nog hans passion för plantageägarens dotter. Hon, Vanessa, den vackra.

De träffades på en bar och dagen efter lovade Vanessa honom både jobb och bostad på familjens plantage utanför staden.

Det var en fascinerande syn som mötte honom första dagen på jobbet. Soja-fälten sträckte sig ända bort mot horisonten. Det var helt makalöst. Gröna fält så långt man kunde se.

"Äger din far allt detta? Han måste vara väldigt förmögen?"

"Ja, men inte till en början, marken var nästan gratis. Här var regnskog tidigare som han lät bränna ned."

"Men soja-bönor? Vem äter soja-bönor?"

"Det används mestadels som djurfoder. Sverige köper massor."

André jobbade upp sig, både på jobbet och inom familjen. Han gifte in sig och
när Vanessas far dog tog André Ichnek över som Amazonas störste soja-
producent.

Soja-branschen gick mycket bra under flera decennier. Som mest hade de sexton
skördetröskor i bredd över fälten. Men lyckan var inte beständig. Vanessa gick bort
i samband med en stroke. De fick aldrig några barn trots att de försökt i många år.

Som äldre välbärgad änkeman skaffade sig soja-ranchägare Ichnek en grand
danois. Den älskade hunden fick, trots sin storlek, namnet "Plutten". De sågs ofta
vandra längs fälten i solnedgången. Det sas att André aldrig skrattade i människors
sällskap, det var endast hunden som kunde få honom glad.

När Plutten var fyra år insjuknade hon i skelettcancer. Brasiliens alla veterinärer
anlitades, men hunden skulle inte gå att rädda. Det enda man kunde göra var att
frysa ned hunden och väcka henne när kunskapen och teknologin fanns för att
kunna bota henne.

Sverige låg i framkant när det gällde infrysningar av människor och André reste
till Uppsala för att boka ett frysfack till sin älskade hund.

Nej till djur, var det första han fick höra, men när han visade vad han kunde
betala så gick det bra.

Plutten fick genomgå samma infrysningsprocess som alla andra. Det blev jobbigt
för André att se sin sjuka hund lida och han insåg att han trots allt aldrig mer skulle
få se henne.

André valde då att inte bara att frysa ned sin hund utan han fryste även in sig
själv. Han bestämde att de skulle dela frysfack.

Hunden började skälla och morra. Marcus tvekade inte och tryckte igen luckan.

"Vad gör du?" ropade Jasmine. "Det var en grand danois. Du kan inte bara
stänga."

"Mannen är död och hunden verkar galen, jag öppnar inte igen!"

"Vi kan inte lämna kvar den där inte. Den kommer att dö, av syrebrist." Jasmine
lät förtvivlad.

"Inte dör den av svält i alla fall", tyckte Otto som även han fått på sig en vit rock,
om än något för liten.

"Då får ni avliva den", tyckte Jasmine och satte armarna i kors.

Otto började leta efter något att avliva en hund med. Ett medicinskåp på väggen
fångade han intresse. Där fanns en flaska kloroform.

"Vi dränker in en trasa med detta och slänger in, det borde fungera."

Någon trasa hittades inte men en vit rock från skåpet fungerade lika bra. Efter att
dränkt in rocken öppnade Marcus försiktigt luckan och Otto petade in det
kloroform-dränkta klädesplagget.

”Fy vad det luktar!”

Inget hände. Hunden fortsatte morra och skälla.

”Det funkar inte!” Marcus började slå på luckan och Jasmine hejdade honom.

”Nej, vänta. Det där gör det inte bättre.”

En stund senare blev det tyst, och om hunden somnade eller dog fick de aldrig reda på.

Fler luckor öppnades, alla med en röd lampa som lyste på ett blekt orörligt ansikte. Inte ett liv.

”Det är ingen mening att öppna luckorna. Om det är några fler som överlevt så kommer de ju trycka ut sig själva, med knappen, precis som vi gjorde.” Marcus sneglade mot dörren under nödutgångsskylten. ”Vi borde ta oss ut från detta bårhus!”

Otto lade handen på ett av handtagen och knackade på luckan.

”Vad gör du?” utbrast Marcus.

”Jag bara kollar, en sista”, svarade Otto och öppnade luckan.

Ut gled en brits med bleka små fötter med rosa nagellack, helt orörliga. Inget spring i de benen, tänkte Otto och lade handen på ena foten.

”De är iskalla”, sa han och vickade på de små tårna.

Jasmine vände sig bort. ”Sluta, det är otäckt!”

Otto sköt igen luckan och började även han gå mot dörren. Jasmine hade tagit några steg men stannade tvärt.

”Vänta!” ropade hon. ”Jag hör något här innanför.”

Hon lade handen på en lucka och Otto närmade sig snabbt. Marcus bara skakade på huvudet.

”Vi måste öppna”, sa Jasmine och Otto drog försiktigt i handtaget.

När luckan gled upp hördes ett kort hundskall. Otto hejdade britsen från att glida ut. Ännu en galen hund? Då kom ännu ett kort skall. Två skall. Det här var ingen stor hund, tänkte Otto.

”Det är flera hundar, jättesmå”, utbrast Jasmine. ”Så näpet.”

De drog ut britsen hela vägen.

Ut hoppade fem pekineser. Deras slangar lossnade när de kastade sig ned på golvet och gläfsande började hoppa runt kring benen på Jasmine och Otto. Voff!

”Sluta med det där nu”, vrålade Marcus som gått bort mot hissen. ”Vi måste ut härifrån.”

Ingen förväntade sig att lampan till hissen skulle tändas när Marcus tryckte på knappen. Istället öppnade han dörren och de kom alla ut i ett trapphus. I det svaga ljuset från mobilen kunde de ana en ranglig spiraltrappa som ledde både uppåt och nedåt.

”Vi måste ut.”

Hundarna sprang före honom när han lade handen på ledstången och tog några kliv nedför trappan.

CIA

Efter att ha kammat hem några småvinster på Lotto övergick Samuel till att sälja och köpa aktier. På något sätt kändes det ärligare. En Lotto-vinst består av många människors pengar, som de satsat och förlorat. De flesta är faktiskt förlorare. När det gäller spel glöms de alltför ofta bort. Ingen vill nämna dessa loosers, inte spelbolagen, inte heller spelarna själva. Alla håller tyst.

Idén var enkel, om det var hausse på en aktie skrev Samuel en lapp om att han skulle köpa den aktien. På så sätt kunde han köpa ett stort antal av aktien nästan två dygn innan den steg kraftigt. På liknande sätt gjorde han om en aktie störtdök, han sålde precis i sista ögonblicket. Hans kapital växte snabbt. Enkelt. Samuel kunde nu handla med aktier på samma sätt som de stora företagsledarna. Hur enkelt som helst.

En morgon när Samuel vittjade tidsregulatorn fann han några tidningsurklipp. På dem kunde han läsa om fyra terroristattacker i USA. Det handlade om två kapade passagerarflygplan som kraschat in i tvillingtornen World Trade Center i New York. Ytterligare ett passagerarplan hade flugit in i USA:s försvarshögkvarter i Pentagon i Washington. Ett fjärde passagerarplan demolerade Vita Huset. George W. Bush befann sig som tur var inte i byggnaden, han var på besök på en skola i Florida.

Först ville Samuel inte tro det var sant, det gick inte att ta till sig. Det lät som en mycket dålig katastrof-film, en riktig B-film. Men ändå, tidningarna såg äkta ut och varför skulle han lura sig själv? Tro det eller ej men det här kommer att ske, det insåg han.

Han försökte kontakta CIA. På deras hemsida fanns ett webbformulär. Efter att ha skrivit in hela redogörelsen och tryckt på Send kände han att han måste göra mer. Något telefonnummer gick inte att finna, men via nummerbyrån blev han kopplad till CIAs tips-telefon. Där kunde han meddela dem om den kommande katastrofen. Kvinnan som tog emot samtalet reagerade inte speciellt på det som Samuel berättade. Hon höll liksom med, om hon överhuvudtaget lyssnade?

Följande dag blev likväl en tragedi, två plan kraschade i World Trade Center, därefter ett som störtade i Pentagon. Sedan lyckades terroristerna avsluta med att jämna Vita Huset med marken, precis som det hade stått i tidningen.
Jag varnade ju CIA, tänkte Samuel, både på webben och telefonen? Varför gjorde de inget? Vad gick fel?

På något sätt måste han skicka varningen igen, men med ett tillägg om att CIA måste tro på honom, att de inte tror det är ett skämt. Hur ska han kunna förhindra denna katastrof?

Grubbleriet tog så mycket kraft att han inte märkte den blanksvarta van som rullade in på parkeringen framför huset. Kort därefter flög dörren upp och fem svartklädda personer rusade in i byggnaden. Med dragna vapen och hukad hållning spred de sig runt i hallen. De rörde sig smidigt trots sina skottsäkra västar. Med omväxlande framstormningar omringade de Samuel som var helt paralyserad. På ryggarna kunde han läsa CIA. Vad gör de här? Varför kommer de hit?

När CIA-agenterna insåg att den mycket häpne mannen i köket var obeväpnad kastade de sig över honom och höll honom fast mot golvet.

”Du är under arrest!”

Fast Samuel inte gjorde något motstånd blev han hårt hållen.

”Vad gör ni? Ni har tagit fel person!”

”Tyst, vi vet vem du är! Du talar när du blivit tillsagd!”

”Men…jag har inte gjort något!”

”Terrorist-svin!” Mannen med den långa hästsvansen sparkade honom i sidan. ” Gå, upp med dig.!”

Terrorist-attacken, tänkte Samuel. De tror att det är jag. Men hur ska jag kunna förklara mig?

”Jag måste få skriva ett meddelande till…öh…barnen!”

”Du har inga barn”, sa kvinnan som höll Samuels händer i ett hårt grepp bakom ryggen. Han kunde höra det metalliska ljudet av handklovar.

”Men…det gäller grannens ungar, jag ska vara barnvakt. De kommer att bli oroliga om jag inte är hemma när de kommer från skolan.”

CIA-ledaren ville så omärkligt som möjligt lämna landet med den gripne terroristen. Även om Säpo alltid var medgörliga så var det dumt med onödig uppståndelse.

”Ok, skriv då.”

Samuel tog ett block från bordet och skrev, samtidigt som han funderade på hur han skulle kunna få lappen placerad i tidsregulatorn. Kvinnan som hållit hans händer tittade över axeln och läste tyst med amerikansk brytning.

Carl, Inez och Arvid!

Var försiktiga. Det finns andra bullar i skafferiet!
Kommer snart!
/Samuel

"Jag ska bara lägga den så de säkert hittar den. Det blir bäst i lekrummet", sa han och nickade mot det hemliga rummet där han tidigare hade lämnat dörren öppen. Han fick okay och revolvrarna följde honom när han rörde sig genom rummet. Snabbt lade han lappen i tidsregulatorns behållare, ovanpå urklippen om attackerna.

Sedan tryckte han snabbt på startknappen.

Klick!

Den här morgonen var mycket besynnerlig för Samuel. I tidsregulatorn låg tidningsurklipp om fyra terroristattacker i USA. Där var bilder på bränder i World Trade Center, byggnaderna hade rasat samman, totalt, ända till grunden. Han kunde läsa om flygplan som flugit in i Pentagon och Vita Huset. Först ville Samuel inte tro det var sant, det gick inte att ta till sig. Men ändå, det var riktiga utklipp, tidningarna såg riktiga ut. De var äkta. Dessa händelser kommer att ske och han bestämde sig för att stoppa händelserna.

Där låg också en annan lapp med märkliga namn och om bullar i skafferiet, andra bullar. Vad menas? Han kände igen sin egen handstil. Men varför hade han skrivit detta?

Några bullar hittade han förstås inte i skafferiet. Därefter fokuserade han på den andra delen av texten, de tre namnen och om att vara försiktig. Carl, Inez och Arvid, han kände inga med de namnen? Vilka var de? Han tittade på initialerna, C, I och A. Kan det vara så att CIA skulle vara försiktiga? Då skulle jag skrivit det i klartext, tänkte Samuel. Det här har jag skrivit i smyg. Under tvång?

Kan det vara så att han redan försökt påverka denna händelse? Det enda som Samuel kom på var att han troligen ringt CIA och varnat för attackerna, men att ingen hade tagit varningen på allvar. Men det innebar att han blev den huvudmisstänkte terroristen för alla dåden.

Ingen kommer att tro mig om jag berättar det som står i tidningarna. Det är alltför otroligt. Men när det skett får jag skulden. CIA är snabba på att hitta en skyldig, även om det inte är den rätte.

Samuel började genast ringa flygbolagen. På det ena utklippet hade han skrivit alla flygnumren och han försökte nu boka biljetter. De två planen som skulle köra in i

World Trade Center var fullbokade. Hur var det med planet som kommer att krascha i Pentagon?

Fullbokat!

Airlines Flight 93 som skulle till San Fransisco hade lediga platser och som tränare för ett Brasilianskt ungdomslag i fotboll bokade han alla tretton lediga platser.

Det unga fotbollslaget hann aldrig med planet, trots att bolaget fördröjt starten. De tretton tjejerna dök aldrig upp. Tränaren som bokat biljetterna gick inte att få tag på, personen verkade inte finnas. Telefonnumret som mannen uppgett gick till en äldre dam i Wisconsin, som visserligen hade spelat fotboll en gång i tiden, men det var mycket länge sedan.

På något sätt gjorde dröjsmålet att passagerna lyckades förhindra planet att nå Vita Huset. Passagerarna hörde talas om de andra olyckorna och försökte förhindra kaparna att flyga vidare. Planet störtade därefter på ett fält utanför Shanksville i Pennsylvania.

Rädda Vita Huset gick bra, mer kunde Samuel inte göra. Att kunna sia om framtiden kan vara mycket farligt och han måste hädanefter se till att inte bli upptäckt. Det skulle innebära katastrof om uppfinningen kom i orätta händer och Samuel insåg att han måste förbli anonym.

Rått kött med benet kvar

Det gäller att få tag på en journalist som skriver bra, samtidigt som personen inte får vara för smart. Jag vill ju inte att personen avslöjar mig, tänkte Samuel.

Efter att ha skummat ett flertal tidningar fastnade han för Hanna Falkenberg, en ung tjej som alltid envisades med att ha en bild på sig själv vid varje artikel. Hos henne kunde man läsa om den senaste bantningsflugan RKBK, Rått Kött med Benet Kvar. Det gick ut på man skulle äta rått kött. Och inte bara det, men skulle gnaga av det råa köttet från benet. På så sätt frigjordes de rätta substanserna både i hjärnan och i tarmkanalen. Det fanns även artiklar om homeopati, också med en liten bild på Hanna i hörnet där hon späder lakvatten och dricker för att våra vattendrag ska bli renare.

Hanna Falkenberg blir perfekt, tänkte Samuel.

Efter att han kontaktat henne kom de överens om att de skulle träffas på ett café vid järnvägsstationen. Som förberedelse visste Samuel vissa händelser som skulle ske, han hade redan varit med om mötet en gång tidigare. Hela händelseförloppet fanns nedskrivet på en lapp som han läst många gånger under morgonen. Hon skulle ha en knallgul hoodtröja och vita byxor. En uteservering hade de valt, de skulle sitta på bordet längst ut. Efter att ha pratat en stund skulle hon beställa en kaffelatte och en stor chokladmuffins. Hur detta passade ihop med RKBK var något som inte var nedskrivet. Men det var bra att veta om man ville övertyga någon om att man var synsk.

Det viktiga var att han visste att det skulle ske några anmärkningsvärda händelser. Två hundar skulle börja bråka. En av hundarnas ägare skulle försöka separera dem och i processen trassla in sig i kopplet för att sedan dratta i en vattenpöl. Pladask. Därefter kommer en kvinna i högklackat, med röd tajt klänning, vars enorma resväska skulle gå sönder precis vid deras bord.

"Hej, Hanna, varsågod och sitt." Samuel drog ut hennes stol. "Jag önskar att få fortsätta vara anonym. Du kan kalla mig Harry."

"Okay, det går bra", svarade hon och tog fram ett litet anteckningsblock och en mycket kort blyertspenna.

”Jag har inte ätit lunch, vi kanske först ska beställa något?” sa Hanna och började tugga på blyertsstumpen,

”Vi väntar en stund med det, jag vill först berätta kort om mig själv. Jag är nämligen en siare.”

”Spännande”, svarade Hanna kvickt och Samuel tänkte att han kanske inte hade behövt förbereda mötet alls.

”Jag behöver någon som kan varna och förhindra olyckor som jag förutser”.

Som journalist bör man vara kritisk, det hade Hanna lärt sig på Journalisthögskolan.

”Hur vet jag att du verkligen kan se in i framtiden?” Hon lät kritisk, men hon visste redan att den här mannen var en profet, det kände hon på sig. Hon ville så gärna tro på honom.

”Får jag låna ditt block och penna så ska jag skriva ned det du kommer att beställa.”

Fnissade lämnade hon över pennan och blocket. Det kändes som om mannen skulle krypa in i hennes hjärna och rota. Så spännande.

I blocket hade Hanna redan skrivit Möte med Hary, spåman och på raden under skrev Samuel Kaffe med mjölk och chokladmuffins.

”Nu kan du få göra din beställning.”

”Jag vill ha en kaffelatte och chokladmuffins!”

Samuel sköt blocket över till journalisten som läste med stora ögon.

”Fantastiskt! Nästan exakt det jag sa. En chokladmuffins, hur visste du det? Men kaffet blev fel!”

”Kaffelatte är kaffe med mjölk”, förklarade Samuel.

”Nähä?!”

Efter att ha hämtat hennes beställning berättade Samuel om vad som strax skulle hända, om de bråkiga hundarna och om kvinnan med den stora resväskan.

Hanna häpnade när en liten terrier strax därefter började skälla frenetiskt. Rullkopplet verkade trassla för den kvinnliga ägaren. Kopplet blev bara längre och längre hur hon än tryckte på knappen. Den lilla hunden rusade i sicksack kring en äldre man och hans border collie. Kvinnans rullkoppel fastande kring mannens knän och han tappade balansen varvid han satte sig i en vattenpöl. Det hela såg komiskt ut. Även de andra gästerna på caféet såg händelsen och skrattade tyst.

”Fantastiskt”, viskade journalisten för att kort därefter tveka. ”Det kan vara skådisar som du anlitat?”

”Ja, det är förstås möjligt, men din beställning, den förutspådde jag!”

Sedan närmade sig kvinnan med den tajta klänningen vilket gjorde att Hanna höll nästan på att sätta sin muffins i halsen. Resväskan var stor och rullade inte som ägaren önskade. Det var svårt att hålla riktningen när man samtidigt ska hålla balansen i höga klackar. När kvinnan passerade deras bord gled väskan över trottoarkanten och fastande halvvägs ut i gatan. Ursinnigt ryckte kvinnan till och väskan flög upp. Mängder med kläder ramlade ut. Små trosor blåste iväg, men bromsades in av de små vattenpölarna som fanns längs med gatan.

Efter att ha hjälp till att fånga in kvinnans garderob satte sig Samuel med journalisten igen.

"Det där var inget skådespeleri, eller hur?" sa han.

Hanna nickade och följde kvinnan i rött med blicken när hon kämpade sig vidare in i stationshuset. Nu var det läge för Samuel att ställa sina krav.

"Jag kommer att förutsäga hemska olyckor och andra händelser. Till exempel flygplan som kraschar, eller byggnader som rasar samman. Du får ett meddelande av mig en dag innan. Då kan du förhindra tragedin. Det är mycket viktigt för mig att jag får vara anonym."

Hanna nickade frenetiskt.

Det första som Hanna fick reda på var att en skolbuss skulle köra av vägen utanför Östersund. I sms:et stod det att bussen skulle rulla utför en brant. Föraren skulle inte ha det förarbevis som krävdes för framfart av en så pass stor buss. Tolv de tjugotvå barnen förolyckas. Många skadades svårt.

När Hanna läst meddelandet raderade hon det genast. Hon var rädd att mobilen skulle förstöras med en liten rökpuff om texten låg kvar.

"Hallå! Är detta Bohlins Buss AB i Östersund?"

"Ja, vad kan jag stå till tjänst med?"

"Jag heter Hanna Falkenberg och är journalist. Jag har fått vetskap om att era busschaufförer inte har körkort."

"Men vad sägs du för någe? Det kan jag inte tänka mig."

"Jo, så är det. Det är skolbarn som åker med era bussar. Tänk om något skulle hända, om bussen störtar ned i en ravin och alla barnen dör? Vad säger du om det?"

"Alla våra förare har körkort!"

"Nä, och de kan råka köra över en brant!

"Är det här ett hot, eller?"

"Nej, jag menar att det skulle kunna hända."

"Jag förstår, olyckor kan hända, men ni kan var lugn, våra förare har lång erfarenhet att köra buss. Har ni barn som åker med våra bussar till skolan?"

"Va? Nä, jag har inga barn! Fy! Varför frågar du om det?"

"Ni verkar så orolig att det ska hända barnen något."

"Det är klart att det kommer att hända något!"

"Hotar ni oss. Jag tror jag ringer polisen!"

"Nej, inte polisen, jag hotar inte. Jag bara talar om vad som kommer…kan hända. Och så måste föraren ha rätt körkort."

"Ni menar att rätt behörighet?"

"Ja, precis, typ behörighet, typ, ja, så menar jag."

"Tack för att ni kontaktade oss och jag lovar att vi ska genast kontrollera att alla våra förare har den behörighet som krävs för att köra skolbuss. Ni kan var lugn, inget kommer att hända barnen."

"Öh, tack!"

Bolaget ville absolut inte ha någon negativ publicitet och kallade till stormöte dagen efter med alla anställda. De som inte hade behörighet att köra skolbuss fick genast andra sysslor.

Olyckan inträffade aldrig. Alla barnen klarade sig helskinnade till skolan.

Men det blev inga rubriker för Hanna Falkenberg. Tidningen ville inte ens skriva om att några förare på bussbolaget i Östersund saknade behörighet för skolbuss.

"Men tänk på vilken olycka som kunde ha hänt om bussen hade kört av vägen", försökte Hanna övertyga nyhetschefen. "Alla barnen kunde ha dött!"

"Jamän, nu har det ju inte hänt något", svarade chefen.

"Men den kunde ha rullat utför en brant…"

"Nej, vi skriver inget om bussförarna i Östersund, hur obehöriga de än är!"

Samma sak hände med den stora branden i Hässelby två veckor senare. Det hade plingat till i Hannas mobil där hon kunde läsa om en kommande eldsvåda. En brinnande radhuslänga. Två familjer, båda innebrända. Tre vuxna och fem barn. Ytterligare två barn låg nedsövda på sjukhuset på grund av kraftiga brännskador. Branden hade spridits snabbt på grund av att husen hade gemensam vind. Det hade börjat brinna i ett av köken och brandutredningen var säkra på att branden förorsakades av brinnande frityrolja.

En dag innan branden lyckades Hanna få in en helsida i lokalpressen om hur man släcker brinnande frityrolja. Här berättade hon att man aldrig ska släcka brinnande matfett eller matolja med vatten. Kväv elden med ett lock eller annat obrännbart material som t.ex. en brandfilt.

Den stora bilden i tidningen visade Hanna Falkenberg med kastrullock och fånigt förkläde. Pinsamt. Detta var inte den artikel hon hade hoppats på när hon blev erbjuden att få reda på tragiska olyckor och hemska katastrofer som skulle ske i framtiden.

Det blev ingen brand. Barnen fick mumsa på sina pommes frites, munkar eller vad det nu var som friterades i radhuset i Hässelby.

***

Flygplanskrasch LINKÖPING. Explosion i luften. Bomb i resväska. Arlanda, destination Paris, flight SK571

Samuel hade väntat in i det sista för att få reda på så mycket som möjligt om explosionen. När den extra nyhetssändningen berättade att det var en bomb i bagageutrymmet skickade han meddelandet, till sig själv, fyrtiotvå timmar tidigare. När han fann lappen skrev han genast ett sms till Hanna för att hon skulle få så mycket tid som möjligt för att kunna förhindra den annalkande katastrofen.

Det första fröken Hanna Falkenberg gjorde var att kontakta Arlanda flygplats. Flight SK571 skulle lyfta om sex timmar, här gällde att jobba snabbt. Som journalist kunde Hanna säga att hon misstänkte att en väska innehållande en bomb kommer att vara med i bagageutrymmet. Hon kunde hänvisa till anonyma källor och annat journalistarbete. Hade Samuel ringt hade det säkerligen bedömts som ett bombhot.

Höjd beredskap gällde när Hanna och hennes fotograf kom fram till Arlanda. Allt bagage skannades och två bombhundar sniffade på alla väskor som skulle till Paris.

Vid incheckningen för flight SK571 följde de noga säkerhetspersonalens tuffa arbete. När endast trettio minuter återstod markerade en av hundarna. Ett kort skall och hunden vägrade lämna väskan, en svart Samsonite.

Bagagehanteringen på Arlanda utrymdes omedelbart och polisen spärrade av det närliggande området. Bombteknikerna bedömde läget varefter en bombrobot flyttade väskan till ett av deras bombsäkra fordon. Sedan sprängdes väskan på säker plats, strax utanför Edsvik.

Väskans ägare kunde enkelt gripas. Det var en äldre kvinna med ljusgrön klänning och en matchande gul sjal. De runda glasögonen och det stripiga håret gjorde att hon såg ut som en kvarleva från sextio-talet. Peace and love, på riktigt. Kvinnan hade ingen aning om att det var hennes väska som orsakat detta kaos. Hanna lyckades få tag på kvinnan som var mäkta irriterad över att hennes plan inte startade i tid. Att polisen hade fört henne avsides gjorde inte saken bättre.

"Oansvariga skitstövlar. Snutjävlar! Varför kan inte vanligt folk röra sig som de vill?"

"Men de jobbar ju för säkerheten här på flygplatsen", föreslog Hanna för att lugna kvinnan.

"Men varför ska de ge sig på oss? Nu blir mitt plan försenat. Varför burar de inte in de där araberna på en gång!"

En polisman steg in och meddelade att kvinnan skulle arresteras. Bombgruppen hade sprängt hennes resväska. Teknikerna hade bedömt att väskans innehåll motsvarade femton kilo sprängmedel. De hade funnit en tidsmekanism som var tänkt att detonera bomben någon gång efter start. Allt hade legat inbäddat i gamla kläder.

"Men det där var inte min väska!"

"Ni checkade in väskan för två timmar sedan. Det har vi kameror som säkerställer."

Kvinnan var chockad och verkade helt ovetandes om innehållet i sitt bagage.

"Jag checkade in väskan...åt en vän."

"Vad heter din vän och var befinner sig den personen nu?"

Det blev tyst.

"Vi måste snarast få vetskap om detta. Det är mycket viktigt att vi kan gripa personen så snabbt som möjligt."

Kvinnan förblev tyst. Hanna befann sig i rummet och visste att hon när som helst skulle kunna bli utslängd, men hon kunde inte vara tyst längre.

"Hur såg personen ut som gav dig väskan?"

"Det var två, lika liksom. Båda hade svart skägg och solglasögon."

"Kan du beskriva deras kläder?"

"Mörk kostym, jag tror att de hade svarta eller mörka slipsar. Vit skjorta!"

"Ingen vän alltså?"

Polismannen smet genast ut och kontaktade sina kollegor. Hanna blev ensam med kvinnan. "Men varför checkade du in väskan åt dem?"

"Den ene mannens hustru hade flugit till Paris i morse, men glömt sitt bagage. Jag skulle bara checka in väskan åt henne och sen skulle hon möta mig på flygplatsen i Paris."

"Tyckte du inte att det verkade misstänksamt?"

Kvinnan tvekade en liten stund innan hon svarade. "Nä?"

"Skulle du få betalt?"

Hanna tittade på kvinnan vars blick for omkring i rummet, fönstret, dörren, på papperskorgen..

"Ja, de erbjöd mig en liten summa. Som tack. Men det spelar ingen roll, jag hade gjort det ändå. Man ska hjälpa sina medmänniskor, eller hur?"

"Hur mycket?"

Kvinnan granskade än en gång alla föremål i rummet.

"Du måste berätta hur mycket!"

"Två tusen."

Polismannen kom in och ställde sig vid dörren. Kvinnan blängde förskräckt på mannen i uniform.

"Euro", tillade kvinnan tvekande.

Hanna var nöjd, rubrikerna i tidningen dagen efter berättade om hennes suveräna journalistarbete. Första sidan visade en bild på henne liggandes vid fotografens stora fotoväska. Bildtexten löd: Hanna Falkenberg och resväskan innehållande femtio kilo sprängdeg. Väskan sprängdes kort därefter av polisens bombgrupp.

I tidningen kunde man läsa vidare om kvinnan som blivit lurad av skurkarna som utnyttjat hennes enfald. De två männen syntes aldrig till. Brottet blev aldrig uppklarat. För kvinnan med de runda glasögonen blev Paris-resan kraftigt försenad. Drygt ett år.

***

En månad senare fick Hanna ännu ett sms från Samuel. En bro kommer att rasa i Göteborg. Angeredsbron kommer inte att klara den annalkande stormen. En kombination av tung trafik, kraftig vind, och sprickbildning i den tjugoåriga betongen gör att delar av bron hamnar i vattnet. Många människor miste livet när de körde över kanten i mörkret.

Fem timmar senare, drygt ett dygn innan raset skulle ske, var Hanna på plats med sin fotograf. Vinden hade redan tilltagit och det regnade kraftigt. Det skulle blåsa än värre nästa dag.

Efter tre timmars letande tog en trött, blöt och irriterad fotograf en taxi tillbaka till hotellet. Han berättade för chauffören att det skulle ta timmar för honom att torka sitt långa hår.

Hanna fortsatte att söka felaktigheter eller skador i brokonstruktionen, men tröttnade till slut även hon. Det gick inte längre att se i mörkret. Det blåste kraftigt och regnet öste ner.

Följande morgon ringde hon Trafikverket. Hon hade inte någon större förhoppning om att det skulle bry sig om hennes kommentarer. Bron hade sprickbildning, men hon hade varken bevis eller bilder. Det sistnämnda berättade hon inte.

Till hennes stora förvåning stängdes bron av redan på eftermiddagen samma dag. Om det var planerat eller inte var något hon aldrig fick reda på. Någon artikel blev det inte heller, bara en notis om att Angeredsbron skulle vara avstängd fem veckor på grund av reparationsarbeten. Hon hade hoppats att hennes namn skulle vara med vid texten. När hon påpekade det visade sig att upplysningen var inlämnad av Trafikverket.

Visste de att bron var i dåligt skick? Hade de glömt att stänga av bron? Det var frågor som hon aldrig skulle få svar på.

Det dröjde två månader innan nästa sms. Hanna hade förträngt de små meddelande hon kunde få om kommande olyckor. Hon var besviken. De hade inte gett den publicitet som hon hoppats på. Endast små löjliga notiser. Ofta kändes det bara dumt eftersom allt oftast gick bra tillslut.

Den här gången var det en färja som hade haft för hög fart och kört in i en kaj. Förolyckade hade rapporterats eftersom färjan välte i det djupa vattnet. Bland annat hade en turistbuss glidit av och försvunnit ned i djupet. Många av passagerarna tog sig aldrig ut.

Hanna valde att inte göra något förarbete. Vad hade hon att vinna på att prata med kaptenen på båten och be honom köra försiktigt just idag? Vad skulle det ge för rubriker: Hanna Falkenberg räddar färja från att sjunka genom att uppmana kapten köra sakta?

Nej, aldrig mer, tänkte Hanna och ringde sin fotograf.

"Varför ska jag filma båten?" undrade fotografen när färjan var halvvägs över sundet. Hanna suckade.

"Gör bara som jag säger."

"Det här är ju löjligt. Det är fint väder, ingen vind. Inget kommer att hända här!" Fotografen började packa ihop sitt stativ varvid Hanna slet honom i hästsvansen.

"Kolla in färjan. Den kör alldeles för fort!"

Han tittade upp. "Nä, det ser helt okay ut. De brukar köra sådär snabbt. Vi åker tillbaka."

"Nej, du ska filma!" Hanna tog tag i axelremmen till kameran.

"Låt bli! Det finns bättre uppdrag än att vara här och filma båtar."

"Du ska göra som jag säger. Det är en order. Filma färjan nu!"

"Nej, meningslöst!"

"Jo, du ska filma!"

"Näpp."

Med ett kraftigt brak slog färjan in i kajkanten. Det knakade till i de stora långtradarna som stod längst fram. Kajens murbruk ploppade ner i vattnet. En lastbil gled förbi spärren i fören och halvvägs ut i vattnet. Långtradarna bakom rullade fram och åt sidan. Färjan doppade fören och började luta kraftigt. Vatten forsade in på däck vilket gjorde att bilarna gled åt sidan och fick färjan att luta ännu mer. Kameran åkte snabbt upp på fotografens axel och han började genast filma.

Färjan vred sig än mer. Lastbilar och bilar gled av och ut i vattnet för att snabbt sjunka till djupet. En fullsatt turistbuss rullade över kanten och ut i det mörka vattnet. Folk trängdes i dörröppningarna för att ta sig ut, men hindrades av vattnet som forsade in. Hanna såg förskräckta människor slå med knytnävar och skor på insidan fönstren.

"Fortsätt filma", ropade Hanna till fotografen när hon gick mot en stolpe med en frälsarkrans. Det var folk i vattnet och mindre båtar närmade sig för att plocka upp de nödställda. Fotografen zoomade in och följde bussen när den försvann i djupet. De flesta passagerarna tog sig aldrig ut.

Hanna viftade till fotografen när den första motorbåten med räddade kom mot kajen. Hon kastade frälsarkransen kring en blöt och förskräckt äldre dam. Tyvärr pratade damen endast italienska och Hanna flyttade över sin mikrofon till en man som hon tyckte såg svensk ut.

"Hur känns det?"

Hanna tryckte upp mikrofonen i det blöta ansiktet.

"Har ni förlorat någon nära anhörig? Vad tänkte ni när bussen föll i vattnet?"

Förskräckt försökte mannen svara varvid Hanna sträckte sig efter frälsarkransen som signoran hade över axlarna. Med ett ryck slet hon till sig kransen och som en vinnare av Wasa-loppet fick mannen den över sitt huvud.

Hanna fick äntligen sina rubriker. Bilder på henne dök upp i alla tidningar och ett långt reportage visades på TV. Alla visste numera vem Hanna Falkenberg var. Den förträffliga journalisten. Hon som var först på plats när bilfärjan sjönk. Med en frälsarkrans hade hon plockat upp döende turister ur vattnet.

När Samuel såg reportaget på tv undrade han först vad som gjorde att Hanna misslyckades att förhindra olyckan. Hända det något? Vad gick snett? Ganska snabbt insåg han att hon inte försökt förhindra händelsen överhuvudtaget.

Det hade gått för lång tid för att han skulle kunna stoppa sitt första meddelande som han skickat tidigare. Tyvärr.

I tv-rutan berättade en upprymd Hanna om den förskräckliga olyckan.

Samuel kunde inget göra.

Men några fler sms till fröken Falkenberg var inte att tänka på.

YTBÄRGAREN OCH HANS FAMILJ

En stormig natt i oktober råkade ett passagerarfartyg i sjönöd. Fartyget kantrade i den kraftiga vinden. Ingen vet riktigt vad som hände men fartyget sjönk relativt hastigt därefter. En timme senare kom en helikopter med ytbärgare till olycksplatsen. Fem personer lyckades de plocka upp. En närliggande båt räddade ytterligare femton personer. Tjugotvå personer återfanns aldrig, bland annat fem pappor med sina tonårsdöttrar. Flickorna hade med sina pappor varit på ridläger i Polen.

Samuel bestämde sig för att försöka göra något och skrev en lapp till sig själv där han berättade om olyckan. Allt han kunde få reda på. Tider och positioner. Han skulle förhindra detta själv, utan självviska journalister.

Dagen före hade han ingen möjlighet att hejda båten från att avgå, den hade redan lämnat hamnen men genom att ringa några samtal lyckades han tillkalla ännu en helikopter att närvara vid det kommande räddningsarbetet. Två fartyg ändrade sina rutter när Samuel berättade om att fartyget hade ett allvarligt fel.

När olyckan väl inträffade kunde de plocka upp nästan alla nödställda. En besättningsman överlevde inte. Han hade fastnat i en roddmaskin i fartygets träningslokal. Kriminaltekniska lyckades inte fastställa om det var före eller efter kantringen.

Allt verkade löpa fint och Samuel lyckades klara sig anonym genom hela aktionen. Tyvärr råkade en helikopter få problem på tillbakavägen och störtade i havet, strax utanför kusten. Ingen nödsignal skickades varvid hela besättningen omkom, vinsch-operatör, ytbärgare och de två piloterna.

Några dagar efter finner Samuel ett reportage om den unge ytbärgaren på helikoptern som havererat. Han efterlämnade en familj med tre barn. Mannen var hjälte i orten där de bodde och hade tidigare räddat många liv under sin karriär.

Det var Samuels fel att den helikoptern deltog i räddningsarbetet. Hade han inte ringt sjöfartsverket hade räddningsteamet varit på träning i Mora. Vem vet hur många människor han och hans team skulle ha räddat under deras yrkesverksamma liv? Samuel fick samvetskval, att rädda tjugotvå mot fyra verkar bra, men är han den som skall bestämma vilka som skall få leva? Han kunde inget göra. Han hade mördat fyra personer, helt oskyldiga. De var utbildade att hjälpa. Deras arbete var att rädda andra människor.

Tack vare honom överlevde fler, men det här räddningsteamet skulle ha räddat ännu fler under framtida katastrofer. Vad hade han ställt till med? Han ville backa tillbaka och göra om. Men det fanns inte tid till detta.

Men det var inte nog med det. Efter olyckan visade sig att papporna på båten inte var några pappor, i alla fall inte till de unga flickorna som de kallat döttrar. Något ridläger hade de aldrig besökt. Flickorna var köpta och användes som sexslavar. Flickorna hade hållits inlåsta i männens lägenheter, var för sig. De hade samlats hos varandra och genomfört gruppvåldtäkter på sina så kallade döttrar. Träffarna kallade de för ridläger.

Det var dessa män som Samuel hade räddat till livet.

Samuel förbannade sig själv för vad han gjort. Naturen hade ordnat ett dödsstraff för dessa män, men varför skulle Samuel ändra på det? Nu fick andra personer lida. Fel personer eller inte, det kan man inte veta. Samuel hade tagit på sig rollen som domare och han kände att allt blivit fel, jävligt fel.

Herrarnas ridläger uppdagades när en av flickorna togs till akuten på grund av sina skador i underlivet. En läkare blev misstänksam och tog reda på flickans ursprung. Flickan visade sig senare vara tretton år gammal.

Detta blev för mycket för Samuel. Om han inget gjort hade helikopterteamet klarat sig genom att de hade varit på annat uppdrag. Våldtäktsmännen hade omkommit tillsammans med småflickorna, flickorna som de kallade döttrar. Men till vilket liv hade han räddat dessa flickor?

Vad har jag gjort? Var det detta som Harriet hade varnat för? Varför blir allt värre när jag försöker göra rätt?

***

Vårfrukyrkan var en vacker plats. De stora kastanjerna kastade svala skuggor över det nyklippta gröna gräset. Man kunde höra stadens brus och fågelkvitter. I övrigt var det tyst. Några andra syntes inte till, det var folktomt på kyrkogården vad Samuel kunde se.

Vatten droppade från slangen som låg utslängd på grusgången vid vattenposten. Efter att ha samlat ihop slangen vred han åt kranen.

På kyrkas torn fanns ett guldkors. En märklig symbol för kristendomen, tänkte Samuel. Att Jesus hängdes på korset var den tidens dödsstraff. Tänk om Jesus hade kommit senare, på 1500-talet, då de avrättade folk medelst hängning. Då hade det istället suttit en snara på Vårfrukyrkans topp.

Giftinjektioner är en modernare metod att avrätta folk och det hade föranlett en spruta i toppen på Sveriges alla kyrkor. En präglad injektionsspruta i guld på alla biblarna. Vad märkligt det skulle ha sett ut. För att inte tala om den elektriska stolen. Om Jesus hade visat sig senare skulle han ha offrat sitt liv och placerats i den elektriska stolen. Då hade en stol blivit en symbol för kristendomen istället för korset. Tänk att få en liten stol hängandes runt halsen när man konfirmerar sig. Vampyrfilmerna skulle ha varit ännu töntigare när de angripna håller upp en liten stol i stället för ett kors för att mota undan de blodsugande zombierna.

Hade Jesus avrättats på nittonhundratalet hade Vårfrukyrkans topp klätts av en stol, en förgylld stol.

Ytbärgarens grav var inte svår att hitta. Där låg betydligt fler blommor än vid de andra gravarna. Vackra buketter och kransar i vitt och grönt. Marken var förhöjd vilket förstärkte känslan av det låg en kista där nere, djupt i jorden. Stenen var huggen i röd granit och namnet var skrivet med blanka bokstäver i guld.

Det är mitt fel, tänkte Samuel. Vad har jag ställt till med? Han fick en otäck känsla i maggropen och ville sparka sönder allt. Återställa allt…men det var ju inte heller bra. Hur ska man veta vad som är bäst? Jag försökte ju göra rätt.

En bil stannade på gatan utanför kyrkogården, men det var något som Samuel inte lade märke till. Kort därefter kom tre barn och ställde sig vid sidan av Samuel. Barnen såg ut att vara mellan fem och tio år Tillsammans bildade de en ring runt graven. Ingen sa något, det var alldeles tyst. Stadens brus hade tystnat, inte ens fåglarna kvittrade. Den minsta, en flicka, hukade sig fram och lade en vit ros i gräset.

"Den är till dig, pappa. Jag har plockat den själv."

Oh nej, det är hans barn, tänkte Samuel. Jag kan inte säga förlåt, för det är bara jag som vet att allt var mitt fel. Det skulle bara bli värre för dem om jag skulle förklara.

Jag klarar inte det här. Samuel vände sig om för att gå tillbaka till sin bil. Bakom honom stod en ung kvinna, barnens mor, gissade han. Hon hejade och log. Samuel hejade tillbaka. För henne var han någon som ville visa hennes avlidne make uppskattning. Hon skulle bara veta, tänkte Samuel när han utan att se sig om gick mot bilen.

När han satte sig bakom ratten kunde han inte hålla tårarna tillbaka. Han grät, dunkade huvudet i ratten och förbannade sig själv. Fan! Helvetes jävla skit!

Vad hade hänt om han hade kunnat vrida tillbaka tiden och förhindrat att Hitler kommit till makten? Tänk om man kunde träffa en ung Hitler och påverka honom på något sätt. Stoppat hans existens, eller uppmuntrat honom att göra gott. Då hade varken nazismen eller Tredje riket existerat, och därmed inte heller Förintelsen. Miljontals judar hade då överlevt. Alla som dog i kriget. Det kanske inte hade blivit något andra världskrig? Då hade man förhindrat förföljelsen av utsatta grupper, massavrättningar av homosexuella och sterilisering av utvecklingsstörda. Hitlers politiska motståndare och deras familjer hade överlevt. Vad skulle allt detta ha inneburit för Europas framtid?

Det verkar fantastiskt, men tänk om en ny och ännu värre Hitler kommit senare och mördat ännu fler, en annan diktator som hade lyckats behålla greppet över Europa?

Då hade vi alla pratat tyska idag.

Eller så hade alla böcker i din bokhylla varit på ryska. Den kanske skulle vara helt tom, utan böcker, eftersom Stalin intog Europa och lyckats behålla makten i hundra år. Vi skulle alla vara en del av en kommunistisk stormakt och kört en Volga till jobbet istället för en Volvo.

Det tragiska uppvaknandet av Natalie Blom

Natalie Blom var vegan, hon tyckte det var besynnerligt att äta kött. Matsalen på skolan tvingade veganerna gå vid sidan av för att få sin lunch. Det kallades specialkost. Men Natalie tänkte ofta på hur det skulle vara om det var omvänt, att det alltid serverades veganmat, inga kött- eller mjölkprodukter. I matsalen serverades grönsaker, frukter, ris, pasta och annat gott. Goda grytor med rotfrukter och härliga såser. De som hade valt att äta kött fick gå vid sidan av för att få sin specialkost.

Specialkost bestående av döda djur.

Vi andra skulle stå och plocka för oss av alla grönsaker och rotfrukter som bespisningspersonalen ställt fram, tänkte Natalie. Köttätarna skulle stå vid köksingången med sin tallrik och vänta på att någon placerade en bit död gris, eller en bit av en död fågel på deras tallrik. Andra dagar skulle de vänta på att få en bit av en dödad ko. Oftast skulle de få en bit slang full med avskrap från en död gris.

Då kanske alla skulle förstå vad sjukt det var att äta kött.

Det svåraste för Natalie var djurhållningen. De djur som människan hållit fängslade hela livet för att sedan slaktas. Fina, söta, oskyldiga djur föds i ett fängelse, växer upp i ett fängelse, ofta trångt och mörkt, för att sedan slaktas. Möjligtvis skulle hon kunna tänkta sig att äta vilt. Ett djur som varit fri från födseln och levt ett bra liv i vilt tillstånd. Ett liv som djuret valt själv. Ett bra liv.
Men Natalie ställde sig inte i någon kö för veganer längre.

Det var en vintermorgon det tog stopp, inte för bussen i detta fall, den som passerade rödljuset med hög fart utan att stanna, utan för den lilla flickan. Hon som trippade över gatan vid grön gubbe och såg framemot ännu en dag i skolan. Den här morgonen kom hon inte i tid som brukligt. Den här dagen kom hon inte alls till skolan. Hon kom inte ens över gatan. Efter ett par meter in på övergångsstället träffades hon av bussen, rullade under det främre hjulet för att bli fastklämd vid det bakre hjulparet. Med krossad skalle och bruten nacke.

Blinka med ögonen var hennes sätt att kommunicera efter detta. Hennes rum på sjukhuset var gult. Senapsgult. Det var ingen färg som Natalie skulle ha valt, men hon kunde inget säga och ingen hade frågat henne om vad hon tyckte om rummet. Frågorna hon fått hade handlat om värk, hunger, törst och sömn. Hon blinkade långsamt till dessa frågor, vilket betydde ja.

Natalie sondmatades, men inte med veganmat. Pappan hade bestämt att hon skulle sondmatas med vanlig mat, med kött och fisk. Detta för att han hade en bestämd uppfattning att kött skulle göra henne frisk.

”Hon behöver riktig mat”, envisades han med att säga.

”Ris och bönor gör ingen frisk.”

Fadern älskade sin dotter över allt annat. Han kunde inte se henne ligga orörlig. Det var en plåga för honom varje dag han besökte henne.

Han beslöt att hans dotter skulle frysas ned för att senare väckas i framtiden. Då skulle läkarna kunna ge henne livet och rörligheten åter.

”Vi ska frysa ned dig, det är inget farligt. Vi väcker dig i framtiden och då kan läkarna bota dig. Det blir väl jättebra!” Fadern hade redan tänkt ut allt.

Natalie hade blinkat fort, vilket betyder nej. Att vakna i framtiden, utan vänner, var inte något som hon ville vara med om. Det var bättre att vara förlamad med sin familj än att kunna gå, ensam, i framtiden.

Men pappan ville inte lyssna, han tittade bort. ”Det är det bästa vi kan göra för dig.” Han försökte övertala sig själv om att han tagit rätt beslut. För honom var det bättre att stoppa undan henne för en obestämd tid.

Han kunde inte se henne lida.

***

Natalie Blom vaknade i frysboxen och kände genast att hon var ensam. Inget hände när hon försökte röra på armarna. Benen var orörliga. Förlamad låg hon i mörkret och undrade var alla höll hus. Det brukade alltid sitta någon bredvid sängen. Pappa, mamma och lillebror, var är ni?

Men det var ingen säng hon befann sig i, det kändes mera som en mörk smal låda, eller kista. Var hon död? Och begraven?

En stor röd knapp lyste ovanför henne, endast en decimeter från ansiktet.

EJECT

Hon undrade vad som skulle hända om hon hade kunnat trycka på den. Kanske lådan skulle explodera och dess väggar skulle flyga åt sidan? Det skulle bli ljust och alla skulle sitta där vid kanten av sängen?

Det kanske är en kanon, som på cirkus, och jag flyger iväg och landar på fötterna? Jag står upp och alla applåderar! Men jag har ingen hjälm, tänkte Natalie. En sådan där färggrann, med ränder och stjärnor.

Det var kallt, fuktigt, och ensamt. Natalie var törstig. Om jag blundar kanske jag vaknar hemma i sängen.

Hon blundade länge, och hoppades.

Natalie vaknade av att någon knackade. Hon låg fortfarande i den mörka lådan. Ett svagt sken syntes vid fötterna och hon hörde röster. Är det du, mamma? undrade hon. Ta ut mig, ville hon ropa, men hon fick inte fram ett ljud. Hon blinkade intensivt. Det var hennes sett att skrika.

Någon tog i henne. Killade henne på tårna.

"De är iskalla", sa en röst vid fötterna. Dra, tänkte Natalie, dra ut mig härifrån. Natalie kände hur någon fortsatte att pilla på hennes tår.

"Sluta, det är otäckt!" Det var en kvinnoröst. Sedan blev allt mörkt och tyst igen.

Kvar fanns bara den lysande knappen.

EJECT.

Den intelligenta zebran

En nattlig tsunami drabbade Afrikas östkust och fem européer drunknade, en av dem var svenskättling. Hans farmor var född i Sverige och hon hade som femåring flyttat tillsammans med sin familj till Belgien och sedan vidare till Afrika.

Tsunamin gav stora rubriker i tidningarna. Svensk omkom i vågorna, stod det på löpsedlarna. I mittuppslaget fanns bilder på mannen och hotellet där han jobbade. I texten intervjuades tjänstepersonalen som berättade om hur trevlig svensken varit. En släkting till mannen berättade hur han mindes när de som barn lekte i Antwerpen.

I ett annat mindre reportage kunde man läsa om den lilla fiskebyn som låg tre kilometer från hotellet. Där levde drygt trehundra familjer på fiske och enkla jordbruk. Byn hade legat ute på en udde och allt hade spolats bort av flodvågen. Byggnaderna totalförstördes och låg utspridda längs kusten. Alla fiskebåtar och redskap var förstörda. Kvar var bara sand och sten. Endast några få från byn överlevde tsunamin. Det var som om byn och människorna aldrig existerat.

En morgon hittade Samuel de utrivna artiklarna om förödelsen i tidsregulatorns behållare. I övermorgon kommer katastrofen vara ett faktum om jag inte gör något, tänkte han. Beslutet var enkelt, han skulle själv resa ned och varna befolkningen inför den annalkande tsunamin.

Cikadornas skärande sång fyllde den mörka parkeringen vid flygplatsen när Samuel vinkade in taxin. Han hade gott om tid. Han visste att det var först nästkommande natt som tsunamin skulle slå till mot kusten.

"Hotell Alliance, tack."

Den varma luften som fläktade in genom fönstren när taxin körde genom staden svalkade trots värmen. Chaufförens namn var Kendi Bankole, det kunde Samuel läsa på ID-kortet som var klistrat på instrumentpanelen.

"Jag såg något märkligt när vi gick ned för landning."

"Ja, det är märkligt att flyga. Jag har aldrig förstått att det fungerar." Kendi svarade med blicken hela tiden på vägbanan.

"Vad menar du?"

"Jag skulle aldrig sätta mig i sådan apparat. Instängd i en låda långt upp i luften."

”Men det är tjugonio gånger säkrare att flyga än att köra bil. Så det är nog större risk att du dör i bilen än i ett flygplan.”

Chauffören kastade en kort blick på Samuel, som för att se vilken idiot som han körde den här gången.

”Och det tror du på?”

”Ja”, Samuel tvekade, han kände att diskussion kom in på fel ämne men kunde inte lämna statistiken. ”Det är rentav troligare att du dör i ditt hem än att du är i luften. Det är arton gånger säkrare att flyga än att vara hemma!”

”Jag är sällan hemma, jag kör taxi!”

”Men din familj är hemma?”

”Ja, fru och sex barn, och de varken flyger eller åker bil. Vad skulle kunna hända dem?”

”Ett inbrott, jordbävning, eller kanske en tsunami?”

Kendi Bankole rattade vidare utan att säga något. Samuel ville byta ämne och nu hade han chansen.

”Från planet såg jag massor med djur, de vandrade, de såg ut att fly från kusten.” Samuel sneglade på Kendi för att se hur han skulle reagera.

”Ja”, svarade chauffören. ”Det händer om de är oroliga för något.”

”De gick i led, elefanter, noshörningar och mängder med bufflar.”

”Det kan vara tjuvjägare”, svarade Kendi kort.

”Djuren lämnade kusten , de såg ut att röra sig upp mot bergen.”

”Då är det jordbävning på gång”, svarade Kendi.

Samuel sa inget mer. Han hade inte sett några djur vandra, men han visste att det var ett säkert tecken på att en annalkande jordbävning. Vid Hotell Alliance kontaktade chauffören sambandscentralen. Samuel förstod inte vad han som sas, men Kendi Bankole talade mycket fort.

Mannen i hotellreceptionen såg bekant ut och Samuel mindes bilden på den drunknade svensken från tidningsurklippen. Samuel började då prata svenska och frågade om han inte saknade snön och de mörka kalla vintrarna. Mannen såg ut som ett stort frågetecken, han förstod tydligen ingenting. Efter att ha konverserat på engelska kom de fram till att mannen trodde att hans farfars mor var från Sverige. Eller var det Norge? Själv kunde han varken svenska eller norska.

Den här mannen kommer att drunkna i morgon natt, tänkte Samuel när han fick nyckeln till rummet. Hur ska jag kunna rädda honom? Jag kan inte gå och lägga mig utan att säga något. Efter att ha berättat om djuren som flytt upp mot bergen avslutade Samuel med att fråga om vad mannen tänkte göra om en stor flodvåg slog in över hotellet och fyllde receptionen.

Samuel förväntade sig inget svar när han gick mot hissen. Den så kallade svenskättlingen följde honom förskräckt med blicken.

På morgonen tog sig Samuel till den lilla byn som skulle drabbas. De enkla husen stod tätt och på en bänk vid det lilla torget satt fem äldre män på rad. De log alla med tandlösa munnar när den unge mannen satte sig bland herrarna.

Konversationen berörde allt från väder till unga flickor. Men de nämnde också att de hört att de vilda djuren flytt från kusten.

”Det är ett tecken på en annalkande jordbävning och tsunami”, berättade Samuel. ”Ni borde söka skydd inåt land.”

Men det var svårt att få dem att lämna sina hem. Hemmet är den mest trygga platsen och dit man gärna söker sig vid en fara. Samuel försökte låta övertygande.

”Vid en tsunami kommer vattnet att stiga över hustaken och strömmarna kommer att vara så starka att ingen kan simma.”

Männen gick därefter till husen och berättade om den annalkande katastrofen. Långsamt började byfolket förstå det vansinniga med att gömma sig i husen. De packade sina mest betydelsefulla ägodelar och gjorde sig redo att lämna byn.

På kvällen var hela byn samlad på en höjd ett par kilometer från kusten. Ryktet hade spridits under dagen vilket medförde att även den kustnära delen av staden var evakuerad. Alla kände till att djuren flytt kusten och alla väntade nu på den kommande jordbävningen.

Plötsligt hände det, skakningar i jorden. Marken de satt på vibrerade. Enstaka ängsliga stön hördes i mörkret. En mamma hyschade och lugnade sina barn.

Efter två minuter var det över. Det blev alldeles tyst. Alla tittade ut över havet, men allt var mörkt och stilla. Månen lyste helt oberörd över havet och kastade en lång ljusslinga som glittrande sökte sig mot kusten.

De yngre barnen klängde på sina mammor.

”Mamma, varför är zebror randiga och varför kan man inte rida på dem?

Mamman skrattade, hon hade själv frågat sin mamma samma sak när hon var liten.

”Jag ska berätta för dig om den intelligenta zebran.”

”Den intelligenta zebran?” Flickan var inte den ende som blev förvånad.

”För länge sedan på en savann långt bort levde en flock zebror. På den tiden var alla zebror vita. Ingen vet riktgt varför de såg ut på det sättet, kanske de vandrat in norrifrån? Nu levde de i alla fall på grässlätten och de helvita zebrorna var en vanlig syn på den vidsträckta savannen. Där fanns även ett vattenhål dit savannens alla djur sökte sig för att dricka. Det friska gräset gjorde dem gott och när de var törstiga kunde de dricka från vattensamlingen.

En dag bestämde sig en zebra för att sätta ned pinnar kring en bit av savannen. Det här är min mark, av det här gräset får ingen annan zebra äta, sa han. De andra zebrorna tyckte det var märkligt beteende, men savannen var stor och det gjorde inte så mycket. Det fanns mycket gräs på andra platser.

Allt hade gått bra om det inte var för att en annan zebra också ville ha mark. Den satte också ned pinnar och visade bestämt att denna bit av savannen var hennes. Fler zebror sneglade avundsjukt på de båda zebrorna som var förmer än andra och strax hade de också markerat stora ytor. Snart var hela savannen uppdelad. En zebra hade placerat sina pinnar kring vattenhålet.

När zebrorna kom för att dricka fick de nej, här får ni inget vatten. Ni måste komma med gräs till mig som ersättning för att ni dricker av vattnet, mitt vatten. Zebrorna fick vända hem till sin bit uppstakade mark och beta extra mycket för att vandra tillbaka till vattenhålet med ett lass gräs på ryggen. Då först kunde de släcka sin törst. Zebran som ägde vattenhålet fick snabbt ett överflöd av gräs, mycket mer än han kunde äta själv. Han åt och åt, blev tjock och fet. Men det blev ändå gräs över. Det gräset som blev över möglade och blev förstört. Det här är inte bra, tänkte han och efter en stunds funderande kom han på en idé. Jag måste ersätta gräset med något som inte ruttnar, inte blir förstört.

Över hela slätten växte även en liten svamp, en svart svamp, som gick att torka. Den var giftig och zebrorna kallade den Det Svarta Giftet. Om alla som vill ha vatten lämnar en svamp istället, och jag kan sedan byta till mig gräs för svampen vid annat tillfälle skulle det fungera.

Alla zebrorna gick med på detta. Det var bra för det var enklare att bära några svampar än en massa gräs på ryggen.

Efter ett tag hade zebran med vattenhålet enormt mycket svamp, en jättestor hög. Själv hade han blivit ännu fetare för han kunde köpa hur mycket gräs som helst, när som helst. Han behövde inte gå omkring och beta, han kunde ligga ned och äta sig mätt. Detta var strålande. Han hade så mycket svamp att han även bytte till sig små markbitar av de andra zebrorna. De stackars zebrorna tyckte att svampen var viktigare än marken, för de behövde vatten att dricka. Snart tillhörde hela savannen honom, i alla fall vad zebrorna beträffade. De andra djurarterna kunde han inte bestämma över, de kom och gick vid vattenhålet som de ville. Zebrorna tvingades numera betala för att beta på slätten, men för detta behövde de svampar, det svarta giftet. Det fick de genom att bära gräs till zebran, men också utföra andra sysslor. Den rika zebran delade ut svamp till alla som arbetade åt honom. De fick gräva vallar, plantera träd och göra fint på hans favoritplats. Andra stod vakt vid vattenhålet. Några tvingades slicka hans päls och bära bort hans bajs. Trots detta ansågs han generös och hjälpsam, för utan honom skulle de inte få något vatten att dricka eller gräs att äta.

Men torkan kom och vattenhålet sinade. Alla zebror visste att det fanns ett vattenhål till, långt långt borta. Enligt hörsägen hade det hålet aldrig sinat. Snabbt gav sig den rika zebran iväg. Han var förvisso fet och ovan att röra sig, men han

kunde vandra långt utan stopp. De andra zebrorna var tvungna att stanna och äta
på vägen. Att komma fram till vattnet skulle ta flera veckor insåg de. Svampen, det
svarta giftet, lastade de på ryggarna, så mycket som det bara gick. Alla tvingades
bära, gammal som ung. När de kom fram skulle de behöva all svamp för att kunna
byta till sig vatten och mat.

Solen brände under deras långa vandring, svetten rann längs ryggarna. Det svarta
giftet blandades med svetten och bildade rännilar längs kropparna på de kämpande
djuren. När de efter veckor av vandring närmade sig det nya vattenhålet hade
svamparna runnit bort och solen hade bränt in det svarta giftet likt ränder i deras
vita päls.

På avstånd såg alla den rika zebran uppe på en höjd, men härskaren rörde sig inte
när de gick fram för att dricka. De lyckades alla släcka törsten. Savannens andra
djur hade sökt sig hit för att dricka. Följande dag kunde de också beta av det torra
gräset och dricka mer av det friska vattnet. Den rika zebran hade valt en höjd med
bra uppsikt över vattnet. Där väntade han på att flocken skulle komma med svamp
till honom för att få dricka. Här skulle han stanna, här skulle han låta dem bygga
ett palats åt honom.

Från sin höjd såg han alla djuren som kom för att dricka, giraffer, gnuer, elefanter
och även enstaka rovdjur. Där fanns även ett art som han aldrig sett tidigare, en
stor flock svartvit-randiga djur. Vilket dåligt kamouflage, skrattade han, de syns ju
hur bra som helst. Vilka dumma djur. Men han brydde sig inte mer om det. Han
väntade och väntade, men hans vita flock zebror dök aldrig upp.

Följande morgon gick zebrorna återigen ut på slätten för att beta då en av
zebrorna hejdade dem alla. Hon sa åt dem att aldrig staka upp en bit mark och säga
att detta är mitt. Den intelligenta zebran berättade vidare att marken och vattnet
tillhör alla.

”Vi måste inte arbeta åt den vita zebran, vi klarar oss bra utan det svarta giftet. Vi
är fria. Ingen ska någonsin bestämma över oss. Låt ränderna vi har fått på våra
kroppar för alltid påminna oss om detta.

Därför, min vän, är alla zebror randiga och omöjliga att använda som riddjur.”

Tystnaden var total på berget, alla, både barn och vuxna, hade lyssnat på kvinnans
berättelse. Men lugnet varade inte länge förrän det hördes tillrop och oroligheter.
En mörk slinga syntes över vattnet, tvärs mångatan. Alla följde den mörka linjen
med blicken när den sakta rörde sig mot kusten. Närmare och närmare. Samuel såg
sig oroligt omkring och hoppades att de sökt sig tillräckligt långt upp på berget.
Vågen ökade farten allteftersom den kom närmare. Vågen växte sig högre och
högre. Nu hörde de bruset när den slog till över stranden. Över fiskebyn sköljde
den och slog sedan till mot staden. Ljuset slocknade i husen närmast vattnet. Ett
billarm tutade en stund för att sedan tappa tonen och slutligen tystna helt.

Sedan slocknade allt ljus, även längs vägarna. Alla satt tysta och lyssnade på de skrämmande ljuden. Några blundade och bad tyst för sig själva. Vattnet nådde aldrig upp till berget där de sökt skydd.

Natten var lång av väntan. Några av byborna ville ta sig tillbaka för att se om husen klarat sig men Samuel förklarade att det fortfarande kan vara farligt. Bättre att vänta tills i morgon då allt vattnet runnit undan.

Staden hade inte tagit någon större skada av tsunamin. Alla stora byggnader vid stranden, de flesta hotell, hade klarat sig. I tumultet som uppstod hade en ung norsk kvinna blivit söndertrampad. Hon var inte omnämnd vid den första tsunamin, det borde ha stått i tidningsurklippen som Samuel hade.

Vad har jag nu ställt till med? Jag räddar några så dör någon annan?

När solen började stiga upp på himlen gick de alla ned till byn, eller rättare sagt till den plats där byn legat. Sand och sten var det enda som fanns kvar. Allt var borta, deras odlingar var försvunna, jorden var bortspolad. Där det tidigare stått hus var det nu bara vattenpölar. I förtvivlan satte sig några kvinnor ned och grät. Männen gick omkring och sparkade bland stenarna som för att försöka hitta något av värde. Vad skulle de göra nu?

Några barn ropade och pekade inåt land. En svart rysk lyxbil hade stannat där vägen slutade. En man i mörk kostym klev ur och spanade över stranden. Alla tystnade och vände sina blickar mot Samuel.

När Samuel började gå mot bilen hördes någon klappa händer. Fler hängde på för att sedan jubla. Några började sjunga. Samuel var en hjälte och skulle få träffa presidenten. Äntligen hade han lyckats, tänkte han när han gick mot bilen. Många blev räddade och det fanns ingen misstanke om att han vetat om allt i förväg. Han kunde inte få skulden för att ha orsakat en tsunami.

När bakdörren öppnades såg han barskåpet i lackat ädelträ. Det luktade gammal rök. Det gör inget, tänkte Samuel när han sjönk ned i det mjuka skinnsätet. Byborna bildade en kortege på sidan av vägen när bilen långsamt gungade iväg. Med ett litet tryck på den guldpläterade knappen fick han ned sidorutan och kunde höra folket sång. Äntligen, äntligen har jag lyckats!

Presidentens palats var en ståtlig byggnad, med höga pelare som anslöt den stora entrén. Den ryska bilen stannade och Samuel möttes av bugande personal som visade honom uppför den breda trappan.

Efter att ha blivit visiterad blev han placerad i ett rum med boasering i guld. De mörka skinnfåtöljerna i mitten av rummet var nötta och slitna. På väggarna hängde tunga målningar föreställande uppblåsta personer.

Efter en lång stund kom presidenten in i rummet. En av tavlorna föreställde nog honom, tänkte Samuel, men han kunde inte gissa vilken. De såg väldigt lika ut, kanske de alla var släkt?

Den store mannen satte sig i en av fåtöljerna och Samuel gjorde likadant. Vad skulle hända nu? Samuel var en hjälte, det visste han. Skulle han få medalj? Kanske bli avmålad och hänga på en av väggarna i det här rummet?

”Vad fasen har du ställt till med, din lilla skit?” började presidenten.

Samuel såg sig om. Var är jag? Vad säger karln? Är detta verkligen presidenten?

”Jag såg de vilda djuren.” svarade Samuel. ”De lämnade kusten?”

Presidenten lutade sig fram mot Samuel..

”Och nu står flera tusen personer utan mark, utan bostäder och utan arbete. Fiskebåtarna är förstörda, marken har spolats bort. De behöver hus, jobb, mat och skola till barnen. Vem ska bekosta detta?”

Mannen lutade sig bakåt så det knakade i skinnklädseln och väntade in Samuels svar.

”Jag….jag vet inte?”

”Precis!” Mannen lutade sig åter fram. ”Och då ska man heller inte komma hit med visioner.”

”Men…men jag räddade deras liv.”

”Din lilla idiot!”

Det blev tyst. Samuel blev mållös, han visste inte vad han skulle svara. Drömmarna gick i kras när presidenten började skälla ut honom. Vem ska ta hand om de överlevande? Inga bostäder. Jorden de brukade var borta. Båtarna var förstörda? Hade han inte varnat dem hade de alla omkommit och då hade de inte blivit någon belastning för presidenten och hans regim. Den här presidenten har för lite av det mesta. För lite råvaror. Få industrier. Inte många turister. För lite i huvudet. Inget hjärta. Det enda som matchade hans ego var storleken på hans palats.

”Jag kan köpa in material till nya bostäder och båtar”, svarade Samuel. Han hade trots allt gott om pengar.

Presidenten blev tyst. Detta var inte det svar han hade förväntat sig. Vad hade han egentligen förväntat sig? Att ta hit mannen var mest ett sätt att få utlopp för sin aggression.

”Men sedan lämnar du landet! Du kommer aldrig kunna resa hit igen, det ska jag se till.”

”Men byborna behöver el, vatten och avlopp. Det kan bara kommunen ordna till dem.”

Efter ett djupt andetag ställde sig presidenten upp.

”Bygger du bostäder så ska jag nog kunna ordna vatten och avlopp”, skrattade han. ”Försvinn nu härifrån och kom aldrig tillbaka!”

Lyxbilen syntes inte till när Samuel lämnade byggnaden. Med buss tog han sig till stadens byggbutiker. Där köpte han in verktyg, virke, takplåt, spik och en massa annat. Han köpte alla vitvaror de hade och ordnade leverans inom ett par veckor. Allt skulle lastas av vid kusten, nära den plats där byn legat. Först hade han tänkt dela ut pengar till alla som bott i byn, men blev avrådd av en svensk biståndsarbetare för Sida. Alla skulle istället hjälpas åt att återuppbygga byn.

Några dagar senare besökte Samuel platsen för att se hur byggnationerna kommit igång.

Allt virke låg orört. Några byggnadsarbetare och byggledare han hyrt in satt och spelade kort. Verktygen och maskinerna syntes inte till. Han gick bort till några kvinnor som lagt ut några plankor i en fyrkant på marken.

De hade inte kunnat göra något för verktygen var borta. Männen var försvunna. Det visade sig att under natten hade männen tagit allt och åkt in till staden. Först tänkte Samuel att de hade tagit andra jobb, men påföljande dag fick han förklaringen.

Allt de plockat med sig hade de sålt. Några hade supit upp pengarna. Andra hade tagit in på lyxhotell. Många hade spenderat slantarna på prostituerade. Två av männen hade flugit till Kairo och tillbaka, det hade varit deras dröm, att få flyga.

Men fruarna förlät dem, hela byn förlät dem. De fick applåder och kramar när de några dagar senare kom tillbaka, som trötta och slitna hjältar. Samuel inhandlade sedan nya maskiner och verktyg, men såg till att kvinnorna tog hand om dessa.

Presidenten hade pratat om att de var utan arbete och Samuel funderade på att ordna en utbildning till alla i byn, kvinnor och män. Då skulle det även behövas förskola för barnen och vårdhem för de äldre. Men är detta det rätta sättet att leva? Skulle det bli ett bättre liv för människorna i byn? Är min uppväxt det bästa för alla? Skulle Samuel vara den som skulle bestämma vad som var lämpligast för byn?

Samuel tänkte på den norska kvinnan, hon som hade varit vid liv om han inte hade agerat De här människorna hade dött om jag inte gjort något, men då hade presidenten varit nöjd. Men vad skulle jag ha gjort?

En mycket förtvivlad Samuel gick sakta tillbaka till hotellet. Det kan inte vara lätt att vara gud, att ha så många liv på sitt samvete, tänkte Samuel. Jordens alla olika gudar har påverkat mycket med sin inverkan, och det långt efter att de visade sig för oss.

Jesus helade människor, han till och med väckte folk från de döda. De människorna i sig kan ha påverkat eftervärlden. Men Jesus blotta existens har påverkat enormt mycket mer, och det långt efter han vandrade på Jorden. Alla kyrkor som byggts under tvåtusen år, alla dessa missionärer som spridit Guds ord vidare. Präster och förlåtelser. Mycket har hänt i Guds namn, för att inte tala om inkvisitionen. Saker skulle ha varit annorlunda om inte Jesus visat sig. Hela Jorden hade sett annorlunda ut. Vi kanske hade sluppit alla krig., eller kanske hade vi haft ännu värre krig. Vem vet? Ingen vet!

Detta gäller Jordens alla gudar. De har alla haft och har mycket stor inverkan på oss människor och jordelivet.

Man får verkligen hoppas att de vet vad de gör, man får lätt känslan av att alla gudarna kastat in handduken för länge sedan.

DIESELMOTORERNA

Nästa våning fann de ännu ett stort rum. Det var mörkt och inget hände när YouTube-nörden tryckte på alla strömbrytarna.

"Fortfarande strömlöst", suckade han.

I ljuset från nödutgångs-skyltarna kunde de se några glasskåp och höga skrivbord.*
"Det här är inget frysrum som det andra rummet", konstaterade Otto.

Det fanns ett par datorer och deras mörka skärmar blev som svarta fyrkantiga hål i det mörka rummet. Pärmar och papper låg utspridda på golvet. Ljuset från Marcus mobil reflekterades i glasskåpen och gjorde det svårt att se.

"Detta måste ha varit någon typ av laboratorium." Längre in i lokalen stod två stora soffor i mitten, nästan som ett vardagsrum, eller en hotellfoajé.

"Men var är entrén? Hur fasen tar man sig ut?"

Då hördes rop från våningen ovanför.

"Några fler som vaknat? Grabbarna?" Otto vände genast om. "Jag går tillbaka och hjälper dem."

I ljuset från sin mobil sökte Marcus vidare och hamnade framför ett skåp med liggande flaskor. En vinkyl, med vin.

"Ingen mat tyvärr, men vi kan ta ett glas vin", sa han och öppnade kylen.

"Vi behöver mat, och vatten. Inte vin", kommenterade Jasmine och sjönk ned i en skinnsoffa. Blicken fastnade på mattan under bordet, den gulgröna ryamattan hade hon sett förut. Sofforna, mattan, bordet, här hade hon varit tidigare, det mindes hon.

"Kolla vinet!" vrålade Marcus. "Flaskan är från 2035! Vilket dåligt skämt!"

Återigen försökte han få kontakt med sina följare. Av ren vana försökte han alltid kommentera eller filma vad han gjorde när han råkade ut för något. Han skrev även när han inte råkade ut för något, men nu var detta extra viktigt. Den senaste timmen hade det hänt så mycket att Macie-ducey var helt exalterad.

"Måste ha wifi, och Internet", mumlade han. "Måste få ut det."

För att lugna sig tog han en selfie med vinet med det märkliga årtalet. När han letade vidare fann han att alla viner hade årtal långt in i framtiden, 2027, 2032, 2038.

Otto kom tillbaka med fem personer. Lite besviken att det inte var hans kompisar han hört däruppe. De nya såg sig oroligt omkring i sina vita rockar.

”Vad har ni hittat här?” frågade Otto när han såg Marcus vid vinskåpet.

Marcus visade de märkliga vinflaskorna samtidigt som Jasmine hälsade på de nyanlända, fyra äldre kvinnor och en medelålders man. Hon kunde inte minnas att hon sett någon av dem tidigare.

”Är det era hundar?” frågade hon.

Mannen hade ryckningar och hade svårt att tala. Alla såg ut som frågetecken och skakade på huvudet.

”Ni har just blivit ägare till varsin liten hund, en söt liten pekines.” Jasmine pekade på hundarna som gläfste omkring benen på nykomlingarna.

”Vi har alla varit nedfrysta, även de små jyckarna. Här finns ingen personal, inget att äta, eller dricka. Ingen elektricitet för den delen. Vi försöker ta oss ut ur byggnaden för att få hjälp.” Jasmine började gå mot dörren till trapphuset. ”Kom, här finns inget att hämta. Vi måste ut! Ut härifrån!”

”Jag går först.” Marcus tog en vinflaska under armen och trängde sig förbi. Pekineserna trängde sig i sin tur förbi honom.

”Ni bör ha era djur kopplade!” sa Jasmine till de fem frågetecknen. ”Ni kan kanske hitta snören i några av kontorslådorna här inne.”

Trappan fortsatte en våning till och de trodde alla det var nedersta våningen. Äntligen skulle de hitta en utgång, ta sig ut ur denna hemska byggnad.

Men glädjen blev kortvarig, det såg mer ut som en källare. Inga fönster, varmt och fuktigt. Mitt i rummet stod en dieselmotor. Ett reservkraftverk. Värmen strålade från de pysande ventilerna, som ett ihopkrupet djur, en drake, som när helst skulle resa sig och spruta eld över de alla. Förskräckelsen gjorde att de alla bildade en ring på behörigt avstånd kring det gröna monstret.

Bortanför fanns en enorm tank, den fyllde halva lokalen, likt en vägg av plåt. Marcus knackade på cisternen med sin vinflaska. Ingen tog miste på den ihåliga klangen.

”Det här vill jag ha en bild på.” Marcus klättrade snabbt uppför den smala stegen som ledde upp till det låga utrymmet ovanpå tanken. Luckan på ovansidan var stängd.

”Om vi fyller på med diesel kan vi få igång motorn. Och få ström i huset!” vrålade han.

”Vi borde ta oss ut”, tyckte Jasmine.

”De finns ingen utgång”, svarade Otto. ”Men elektricitet vore bra, då kanske vi kan få hissen att fungera, eller ringa efter hjälp.”

Det small till i tanken när Marcus öppnade luckan.

”Det finns lite bränsle i botten!” Hans vrål ekade i den tomma behållaren. ”Men det når inte upp till bränsleröret.”

Sedan blev det tyst. Ingen sa något. De bara tittade på varandra, på motorn och på Marcus däruppe under taket.

Mannen med spasmerna började gestikulera. Händerna for runt, som för att hälla något. Otto skakade på huvudet.

"Idiot, det förstår väl vem som helst att vi borde fylla på med diesel. Men vi har ingen diesel!" Det sista sa han långsamt och artikulerande.

Mannen brydde sig inte utan pekade skakigt på Marcus och på vinflaskan.

"Hur dum får man vara?" Otto sparkade till dieselmotorn. "Det går inte att köra motorn på vin, idiot!"

De skakiga händerna rörde sig uppåt och nedåt, på olika nivåer. En av kvinnorna hade just knutit färdigt snöret till sin hund. "Han menar att diesel flyter ovanpå vinet."

Först då förstod Marcus vad det handlade om och slog av halsen på flaskan mot kanten. Det skvalande ljudet förstärktes i den stora tanken. Snabbt tog det slut. "Vi behöver mera. Hämta mer flaskor!"

Hundarna försökte springa efter Otto när han rusade mot trappen men stoppades av de nya ägarna som ryckte till i sina hemgjorda koppel.

Snabbt var Otto tillbaka med fler flaskor och Jasmine hjälpte till att skicka upp dem till Marcus.

Vinet forsade ned i tanken då mannen med spasmerna gick fram till något som såg ut som en kontrollenhet. Han provade några knappar men inget hände. Han pumpade på några vred och tryckte återigen på några knappar. Allt förblev tyst.

Plötsligt började det låta. En startmotor. Med ett vinande ljud gick motorn igång. Långsamt kom den upp i varv. På kontrollpanelen tändes små lampor och siffrorna på displayen ökade allt snabbare. 10, 20, 30, 50...!

Lamporna i taket började lysa, på en kort stund flödade rummet av ljus.

"Tjoho" ropade Marcus från toppen av tanken. "Nu har jag snart wifi så att jag kan nå mina följare! De har saknat mig och de ÄLSKAR mig!"

GANGSTERS

Katastrofer, krig, skolskjutningar, terroristaktioner och barn som ramlar ned i brunnar. Vad skulle Samuel ta sig till? Han kunde inte rädda alla, och var han den som skulle bestämma vilka som skulle dö och vilka som skulle få leva?

Samuel beslutar sig för att sluta rädda världen, sluta leka Gud. Han ska inte vara den som bestämmer vilka som ska få leva och vilka som ska dö. Det kan bli fel, långt långt efteråt. Ett räddat liv idag kan framkalla massdöd i morgon. I tusen år.

Tidsregulatorn hade Samuel placerat på köksbordet för att mecka lite med den. En liten handhållen dator skulle byggas in för bättre kontroll om vad som händer under en tidsförskjutning. Köket var en trevligare plats att sitta och jobba på, bättre ljus och ibland kunde han fästa blicken på något utanför fönstret, på långt avstånd, det var skönt för ögonen.

En svart Merca hade stannat på gatan och Samuel tittade lite förstrött på den. Det var i och för sig inte så konstigt, men när fyra män i mörka kostymer klev ur började han ana oråd. Fyra vuxna män brukar inte samåka. Som förvuxna surikater såg de sig omkring längs gatan, för att sedan närma sig huset. Huset där Samuel bodde.

De är på väg hit, tänkte Samuel, och kastade sig under bordet. Dörren är låst, jag är inte hemma.

Tre gånger bultade det på dörren, sedan blev det tyst. Samuel väntade och hoppades få höra ljudet av bildörrar som stängdes, men stället kom tre kraftiga slag mot dörren och i förskräckelsen slog han huvudet i bordskivans underkant. Sedan brakade det till och plötsligt stod de fyra männen i hallen. Två av männen stormade in i köket och ryckte upp Samuel och tryckte ned honom på stolen han nyss hade lämnat. Kraftiga nävar trängde djupt in i Samuels skuldror. I sakta mak närmade sig de andra männen köket, en var kort och tjock, den andre smal och benig.

Förstrött såg sig den smale mannen omkring, som om han var på lägenhetsvisning, för att sedan sätta sig på en bakåtvänd stol framför Samuel. Tjockisen gjorde likadant. Hans svarta polo tryckte upp hakorna så att den lilla munnen putade ut, de tätt sittande ögon stirrade trött på Samuel.

”Samuel Hansson, vi vet att du kan se i framtiden.”Mannen log överlägset.

Det är inte möjligt, tänkte Samuel. Hur kan de veta? Männen betraktade lugnt Samuel. När de ställer frågor brukar folk svara, de visste hur de skulle göra för att få det svar de ville ha.

”Nej”, sa Samuel. ”Om jag hade kunnat det hade jag vetat att ni skulle komma och ringt polisen före ni kom.”

Ingen såg ut att förstå vad Samuel just sagt. Mannen med polon nickade då till männen som höll i Samuel. Med ett ryck flög Samuel upp i luften och varvid den andra mannen slog knytnäven med full kraft i magen på Samuel.

”Jag sa att vi vet att du kan se i framtiden. Vi vill veta hur det går till!”

De kommer att slå mig sönder och samman, tänkte Samuel. Jag måste göra något. Men vad? Mannen med knytnäven såg ut att med glädje få använda sina händer ännu en gång.

”Jag…har en…tids…maskin.” Lungorna kändes små och andningen blev kort. ” Med den kan jag…resa i tiden.” Med en öppen handflata pekade han på maskinen mitt på bordet.

Alla stirrade på den märkliga apparaten som stod på köksbordet.

”Kan vi se i framtiden i den?” frågade polotröjan och tittade på behållaren som om den vore en kristallkula.

”Jag inte bara ser framtiden, jag förflyttas dit, jag reser i tiden!” sa Samuel.

”Du bluffar, ingen ryms i den maskinen!” sa mannen med nävarna och höjde återigen sin tjocka arm.

”Nej, inte så. Alla som håller sina händer på maskinen följer med på resan.”

”Behållaren, vad är då den till för? flinade den smale.

Vad skulle Samuel säga nu? Alla tidsresa-filmer han kunde påminna sig om dök upp i minnet. Tillbaka till framtiden, Time Bandits, Midnatt i Paris, De tolv apornas armé, Terminator.

”Där lägger man metallföremål. Man kan nämligen inte få med sig saker gjorda av metall när man reser i tiden.”

”Metallföremål?”

Mannen måste väl veta vad metall är för något, tänkte Samuel. Hur dum får man vara?

”Ja, till exempel mynt, eller en skruvmejsel, eller vad man nu skulle vilja ha med sig.”

Polotröjan tystnade en stund för att sedan ta upp en pistol. Stolt höll han den framför sig.

”Den här ska vi ha med oss”, sa han. ”Öppna!”

Samuel öppnade behållaren och mannen lade i skjutvapnet. Det passade precis.

"Jag vill åka till 2012, nio år in i framtiden", sa polotröjan. "Ni andra stannar här och håller vakt. Du följer med mig och sköter maskinen." Mannen nickade mot Samuel som varsamt tog upp handdatorn.

"Någon speciell tidpunkt?"

"Sjunde oktober, då får jag se vilka presenter jag kommer att få på min sextioårsdag!" Mannen skrattade överlägset och såg på de andra som inte skulle få åka med.

08.00, 7 oktober 2012

Med skakiga händer höll Samuel handdatorn så att alla skulle se vad han skrivit. Mannen lade sina händer ovanpå behållaren med vapnet. Han såg ut som förvuxet barn som första gången ska få åka karusell. Samuel lade sin vänstra hand på maskinen. Han hade gärna skrivit en lapp och berättat vad som hänt men insåg att det inte fanns någon möjlighet till det. Datumet han skrivit betydde ingenting, Samuel visste att tiden kommer att backas fyrtiotvå timmar, det är allt som kommer att hända, till ett tillfälle före dessa gangsters hemsökte hans hus. Jättebebisen flinande för att försöka dölja sin nervositet.

"Då reser vi!"

Shoppingkassen från Elgiganten innehöll en liten handdator av senaste modell. Den skulle byggas in i regulatorn för bättre kontroll och dokumentation. Men först behövde Samuel läsa igenom sina och Harriets anteckningar, för säkerhets skull. Det var inte självklart hur implementeringen skulle genomföras.

Men sitt finger på avläsaren gled dörren till hemliga rummet upp. Med koderna han fått från advokaten hade Samuel programmet om mekanismen så att allt fungerade med hans eget finger. Harriets finger hade advokatens hund ätit upp.

Med jämna mellanrum tittade Samuel till maskinen i hemliga rummet. Ibland kunde där finnas en lapp eller ett tidningsurklipp från framtiden. Något som berättade vad som skulle hända de närmaste två dygnen. Nu låg där ingen lapp, men behållaren var inte heller tom, något annat fanns där, något mörkt. Samuel klev försiktigt närmare.

I behållaren låg något mystiskt, det såg ut som ett vapen. Det är ett vapen, tänkte Samuel, en svart pistol. Har det varit någon annan här? Är det någon som gömt sig i rummet? Det är inte möjligt.

Efter att ha stirrat på föremålet en lång stund insåg han att han måste ha lagt dit den själv. Men hur, och varför?

Samuel hade aldrig haft en pistol i sina ägor, aldrig hållit i ett vapen. Han hade förstås skjutit med luftgevär för många år sedan, hos en kompis. Men det här? Den här såg farlig ut. Försiktigt lyfte han ut pistolen, för att undvika att förstöra några fingeravtryck och för att inte placera dit sina egna. Vad skulle han göra? Ett skjutvapen? Vad innebar detta?

På sidan av kolven hittade han ett serienummer. Man kan kanske spåra vems vapen det är? Men hur gör man det?

Med vapnet i innerfickan åkte Samuel till tidningen där journalisten jobbade, Hanna Falkenberg, hon som lät filma båten som sjönk istället för att förhindra olyckan.

"Hej!"

Hanna tittade upp från datorn och betraktade häpet mannen som stod framför henne. Mannen hade handen innanför jackan som om han var på väg att ta fram något, en sak han ville visa. Visst kände hon igen honom. Hon mindes färje-katastrofen som hon ångrade djupt, men också de försmädliga bilderna där hon i ett kök visade hur man släcker brinnande olja med kastrullock. Detta var mannen som kunde se in i framtiden.

"Hej", svarade hon tveksamt. Det var knappt hörbart bland alla ljuden i det öppna kontorslandskapet.

"Visst känner du igen mig, S…Harry, siaren?"

"Det är klart! Och jag vet vem du är, Samuel Hansson, min brorsa har haft din mamma som lärare."

"Det stämmer, men jag är inte här för att berätta om någon kommande katastrof, tyvärr. Jag skulle behöva hjälp med en sak. Om du har tid?"

De senaste uppdragen som Hanna haft hade inte varit särskilt spännande. Nu skrev hon om några grodor som dött i ett dike vid Hallandsåsen. Hur kul är det? Döda grodor ger inga rubriker. Vilda djur överhuvudtaget hade Hanna svårt att förstå. Hur klarar de sig när ingen ger dem mat? Alltså….det finns ingen djurskötare eller någon bonde som ger de mat. Jag förstår inte hur vilda djuren kan överleva? Vem tar hand om dem? Vem tar de till veterinären när de blir sjuka? Inseme….insemering…hur kan de föröka sig själva, det är helt obegripligt?

Redaktionschefen hade dragit på munnen när hon hörde hennes begäran om att skriva om de vilda djurens dilemma och sagt åt henne att forska vidare om de döda grodorna istället.

Men med hjälp av den här siaren öppnades nya möjligheter. Hon kunde kanske få reda på någon hemsk olycka som skulle ske i framtiden?

Hon log motvilligt mot Samuel och svarade snabbt.

"Visst, vad är det för något?"

”Jag skulle vilja veta mer om den här.”

Samuel hukade sig ned mot skrivbordet. Han sökte upp pistolen i innerfickan och spanande in journalistens reaktion när han drog upp den ur innerfickan och lade den på hennes pappersfyllda skrivbord.

”Jag behöver veta var den här kommer ifrån.”

Hanna tittade på vapnet en kort stund. Hon tog sedan ett rejält tag i pipan och ställde sig upp.

”Jag vet en som kan ta reda på det. Vänta här!”

På ett ögonblick var hon försvunnen och Samuel fördrev tiden med att studera alla som jobbade på kontoret. Såg några vid kaffemaskinen och funderade på att gå dit när Hanna kom tillbaka.

”Här ska du få se. Vapnet tillhör Dragan Shovodovic, en ökänd smågangster i Stockholm.”

Hon lade pistolen på bordet och skyndade åter iväg. Varsamt placerade Samuel tillbaka vapnet i innerfickan när Hanna var tillbaka med en utskrift.

”Så här ser han ut. Är det någon du känner?”

Bilden visade en man med runt ansikte, kring femtio, med tätt sittande ögon.

”Nej, har aldrig sett honom.”

”Hans kompanjon heter Boris, Boris Milosevic.”

Hanna slängde fram ännu en bild på en flintskallig man med smalt ansikte, mycket smalt.

”Du kan få adressen till Dragan.” Hanna skrev snabbt på tangentbordet för att sedan återigen rusa iväg. Kön vid kaffemaskinen bestod av endast en person, men det var inte att tänka på för Hanna var snabbt tillbaka.

”Här är adressen.”

Samuel tittade på lappen, sedan på bilden och kände vapnet mot bröstet i innerfickan. Han kunde inte förstå något av detta. Vad var det för en man som lyckats placera sitt vapen i min tidsregulator, i det hemliga rummet med ståldörr och nio låskolvar? Eller har jag själv lagt dit det? Men då borde jag ha skrivit en lapp?

Kanske var jag tvingad? Hotad, med pistol? Med den här pistolen? Samuel blev tillslut avbruten i sitt funderande av en otålig journalist.

”Vet du något som kommer att hända framöver, något spännande?” Hon hoppades få reda på något riktigt makabert. På lappen bredvid Dragans adress började hon skriva några siffror.

”Här är mitt nya mobilnummer om du kommer på något.”

”Okej, jag lovar att höra av mig. Stort tack!”

Precis utanför entrén till tidningen stod en mörk bil parkerad. Samuel funderade på hur han skulle ta sig till adressen han fått när han såg att mannen i baksätet stirrade rakt på honom.

Mannen var Dragan Shovodovic.

Det gick inte att ta miste på. Samuel blev helt förstenad och bara stirrade när bilens alla dörrar öppnades. Ut klev Dragan och tre kostymklädda män. De började gå rakt mot Samuel. Dragan var liten och rund, i svart polotröja. På båda sidor om honom gick två svartklädda gorillor. Bakom dem gick en lång smal man i mörkgrå, alldeles för liten kostym. Det måste vara hans kompanjon Boris, tänkte Samuel.

Han tordes inte röra sig och tänkte på Dragans vapen som låg innerfickan. De vet vem jag är. Vet de att jag har deras vapen i fickan?

Utan att röra en min spanade de båda gorillorna längs gatan. Sedan föll blickarna på honom. Nu är det kört, tänkte Samuel.

Men de fyra männen gick förbi honom och in i byggnaden bakom honom.

Vad hände? De hade stirrat på entrén, inte på honom.

Ingen av dem hade känt igen honom, de hade inte brytt sig alls om den förskräckte mannen som stirrat på dem när de närmade sig. De var vana att folk tittade förskräckt på dem. Men vad var de ute efter? På tidningsredaktionen? Han kunde inte göra annat än att följa efter dem in i huset.

Vi receptionen hörde Samuel att de frågade efter Hanna Falkenberg. Den unge pojken i receptionen visade på Hannas plats varvid de fyra männen gick fram till den unga journalisten. Det gick inte att höra vad som sades men kort därefter ställde sig Hanna upp. Hon var vit i ansiktet och gick stelt mot dörren med de fyra männen tätt inpå. Samuel sprang före och ut på gatan. När de fyra männen kom ut gick de fram till den mörka bilen, placerade Hanna i baksätet. När alla tagit plats körde de iväg. Utanför tidningen stod några lediga taxi-bilar och Samuel hoppade i den som stod längst fram.

”Följ den svarta Mercan!”

”Som på film?” svarade föraren med ett leende.

”Precis, men inte för nära. Vi får inte bli upptäckta.”

De följde den svarta Mercedesen till ett industriområde. Där körde bilen in vid en övergiven fastighet, en stor byggnad i korrugerad plåt. Man kunde ana att anläggningen en gång varit målad grön, eller kanske blå?

Taxin stannade på gatan utanför.

”Ska jag köra in?”

”Nej”, sa Samuel. ”Du får dubbelt betalt om du kan vänta under tiden som jag går in.”

”Visst, inga problem. Bara du betalar först.”

Samuel betalade mannen och sneglade hela tiden in på gårdsplanen för att se vad som försiggick.

Mercan hade stannat framför en stor port, också den i veckad plåt. Bilen visade sig vara tom och Samuel smög fram mot ingången. Porten var så skev att även om den var stängd kunde Samuel smita in utan att öppna den alltför mycket.

Här luktade trassel och gamla verktyg, olja och gummi. Mörkret gjorde att lukterna blev påtagligare. Samuel höll på att kliva på ett utslitet däck. Snabbt vande han sig vid det svaga ljuset som sipprade in genom gliporna i tak och väggar. En bit in stod de fyra männen samlade. Tre av männen hade tagit av sig på överkroppen. På en stol i mitten satt Hanna, fastbunden. Skräckslagen. Mitt emot satt Dragan.

”Du visste att det fanns en bomb på planet till Paris. Hur kunde du veta det?”

Hanna såg förtvivlat på de tre männen som stod närmast. Som journalist hade hon valt att vara en kändis. Vid varje artikel hade hon alltid en bild på sig själv, en bild där hon var både tuff och snygg. Fotografiet var även med på de artiklar som hon hittat via andra sajter och nyhetsbyråer. Bilden var viktig för henne, det var hennes signum. En symbol, en logo. Det kan verka märkligt med en bild på en person när vi läser en artikel som handlar om någon helt annat, men som journalist måste man marknadsföra sig hårt för att vara på topp.

Nu var det inte den lilla bilden som gjorde att hon blev upplockad av de här männen. Hennes namn var med på alla artiklarna om bomben. Alla visste att det var unge reporter Falkenberg som stoppade planet som skulle ha exploderat på väg till Paris.

Knytnäven for med kraft rakt i solarplexus. Hanna tappade luften och vek sig mot knäna. Den andre mannen drog upp henne i håret.

”Hur visste du om bomben?” Dragan pratade långsamt och artikulerande.

Hanna stirrade på männen. Hon kunde inte förstå vad hon råkat ut för. Hon kunde inte förstå att de kunde göra så här mot henne. Det är inte möjligt. Detta är inte sant. Hon började återigen andas.

Med pistolen som Samuel hade i fickan skulle han kunna skjuta allihop. Fyra snabba skott, och sedan rädda flickan ut ur byggnaden. Men han kunde inte slutföra den tanken. Han hade aldrig använt ett skjutvapen tidigare. Aldrig avlossat ett skott. Än mindre riktat ett vapen mot en annan människa. Det var helt otänkbart. Det här var ingen billig deckare, det här var på riktigt.

På ett par stolar hängde männens kläder. Samuel smög närmare. Hans blick drogs mot en grå kavaj och han gissade att den tillhörde den smale, som Hanna kallat Boris. Med stor försiktighet placerade Samuel pistolen i innerfickan på det grå klädesplagget. Lappen med Hannas mobilnummer fick även glida ner. När han sneglade på Hanna såg han till sin fasa att hon stirrade rakt på honom.

Boris smällde till henne över kinden. ”Vad glor du på?”

Samuel hukade sig snabbt bakom stolen när den smale mannen spanade in i dunklet.

"Där finns inget. Ingen kan rädda dig nu."

Ännu en smäll i magen.

"Crko da Bog da! Vem visste om bomben!?"

Hanna fick ta emot flera slag under tiden som Samuel letade efter något att skriva på. En smutsig plåt fick duga och han skrev Boris med sitt finger i dammet.

Solen trängde ner genom taket på några ställen och Samuel smög till en sådan plats. Hannas flackande blick for upp i taket, men ibland även på Samuel.

"Sssamu.....", försökte hon klämma fram.

Samuel höll upp skylten i ljuset så Hanna skulle se. Plåten kastade en solkatt rakt i hennes ansikte och han såg att hon läste. Sedan kom ännu en smäll i ansiktet.

"Schamu…?" Vem är det. Är det han som berättade om bomben?"

"Bor…"

Ännu ett slag, rakt över munnen.

Säg det, tänkte Samuel, säg det.

"Boris!" sa Hanna.

Boris slängde sig över henne och tog strypgrepp.

"Du ljuger, jävla kärring, jag ska döda dig!" Han släppte ena handen och drog upp en stilettkniv ur fickan.

"Det ska du inte!" Dragan tog ett hårt grepp om mannens arm. De två männen stod som förstenade. Flickan hängde med huvet i stolen, men såg ut att vara okej.

En av gorillorna gick iväg och började gräva bland Boris kläder.

"Dragan! Din pistol finns här! Det var Boris som tagit den."

Gorillan höll upp vapnet så att alla skulle se. Dragan tog ett hårdare tag om den smale mannen. Mannen med pistolen kikade vidare i den grå kavajen.

"En lapp, med din adress och….det ser ut som ett telefonnummer, och det är inte ditt."

"Ring!" sa Dragan bestämt.

Mannen kämpade med sina stora fingrar på sin mobil. Efter en kort stund hördes en ringsignal. Den kom från Hannas handväska.

"Det vi ska göra nu är inte lämpligt för unga kvinnor att se!" sa Dragan och de tre männen drog Boris längre in i lokalen.

"Hon ljuger!" skrek han. "Jag ska…!" Sedan kom första slaget och sedan gick det inte höra längre vad den smale mannen försökte övertyga sina kamrater om.

Stiletten låg på golvet och Samuel kunde snabbt skära loss Hanna från stolen. Vad hade han ställt till med? Det var hans fel att flickan råkat illa ut. Flickan verkade okay och kunde stå upp.

"Kan du gå?" Frågade Samuel. Hanna nickade så blodet stänkte från näsan.

De smög mot porten, klev över gamla bildäck, och klämde sig ut. Samuel tog Hannas hand när de sprang över gårdsplanen. Taxin stod kvar och motorn startade när de slängde sig in i baksätet.

"Kör! Kör tillbaka! Kör bara!" skrek Samuel.

Med ett tjut gav sig bilen iväg. Porten förblev orörlig och Samuel drog en lättnadens suck. Efter att ha åkt en bit hade de båda lugnat ner sig.

"Det kanske är bäst att inte göra någon stor affär av detta?"

Hanna grät, torkade bort lite blod från mungipan med tröjan.

"Ska jag inte polisanmäla dem?" Hon hade svårt att prata och Samuel undersökte svullnaden på halsen, två stora röda märken. Ansiktet var blodigt och ena ögat gick inte att öppna.

"Då kommer de inte ge sig och du kommer ha Dragan efter dig resten av ditt liv. De tror sig ha funnit den skyldige. De är inte intresserad av dig längre."

Flickan nickade.

"Däremot kanske du kan hitta ett sätt att sätta dit dem för något annat."

Den tuffe reportern hade krympt, kvar var bara en förskräckt människa. Men så tändes åter en glöd i det öppna ögat.

"Det var de som placerat bomben i planet! Någon på det planet skulle ha likvi…. de ville bli av med någon!"

"Polisen kanske skulle kunna få ett tips?"

"Ja, och de behöver inte veta av vem."

"Kör till sjukhuset", sa Samuel till föraren. "Vi har någon som behöver plåstras om."

MASSMÖRDAREN

En liten handdator satt numera inbyggd i tidsregulatorn. Med den hade Samuel bättre kontroll över vad som händer under ett tidshopp. Behållaren satt kvar som tidigare. Skrivna lappar och tidningar var ändå bäst för att berätta vad som skulle hända.

Vid den dagliga kontrollen av maskinen hittade han en morgon en dagstidning. Den hade stora rubriker om ett passagerarplan med hundratjugo passagerare som spårlöst försvunnit över Atlanten. På morgonen den åttonde mars 2004 lyfte en Boeing 737 från Arlanda i riktning mot Los Angeles. Kort därefter försvann planet helt från radarn.

Det var fortfarande den sjunde mars och Samuel hade över ett dygn på sig att undersöka vad som skulle hända med planet. Detta var ingen naturkatastrof, eller...? Av ren nyfikenhet måste han ta reda på vad som hänt.

Men hur gör man det?

Flygplatsen var bästa platsen att börja sonderingen.

När han anlände till Arlanda insåg han att han inte hade tillgång till flygplanen. Han bokade en resa, den med den olycksdrabbade flighten till Los Angeles, planet som han visste skulle försvinna.

Bokningen gick bra. Men sen...vad gör man? Efter att ha läst på alla displayer som fanns på flygplatsen började Samuel titta på personer som såg misstänkta ut. De fanns överallt. Alla hade ett besynnerligt beteende. Varför går den gamla damen fram och tillbaka vid fönstret? De där öl-drickande killarna skrattar tillgjort och verkar inte ha något bagage alls. Pappan till den lilla flickan verkar vara helt vilsen, och han rullar en hög med handbagage i olika former och storlekar. Får man resa så, bara för att man har ett barn?

En timme innan avgång hade han inte kunnat åstadkomma någonting. Planet stod parkerat utanför gaten. Det ser helt ut, tänkte han, och smålog för sig själv. Vad visste han om flygplan? Ingenting. Vad kunde han göra? Gå till incheckningen och säga att planet kommer att försvinna? Det går inte. Bäst att följa med ombord och se om något verkar felaktigt under starten. Då kan man påpeka det och stoppa flygningen.

Vid ombordstigningen spelade Samuel nervös.

"Är det säkert att ni gör alla kontroller innan ni lyfter?"

Flygvärdinnan försökte lugna Samuel och framför allt få honom tystare så han inte oroade de andra passagerarna.

"Jadå, vi utför alla kontroller som man ska. Var är er plats?"

"Kan man få titta in i cockpit nu, innan start?"

"Det går tyvärr inte, min herre. Men kanske senare under flygningen." Värdinnan suckade tyst över dessa förvuxna barn och lotsade Samuel vidare i mittgången.

"Jag tyckte det hängde en sladd ut från ena vingen. Kan ni kolla om något är trasigt?"

"Nu tar vi det lugnt. Jag ska följa er."

När Samuel hamnat på sin plats på femte raden pekade han ut genom fönstret.

"Jag ser att en plåt sitter löst, jag vill kliva av!"

"Nej, herrn måste lugna sig nu. Allt kommer att gå bra."

Pursern kom snabbt till platsen och hon uppmanade Samuel att han skulle vara tystare, han skrämde upp de andra passagerarna.

Samuel bestämde sig trots allt för att åka med.

Precis när de skulle stänga den främre dörren hoppade en mekaniker ombord. Han hade mörk overall och lysande grön väst. Flygvärden argumenterade länge med mannen, han visade tydligt att mannen inte fick komma ombord. Sedan tittade han på sitt armbandsur och stängde trots allt dörren. Mannen med västen satte sig vid en ledig plats på tredje raden. Detta kunde vara något som skulle vara orsaken till försvinnandet? Men vad skulle Samuel göra nu? Något måste göras. Han ställde sig upp.

"Vem var det där?" vrålade han högt. Passagerarna framför honom blängde och hyschade. "Sitt ner, för helvete, vi ska lyfta nu!"

Mannen bredvid Samuel tog tag i hans skjorta och drog ner honom i stolen. "Tyst för helvete! Missar vi den här sloten kan det dröja timmar innan vi kommer iväg."

Kabinpersonalen brydde sig inte längre om den nervöse passageraren och spände själva fast sig på sina platser.

När planet lyft och lampan för säkerhetsbälten slocknat gick Samuel till den främre toaletten. En odör av svett och gammalt piss trängde in i näsan när han passerade den mystiske mannen. Overallen var smutsig, oljig, han såg ut sova. När Samuel var tillbaka på sin plats satte han sig uppsträckt, men inte för mycket, han ville inte ha pisset i näsan en gång till, men det var viktigt att ha koll på mannen med västen.

När kabinpersonalen en stund senare gjorde i ordningen vagnarna för en första runda stod piloten och pratade med dem. Dörren till cockpit var öppen. Mannen med västen rörde på sig. Han ställde sig upp. Med snabba steg rörde han sig framåt. Samuel försökte rusa fram men hade svårt att komma förbi mannen som satt utanför honom, benen var utsträckta och mannen sov djupt. När Samuel tittade upp försvann piloten och mekaniker in i cockpit. Dörren stängdes.

Planet flög vidare i en timme. Allt var lugnt. Inget hände. Mekanikern var kvar i cockpit. De kände kanske varandra, gamla kompisar. Samuel försökte lugna sig med tanken.

Då small det till baktill och planet gjorde en tvär gir. Planet sjönk hastigt. Det plingade till när bältes-skyltarna tändes. Ett öronbedövande ljud fyllde kabinen och Samuel satte händerna över huvudet. Vad hände? Är detta orsaken till planets försvinnande?

Nej, vad ska jag göra nu? Så idiotiskt dumt att åka med!

Syrgasmaskerna sprättades ut från sina luckor i taket. Folk skrek, famlade efter maskerna. Planet lutade kraftigt och såg trasigt ut med alla luckor och masker hängandes från taket. Hjälp! Gör något!

Flygvärdarna hade egna syrgasmasker när de kämpade fram i mittgången och för att hjälpa passagerarna på med sina masker. Samuel tryckte sin syrgasmask över munnen och spände åt snodden baktill på huvudet. Planet hade slutat kränga, men det kom ett konstigt ljud baktill på planet. Något var löst. Det knäppte till i högtalaren och alla förväntade sig att piloten skulle berätta vad som hänt.

Efter en lång paus började en släpig röst.

"Jag har jobbat hårt hela veckan...har bara sovit tre timmar de senaste fem dygnen. Måste kontrollera att flygplanen är i bra kondition innan de lyfter."

Det här var ingen pilot som talade.

"...och jag hittade ett fel idag. Bakre dörren hade små skador, gick inte att stänga till riktigt. Men jag gav ändå klartecken att starta. Jag var så illa tvungen, jag hade inget val. Vet inte vad som hände. He he, konstigt!"

Det var tyst i kabinen förutom några som grät baktill.

"Det är viktigt att planen kommer iväg i tid."

Det måste vara viktigare att de är hela än att de kommer iväg i tid, tänkte Samuel. Rösten i högtalaren fortsatte.

"Den bakre dörren höll inte. Men ni kan vara lugna, ingen ska behöva höra talas om detta misstag."

Det klickade till i högtalaren. Vad menade han?

Dörren till cockpit öppnades och mannen med gröna västen stod där med en liten yxa i handen. Han hade syrgasmask på sig och en tub i sidan. Piloterna satt på sina säten i cockpit. Andrepilotens huvud hängde orörligt vid sidan. Förstepilotens stol gick inte att se.

Flygvärdinnan stod med ryggen mot mannen och hann inte vända sig om förrän hon fick yxan i bakhuvudet. Hon föll raklång i mittgången. Mannen slet syrgasmaskerna från de främre passagerarna. En man ställde sig upp och försökte stoppa honom. Han fick yxan rakt i bröstet och föll över personerna som just förlorat sina masker.

En flygvärd med gasmask rusade fram. När han var ett par meter ifrån tvekade han. Vad skulle han göra? Han försökte säga något, men ingen hörde något bakom hans gasmask. Yxmannen tog ett steg över flygvärdinnan som låg i mittgången och drämde yxan i halsen på flygvärden. Fler gasmasker slets sönder när mannen svingade sin yxa vilt omkring sig. Flera män ställde sig upp och Samuel gjorde likadant. Vi måste få stopp på den här galningen!

Efter att ha tagit ett djupt andetag slet Samuel av sig masken och trängde sig fram tillsammans med några andra skräckslagna män. En ung kille såg vettskrämd ut och såg ut att helst springa åt andra hållet. Även om de var flera personer kom endast en person i taget fram till mannen med yxan. Två män före Samuel föll och han klev över dem för att komma framåt. Andningen var hastig. Nu var han nära. Samuel hann knappt se när yxan kom svingandes rakt mot halsen på honom. Smack! Det lät i hela kroppen. Samuel lade handen mot såret och kände hur allt blev varmt. Värmen spred sig över axel och bröst när han sakta sjönk ned på golvet. Märkliga människor med gula näbbar följde honom med stora ögon. Planet lutade kraftigt och han slöt ögonen. Vad tyst det blev? Vart tog alla vägen? Långsamt sjönk han ned i ett varmt bad, fullt med mjuka kuddar. Sedan blev allt svart.

HENRY FRÖMAN

Henry Fröman var mannen som tidigt började tillverka och sälja enkla kylar och kylanläggningar. Hans företag, Henry Fröman Kyl AB, kallat HFK, växte snabbt och blev ett av de största företagen i Sverige. De sålde och tillverkade kylskåp och frysar, både för hemmabruk och industrin. På senare tid utvecklade företaget även AC-anläggningar, luftkonditionering, även det för hemmabruk och industrin. Henry kunde inget annat än att tjäna pengar och fortsatte med det trots sin ålder på dryga sjuttiofem. Han kallades för Mister Freezeman, med silverluggen. HFK AB hade tusentals anställda över hela världen.

Under lång tid användes miljöfarliga ämnen och Henry motarbetade länge övergången till miljövänligt kylmedia. Det fördyrade tillverkningsprocessen och han skulle helt enkelt tjäna mindre pengar.

”Miljörörelsens krav kommer att leda till stora uppsägningar”, predikade han i media. ”Vi kan inte tillåta detta, hur ska vi kunna konkurrera med andra länder när vi får sådana här befängda miljökrav?”

Han betalade forskare och professorer, det var ett enkelt sätt att godkänna hans farliga ämnen. Han lade ut stora pengar på lobbyister, både inom Sverige och EU. Politikerna var enkla att påverka, bara man visste hur man skulle göra. Miljörörelsen var svårare, de blev allt starkare och det krävdes andra metoder för att bearbeta dem. Svårast var medvetenheten bland folket, där kunde han bara förlita sig på journalister. Men journalisterna var lätta att hantera. Fick de något att skriva om så skrev de, oavsett vad det handlade om, sant eller falskt. Han fick till exempel en ung journalist att dricka utspädd köldmedia i tv för att visa hur ofarligt det var. Propan. Ammoniak. Giftiga grejor. Men fröken Falkenberg ville inte ens ha betalt visade sig, hon trodde verkligen att hon skulle bli nedkyld. Vätskan skulle hålla henne sval, även om det mest bara var vatten.

Till slut tvingades Henry ändå att ge sig och gjorde en provserie med miljövänligt kylmedia. Det blev några dyra modifikationer i tillverkningsprocessen. I slutändan blev omkostnaderna endast åtta procent högre. Dessa miljömärkta apparater sålde väldigt bra trots att han höjt priset med över trettiofem procent. Mister Freezeman tjänade ännu mer pengar.

Kort därefter gick staten in och subventionerade miljömärkta kylar med tjugo procent, vilket gjorde att han kunde höja priset ytterligare trettio procent. Vilken strålande affär. Statliga pengar rakt i fickan. De svenska politikerna behöver ibland inte ens några mutor, tänkte mister Freezeman när han startade sin luftkonditionering i lyxvillan på Lidingö.

Henry Junior Fröman, Mister Freezemans odräglige son, kallad Hey-Ji, ville gärna ta över företaget. Tyckte pappan var för gammal, gaggig och senil. Dessutom var gubben för snål, alltför försiktigt med pengarna. Hey-Ji ville ha en större och lyxigare båt. Bilen, den gamla Porschen, ville han gärna byta till en sprillans ny Lamborghini Murciélago. I över tjugo år hade han hoppats på att gubben skulle dö. Till slut bestämde han sig för att ta tag i saken.

Huset de bodde i var stort, mycket stort. Henry Freezeman själv hade förstås det största sovrummet. De väggfasta bokhyllorna i kanadensisk fågelögonlönn var fyllda med olästa böcker. Heltäckningsmattan var lila och hade små trådar av äkta guld. De glittrade på natten i ljuset från den stora kristallkronan. Täcket i den stora sängen var gjort av dubbelvikt siden. Henry gillade att sova svalt. Mycket svalt. Rummet hade förstås den bästa luftkonditioneringen som någonsin konstruerats. Kylanläggningen ordnade exakt temperatur på bara några sekunder. Den gick att programmera på alla tänkbara sätt. En vecka, en månad, flera år. Den kunde ordna så att den fjärde juli 2098, klockan 13.43, skulle temperaturen sänkas 0.3 grader. Luftfuktigheten ställdes in med decimal-noggrannhet. Allt styrdes från en stor fjärrkontroll. Med färg-display.

En kväll, innan sängdags, smög Hey-Ji in i sovrummet och programmerade in en ökning av luftfuktigheten till hundra procent. Det skulle ske klockan tre på natten. Kort därefter skulle temperaturen sänkas till minus sextio grader. Men endast för en timme. Därefter skulle tempen och fuktigheten åter till det normala. Fjärrkontrollens batterier plockade han sedan ut och ersatte med några gamla, som var helt uttjänta. För säkerhets skull kontrollerade han att det inte fanns några extrabatterier någonstans i rummet.

När pappa Henry somnat låste Hey-Ji dörren från utsidan. Det visade sig senare att det hade han inte behövt göra.

Klockan tre blev det fuktigt. Rejält blött.

Sedan kallt. Förbannat kallt.

Tidigt på morgonen smög Hey-Ji in i pappans sovrum. Till sin förvåning låg pappan kvar i sängen och tycktes sova som om ingenting hänt. Hade det inte fungerat? Hade han programmerat fel?

Då först såg han pappans skräckslagna ansikte. En vit grimas, ögonen stirrade upp i taket. Han var död. Det röda silkestäcket låg slimmat efter hans kropp. Som en blöt plastfilm.

Fjärrkontrollen låg på bröstet och sonen tog varsamt upp den, satte tillbaka batterierna och kontrollerade vad som hänt under natten. Allt stämde, fuktigheten och kylan hade slagit till vid de tidpunkter som planerat.

Han raderade nattens historik för säkerhets skull och lade tillbaka kontrollen på hans pappas mage.

Hey-Ji log brett när han smög ut ur rummet för att sova vidare i sitt rum. Mycket nöjd.

Obduktionsrapporten visade att Henry Fröman frusit ihjäl. Av okänd anledning hade luftkonditioneringen slagit till och sänkt temperaturen rejält under natten. Det fuktiga täcket hade på ett ögonblick frusit till is kring hans kropp.

Mister Freezeman frös till döds, utan att kunna röra sig.

Att en air-kondition från HFK AB kunde låsa sig och man kunde frysa ihjäl i sömnen var en dålig start för Henry Junior som tagit över företaget. Försäljningen rasade och han tvingades säga upp massor med folk. Att han samtidigt köpte nya bilar var något som tidningarna gärna skrev om och han hamnade på första sidan i sin nyinköpta sportbil.

HAN AVSKEDADE TRETUSEN MED ETT SMS!

Att bilen kostade över tre miljoner gjorde inte saken bättre. Företaget var i kris och Hey-Ji sökte nya marknader för sina produkter. En idé var att frysa ned människor, så kallad kryonik. Det kommer att ge snabba pengar och man kan ta rejält betalt, tänkte han. Kanske man kan använda pappas sorti i marknadsföringen?

Henry Junior Fröman, VD och styrelseordförande för HFK AB, hade numera det största sovrummet och hade alltid extra batterier gömda i sovrummet.

EN MÄRKLIG OMSTART

Ett pipande ljud hördes från det hemliga rummet och Samuel placerade sitt finger på displayen för att låsa upp. Det var ett nytt ljud han aldrig hört tidigare. Dörren öppnades. Ljudet blev starkare, men det var svårt att höra varifrån det kom. Ljusen i taket tändes och han klev in.

Det visade sig vara den lilla handdatorn som pep och han höll handen för den lilla högtalaren när han letade efter volymknappen.

Omstart. Displayen blinkade. En återställning hade genomförts. Något måste ha gått snett, men vad?

Detta var en ny finess som han konstruerat till maskinen. Den fungerade så att om Samuel planerade att göra något som kunde gå illa skulle maskinen själv göra en reset om han inte kom tillbaka i tid.

Men han kunde inte få reda på vad som egentligen hänt, bara att något gått snett i framtiden.

Följande dag låg rubrikerna i maskinen. Ett passagerarplan saknades. Det hade försvunnit från radarskärmarna när det befann sig över Atlanten. Planet var på väg mot Los Angeles och hade hundratjugo personer ombord. Många passagerare kom från Sverige, Finland och England. Några timmar efter start försvann planet från radarn. Samuel började planera vad han skulle göra för att förhindra olyckan då han kom att tänka på den automatiska omstarten som tidsregulatorn genomfört. Jag måste ha gjort något som ledde till att jag inte klarade mig så bra, tänkte han. Något hände, med vad? Kanske jag inte hann tillbaka hem? Åkte jag med planet och försvann, kanske förolyckades överhavet? Fy vad otäckt.

På lördagen funderade Samuel på vad han skulle göra för att förhindra planet att komma iväg. Han första tanke var att åka till Arlanda, men den kusliga omstarten gjorde att han var extra försiktig. Inte Arlanda. Något otäckt skulle kunna hända.

Jag kan bombhota planet, tänkte Samuel. Sagt och gjort, i telefonkiosken vid 7-Eleven ringde han Arlanda och talade med mörk tillgjord röst.

"Det finns en bomb på planet till Los Angeles."

Sedan lade han snabbt på luren och kontrollerade att ingen såg honom när han klev ut ur hytten.

Kanske starten blir fördröjd? Några passagerare kommer inte med? Händelseförloppet borde ändras om planet blir hotat. Det fanns en liten risk att han skulle få skulden, att någon sett honom, men den risken var han beredd att ta.

Nu kunde Samuel inte göra mer än att vänta.

Den kommande dagen hade Samuel uppsikt på flighten på Arlandas webb-sida och såg att starten blev fördröjd med över två timmar. Det var bra, trodde han, hoppades han. Ankomsttiden i Los Angeles stämde bra, drygt två timmar senare än utlovat.

På kvällen landade planet på Los Angeles International Airport och Samuel kunde pusta ut. Allt hade gått som planerat. Planet kom fram, om än något försenat.

När Samuel vaknade dagen efter var han nöjd. Allt hade gått bra och han kunde slänga tidningarna i soporna. Händelsen som var beskriven hade aldrig hänt. Planet och de hundratjugo passagerna klarade sig.

På kvällen startade Samuel Tv:n för att se nyheterna. Han mådde fint. Det kändes bra att allt lyckades och han ville än en gång försäkra sig om inget allvarligt hänt.

"Plan med tvåhundranittio personer ombord har försvunnit över Sydkinesiska sjön!" Nyhetsuppläsaren försökte se allvarlig ut, men tillfredsställelsen över att få läsa upp en riktig brasknyhet syntes ändå. Det är ju för sådana här tillfällen som han trots allt valt det här yrket . Liknande händelse sker när någon känd svensk musikartist eller skådespelare dör. Det är som om hela mediavärlden jublar. Äntligen får de nya tittare, och det finns material till nya reportage, spännande intervjuer och specialprogram. Släktingar och vänner står i kö för att bli intervjuade, en mycket efterlängtat publicitet, behövlig för många och den är dessutom gratis. Det blir extra sändningstid och tysta minuter. Hej och hå. Nu blev det kul att jobba. Det är makabert att se deras njutning, tänkte Samuel och försökte koncentrera sig på vad som sas.

"Ett plan från Stockholm Arlanda på väg till Kuala Lumpur försvann från radarsystemen under natten. Enligt vietnamesiska myndigheter har planet störtat i havet utanför sydvästra Vietnam."

Nej, det kan inte vara sant! Jag räddade ett plan, men nu hände det här istället? Skulle detta hänt i vilket fall som helst?

"Nu har man hittat spår av olja och skräp i havet och misstänker att man funnit kraschplatsen." Nyhetsuppläsaren drog lite på munnen och fortsatte sedan, nästan lite stolt. "På en övervakningsfilm från Arlanda syns en mekaniker gå ombord på planet precis innan start. Polisen ställer sig tveksamma till om detta har med kraschen att göra."

Nej, vad har jag ställt till med? Eller har jag det? Din idiot! Gör inget. Gör inget alls! Det blir bara fel!

Fel, fel, fel!

LJUSET I MÖRKRET

Trots Ottos ihärdiga tryckningar på hissknappen dök det inte upp någon hiss.
"Hissen är fortfarande död", ropade han för att överrösta den brummande
dieselmotorn. "Vi får ta trapporna. Kom!"

Ljuset flödade när de klev in i det ostädade labbet. Men det var inte stöket och
ljuset som förundrade dem. Det var utsikten. Alla kände de igen Stockholm, staden
med de höga husen, bergen och vattnet som sträckte ut sig kring byggnaden, ända
bort till horisonten. Bilar köade långt nedanför och en flock duvor tävlade mellan
byggnaderna. Kvällssolens strålar glittrade på Riddarfjärden. Ett avlägset
signalhorn trängde igenom bruset från staden. Det var helt fantastiskt. Alla hade de
en märklig känsla av att ha förflyttats från källaren och hundra meter upp på några
få sekunder.

"Jag har varit här tidigare, under infrysningsprocessen", påpekade Jasmine. De
andra nickade. De hade alla vaknat här och tillbringat korta stunder i just det här
rummet.

"Det är något som inte stämmer?" Otto gick fram mot de stora glasade
öppningarna. Ögonen vred sig åt sidan när han närmade sig fönstren. Husen
började luta och marken vek sig uppåt. Han höll på tappa balansen.

"Det här är inga fönster. Det här är stora bildskärmar. Vi är kvar i
katakomberna!"

"Du skojar", sa Marcus. "Jag ser ju att det är på riktigt!"

Allteftersom de rörde sig i rummet ändrades perspektivet och de gick alla fram
för att få en bättre vy. När de kom nära fönstren klarade inte tekniken av att
visualisera Stockholmsutsikten längre. Bilderna brakade samman och de insåg alla
att de var kvar i källaren.

"Stäng av skiten!" tyckte Marcus och gick fram till en dator som just startat. Efter
att ha konstaterat att det fanns inget Internet och att skärmarna inte gick att stänga
av började han gå mot trapphuset.

"Vi hittar inget här. Kom, vi går vidare, uppåt!"

Otto hade redan tryckt på hissknappen flera gånger och skakade på huvudet.
Som i en procession rörde de sig alla tysta uppför trappan.

Frysrummet där de alla hade vaknat var tomt, ingen ville gå in där igen, inte ens
titta in. På våningen ovanför fanns ett liknande frysrum. Det snurrade en

saftblandare i taket och varje fack hade en röd lampa som blinkade i takt med larmet. Tut, tut, tut. Ingen av luckorna hade öppnats och det rann blodblandat vatten längs väggen, sipprande ur de över hundra frysfacken. Otto motade ut hundarna som hade börjat dricka från golvet.

"Fy, vad otäckt. Stäng. Här kan vi inget göra."

På nästa våning tjöt en liknade signal och Marcus öppnade långsamt dörren. Han kikade in. Hans ansikte lyste rött i takt med saftblandaren. Rött äckligt vatten kom över tröskeln. Marcus skakade på huvudet och stängde snabbt dörren.

"Vidrigt, vi måste fortsätta uppåt!"

På nästa våning fanns ett stort rum, med högt till tak. Längst uppe ett ljusinsläpp, långsmalt, med riktigt ljus, dagsljus. Halva fönstret var mörkt, såg ut att vara täckt med sand, eller jord. Några av fönsterrutorna var trasiga och sand hade rasat ned på de runda borden i mitten av rummet. På sidan fanns en bardisk och barstolar. En kyl stod och brummade vid sidan av när Otto gick fram till vattenkranen bakom bardisken.

"Torrt. Här finns heller inget vatten."

"Och inget Internet heller", suckade Marcus och stoppade mobilen i fickan.

I kylskåpet hittade Jasmine inplastade chokladbollar och smala burkar med Ginger Ale. Äntligen kunde de få något i magen. Sanden på stolarna var lätt att borsta bort och de satte sig ned. Plasten kring de gråbruna godbitarna var skör och lätt att riva upp, men innanmätet gjorde betydligt mer motstånd. Chokladbollarna visade sig vara torra och hårda.

De nyblivna hundägarna presenterade sig som Eva, Kerstin, Karin och Ingrid. Mannen sa också något men Jasmine uppfattade inte vad.

"Här finns fortfarande ingen utgång", konstaterade Marcus och tappade sin chokladboll på golvet varvid den pulveriserades. Dörren till trapphuset lockade och han gick med bestämda steg dit och vidare uppför trappan.

De hårda chokladbollarna löstes upp i munnen om man samtidigt tog en klunk Ginger Ale. Det smakade McDonalds kom de överens om, och skrattade. De kunde äntligen andas ut, allt kommer kanske att ordna sig ändå? Nu skulle de snart få hjälp.

En av de äldre damerna, Eva, kräktes på sin hund. Med viftande svansar slickade de andra hundarna i sig chokladläskblandningen.

Efter en stund kom Marcus tillbaka. "Det finns en dörr en trappa upp, men den går inte att öppna!" Han slet plasten av en chokladboll och stoppade hela i munnen. Det var torrt. Mycket torrt. Ett hummande ljud markerade att han hade mer att säga. Efter att ha tuggat en lång stund kunde han fortsätta prata. "Dörren verkar leda ut, men det är tji att öppna den."

Alla satt tysta, tuggade och drack. Blickarna rörde sig upp mot taket. Det hade börjat skymma.

GULDHAMSTERN

"Vad kostar en hamster?"

Det var inte priset som var viktigt för Samuel, men det var ett trevligt sätt att börja konversationen i djuraffären.

Mannen bakom den stora trädisken hade ett stort färgglatt förkläde och ställde tillrätta en burk med fiskmat. Hela bordet var fullt med prylar, hundgodis, kattleksaker, hundchoklad, påsar med hundmat. Där fanns även en skål med en liten sköldpadda. Allt fanns i fall man som kund skulle tänkas behöva köpa något mer. Det hängde till och med grejor ned från taket, hundkoppel, bjällror och ormar i plast.

Mannen svarade högt, nästan i falsett, så att även de tolv-åriga grabbarna som var i andra sidan av lokalen och slog på glaset till akvariet med zebrafiskar skulle höra.

"Det finns olika raser av hamstrar. Vilken hade min herre tänkt sig?"

Kanske mannen varit lärare, tänkte Samuel. De brukar prata så att alla i klassrummet ska höra vad som sägs oavsett vem de pratar till. Han kanske inte orkade med läraryrket och valde en lugnare arbetsplats? Hur man nu kan tycka att det är lugnare med papegojor som skränar, fyrtioåtta vattenpumpar som bubblar, kaniner som sprätter, gnyende hundvalpar, ungar som springer mellan rader av akvarium samtidigt som vuxna pratar med en och ställer enfaldiga frågor?

"Vad finns det för raser"

"Oh, det finns många", sa mannen och hängde med båda händerna på den lilla yta som var ledig av disken. Han sköt fram höften, lade huvudet på sned och först nu såg han Samuel i ögonen. "Vi säljer guldhamster och dvärghamster."

"Guldhamster blir bra. Jag tar en!", svarade Samuel snabbt.

"Men ska ni inte titta på dem först?" Mannen med förklädet lät besviken.

"Jo, det förstås."

"Och priset undrade ni om."

"Jo, det också."

"Följ med här", sa mannen och Samuel tog inte tag i den utsträckta handen.

Eftersom Samuel endast visade intresse för hamstrarna upphörde förklädet med att prata med den gälla rösten. Han vickade inte längre på höften när de gick mot kassan. Samuel hade bestämt sig för en guldhamster. Djuret kostade inte mycket, en bråkdel av totalsumman, för han köpte även en bur, strö, några leksaker, ett hjul, vitaminer, vattenflaska och matskål. Också mat förstås, pellets.

När han väl var hemma med hamstern bestämde sig Samuel för att vänta några dagar innan han placerade det lilla djuret i tidsregulatorn. Han ville lära känna henne lite först.

Hamstern fick heta Astrid och Samuel hade henne på köksbordet i en vecka. Ibland fick Astrid springa lös på bordet. De små benen rörde sig otroligt snabbt, tyckte Samuel som aldrig under sin uppväxt haft ett husdjur. Han började tycka om det lilla djuret. Astrid skulle bli världens första tidsresenär hade han bestämt.

Planerna var att om två dagar, på söndag eftermiddag klockan fyra, skulle Astrid placeras i behållaren på tidsregulatorn.

Om jag gör det kommer Astrid att komma fram två dagar före, fyrtiotvå timmar tidigare.

På fredagen, två dagar före, klockan tio, öppnade Samuel det hemliga rummet för att möta världens första tidsresenär. Aldrig hade dörren öppnats så långsamt. Samuel trängde sig in. Detta var första gången som han var vid tidsregulatorn direkt efter ett tidshopp. Vid tidigare tillfällen hade han upptäckt lapparna och tidningsurklippen vid slumpmässiga tidpunkter, ofta långt senare.

När han kom in i rummet ångade det från maskinen samtidigt som lamporna tändes. Kall dimma rann ned över bordet och vidare på golvet. Hoppas hon är okay, tänkte Samuel och lade försiktigt handen på behållaren. Den var kall. Iskall.

Buren var kvar. Den låg där den skulle. Vattenflaskan var sprängd i bitar, det var glas överallt. Metallröret, som Astrid brukade dricka ur, satt fast i en stor isklump. Astrid? tänkte Samuel när han tog av locket till buren. Hon syntes inte till. Borta? Försvunnen? Vart kan hon ha tagit vägen? Han petade i spånet och hittade en stenhård klump. En pälsklädd sten?

Astrid var världens första tidsresenär, men hon klarade inte resan levande, hon frös ihjäl under de fyrtiotvå timmar som hon var instängd i behållaren.

***

”Ska ni köpa ännu en hamster?” Mannen med förklädet var förvånad över att Samuel skulle köpa ett till djur redan efter en vecka. Den rosa halsduken var virad flera varv runt halsen. Hostande ursäktade han sig.

”Har sovit på ett isblock i ett mycket kallt rum. Skulle klätt mig bättre.”

”Ja, det är förkylningstider nu”, replikerade Samuel och funderade på om det fanns tider utan förkylningar?

”Du äger väl inte en orm? I så fall får du inga djur av mig!” sa mannen och började gå mot avdelningen för gnagare.

112

Först förstod inte Samuel vad ormar hade med hans Astrid att göra, men insåg efter ett tag att det var levande mat till ormar som mannen refererade till.

”Nä, inte så, jag vill bara ha en till guldhamster.”

”Guldhamstrarna är tyvärr slut!”

”Men… jag har ingen orm. Jag ska köpa en till… min systerdotter.”

”Det var en artikel i ekonominyheterna i veckan, ett tips om att det är dags att hamstra guld.” Mannen hade stannat i gången med akvarium, de lysande glaslådorna med fiskar sträckte sig ända upp till taket. ”Dagen efter sålde jag alla guldhamstrar jag hade, trettio stycken. Folk är bra knäppa.”

En kraftig nysning gjorde att hela gången gungade och Samuel blev rädd att alla vattenbehållarna skulle rasa över dem.

Halsduken gick vidare och stannade vid några små burar. Mannen snöt sig, torkade sig med en liten näsduk på båda sidorna om den lätt röda näsan. ”Jag har kinesiska dvärghamstrar.”

***

Den nya hamstern fick heta Jintao.

Först hade Samuel tänkt ordna med en liten gasolvärmare till honom, men blev osäker om det skulle finnas syre i behållaren under så lång tid. Att placera Astrid i behållaren i fyrtiotvå baklänges-timmar innan han visste vad som kunde hända var oplanerat och dumt. Idiotiskt djurplågeri, inte annat. Samuel skämdes och var fortfarande ledsen över sin saknade Astrid.

Innan Jintao skulle få resa i tiden skulle det genomföras tester. Till handdatorn som redan var placerad vid behållaren kopplades en termometer, en kamera och en mätare av både syret och koldioxid-halten. Ett litet värmeljus tändes i mitten. Sedan skickades hela paketet tillbaka i tiden.

Två dagar före kunde Samuel konstatera att det alltid var mörkt utanför glas-behållaren, rejält kolsvart. Även bilderna som var tagna med blixt visade att rummet inte gått att lysa upp inifrån. Tydligen går det inte att se något i ett rum när tiden och därmed även ljuset rör sig bakåt.

Det lilla värmeljuset borde ha värmt behållaren väsentligt, men avkylning gjorde att temperaturen hade legat på tio grader under tiden som ljuset brann. När det slocknade sjönk temperatur, till minus femtio grader. Mer kunde termometern inte detektera. Stackars Astrid, instängd i totalt mörker och stark kyla tills hon inte klarade sig längre. Hon grävde ner sig i spånet för att hålla värmen, men det räckte inte. Vidare kunde Samuel konstatera att syret i behållaren påverkades inte av att ljuset brann, det fanns syre hela tiden. Således var det inte syrebristen som tog Astrids liv. Det var kylan, hon blev fryst, levande. Behållaren är nog inte helt tät och det måste ha skett ett utbyte av gaser med omgivningen under baklängestiden.

Två dagar senare placerades Jintao med sin bur i behållaren. Buren var isolerad och i botten fanns batteridrivna handvärmare. De var kopplade så att de skulle starta på olika tidpunkter. Detta för att Jintao behövde värme i fyrtiotvå timmar. En lampa hade han också fått, som skulle lysa på dagen. Hela buren lindades för säkerhets skull in i en filt. Det blev trångt, mycket trångt. Tur för Jintao att han var en dvärghamster.

Kort efter att Samuel var färdig med det första temperaturtestet dök Jintao upp. Han var den förste levande varelsen som klarat en tidsresa. Han visade sig vara helt okay. Värmarna hade startat som planerat, temperaturen hade legat kring tjugo grader och lampan hade lyst på dagen. Allt hade fungerat. Samuel trodde inte Jintao skulle märka någon skillnad på livet. Han skulle troligtvis inte märka att de två kommande dagarna var en repris, att han upplevt dem tidigare.

En ny finess var att handdatorn kunde ställes in så att den startade maskinen en gång till efter fyrtiotvå baklängestimmar, exakt i det ögonblick då tiden var på väg att vändas i rätt riktning. Det gjorde att Samuel numera kunde skicka föremål åttiofyra timmar bakåt i tiden, tre och halvt dygn. Föremål skulle kunna skickas ännu längre tillbaka men Samuel var osäker på om batteriet skulle räcka så länge. Det fanns inget sätt att tillföra ström utifrån. Med egen strömkälla skulle han kunna backa tiden ett år eller kanske ännu mer.
Maskinen måste i så fall först byggas om så att sfären innefattar även maskinen själv. Annars skulle den plockas sönder när tiden backas över lång tid, innan den konstruerades.

Tänk att leva ett år med en årskrönika hela tiden tillgänglig. Varje morgon läser du din dagbok där det står vad som kommer att hända. Snacka om att kunna vara besserwisser på jobbet.

Samuel räddade inte världen längre. Naturkatastrofer och olyckor fick vara orörda. Han var inte den som skulle bestämma vilka som skulle få leva och vilka som skulle dö. Om han själv råkade ut för något så backade han tiden, men endast då, precis som Harriet, hans faster gjort. Det var viktigt att inte på påverka omvärlden för mycket med dessa tidsförskjutningar.

Det hände att Samuel ibland hade svårt att låta bli. En dag fann han ett tidningsurklipp om en förälder som kört över över sitt eget barn. Mannen hade inte uppmärksammat att hans yngsta barn, en pojke på femton månader krupit in bakom bilen när han skulle iväg till jobbet på morgonen. På kanten av tidningen hade Samuel skrivit ett klockslag, datum och en adress, familjen Åkesson. Den tragiska olyckan skulle ske i morgon bitti. Det här måste vara bland det värsta man kan råka ut för, tänkte Samuel, och förstod varför han hade skickat urklippet till sig själv. Det här borde inte få ske.

Tidigt på morgonen klev Samuel av bussen i bostadsområdet där olyckan skulle ske, han var den ende resenären. Det är inte vanligt att man åker till ett villaområde på morgonen, de flesta åker därifrån när solen är på väg upp. Vid hållplatsen på andra sidan gatan stod några människor och väntade på sin buss. De tittade lite nyfiket på honom. Här kanske alla känner alla, tänkte Samuel.

Det var inga problem att hitta adressen som han antecknat tidigare. Han spanade från andra sidan gatan. Det var folk i köket och en vit Volvo stod på uppfarten. Det var femton minuter kvar tills mannen skulle ta livet av sitt barn och Samuel tog en promenad till en lekpark i närheten. Här var allt stilla, men man kunde se spår av den aktivitet som pågått dagen före. Lugnet före stormen, tänkte Samuel. Han kommer att förhindra en väldigt tragiskt olycka och om han misslyckas skulle här snart bli kaos i hela kvarteret. Villaområdet skulle för evigt förknippas med den tragiska olyckan. Kanske folk kommer att rata området, inte vilja bo här framöver? Ett barn dör, många kommer att gråta, men kanske mest för att värdet rasat på deras fastighet.

När han kom tillbaka till villan ställde han sig på andra sidan gatan och spanande. Några barn hade kommit ut på tomten och jagade varandra. De var för stora för att vara femton månader, tyckte Samuel. Men han var inte riktigt säker.

Tre minuter kvar. Ut kom även en liten pojke som nyss lärt sig gå. Han hade en boll som han kastade framför sig och sedan plockade upp. Allt skedde under stor glädje. En man kom ut och klappade om de äldre barnen. Den lilla pojken fick en puss på huvudet varefter mannens mobil ringde. Med hög röst svarade han och gick mot bilen. Tydligen en kollega. Den lilla pojken lekte vidare med bollen samtidigt som mannen satte sig i bilen och startade motorn.
Det här ser ut att gå bra, jag behöver kanske inte ingripa, tänkte Samuel. Men mannen körde inte genast iväg, han pratade vidare i mobilen. Den lilla pojken kastade bollen och den rullade in bakom bilen. Nu händer det, tänkte Samuel och sprang över gatan. De vita backljusen tändes på bilen och Samuel såg hur mannen

klämt upp mobilen mot örat med ena axeln. Bilen rullade sakta mot barnet som kröp in bakom bakdäcket. I sista sekunden lyfte Samuel upp barnet och bankade på bilens bakruta. Tvärstopp. Det förskräckta barnet började gråta och Samuel släppte ner pojken på gräsmattan. Sidorutan åkte ned varvid mannen försökte avsluta samtalet.

"Ursäkta, jag måste sluta nu. Vi hörs när jag kommer till jobbet. Puss!"

Mannen stack ut huvudet.

"Va fan gör ni?"

"Det kan vara bra att se sig för innan man backar."

"Du står ju i vägen med flit, på min uppfart! Det här är min tomt! Flytta på dig! Försvinn!"

Mannens fru kom ut ur huset och mötte det gråtande barnet. "Men lilla Jimmie, skrämde den hemske mannen dig?"

"Håll dig på trottoaren i fortsättningen!" vrålade mannen i bilen när Samuel klev åt sidan och ut på trottoaren. Bilen backade slarvigt ut på gatan. Det tjöt till i däcken när mannen körde i väg. Samuel följde den vita bilen med blicken. När den försvunnit runt hörnet kollade han hur det var med den lilla pojken.

"Försvinn! Ni ska låta barnen vara i fred!" skrek kvinnan vid huset. "Ser jag er igen ringer jag polisen!"

Nu får vi hoppas att lille Jimmie inte blir någon ny Hitler, våldtäktsman, eller att han skjuter ned alla på skolgården som tonåring, tänkte Samuel när han gick tillbaka till busshållplatsen. Hade jag räddat barnet på riktigt, utan att ha backat tiden först, skulle det kännas bättre. Men nu fanns det en alternativ framtid, en som jag valde att vi inte skulle följa. Hur påverkade detta framtiden? Barnet, som nu fick leva vidare? Vad kommer det att medföra? Kanske familjen skulle ha skaffat ännu fler barn om pojken dött, barn som nu inte blir födda. Det här barnet kommer att växa upp och ta någons annans partner. Framtida förhållanden som aldrig blir av. Deras barn i sin tur fick heller ingen chans här på Jorden. Och deras barn i sin tur. Tusentals liv som skulle ha blivit av, men som jag har förhindrat. Jag har ändrat mycket som kanske var meningen att ske?

Vad har jag egentligen ställt till med?

Det blev en mycket ångestfylld bussresa hem, full med jobbiga tankar.

Jag måste sluta leka gud!

DEN STORA TIDSBUBBLAN

Försöken med hamstrarna var ett sätt att försäkra sig om att levande varelser klarade av tidsregulatorns påfrestningar. Samuel hade planer på en stor behållare, så stor att han själv skulle ha plats i den. Då skulle det hända riktigt märkliga saker. Tänk att åka tillbaka två dagar, att uppleva samma dagar en gång till. Inte bara få nedskrivet vad som hänt, utan verkligen uppleva allt, exakt som tidigare.

Du går där på gatan och möter exakt samma människor, samma bilar kör förbi. En fågel kvittrar vid exakt samma sekund som förra gången. Tågen är exakt lika försenade som de var dagen innan. Du vet vad folk kommer att säga till dig, i alla fall av det du kan komma ihåg. Vad märkligt det måste vara att prata med en person när man redan haft samtalet en gång tidigare, exakt lika. Det vore spännande att försöka.

Men…efter experimenten med Astrid och Jintao insåg Samuel att det kommer att bli svårt att placera sig själv i regulatorn, om ens möjligt. Nästan två dygn måste han tillbringa i en sluten behållare. Det innebär att han måste ha mat, vatten och förstås även en toalett. Det kommer att vara kallt, förbaskat kallt. Värme måste tillföras. Vad skulle han sysselsätta sig med? Hur stor måste behållaren vara? Om man sedan skulle vilja åka tillbaka längre tid, en vecka, eller en månad. Då måste den vara stor som en husvagn. Enligt både Samuels och Harriets beräkningar skulle det inte fungera. Behållaren kan inte ha en diameter större än två meter för att fungera. Det hade professorn skrivit i sina anteckningar.

Samuel tänkte på Astrid, hur hon frös till döds. Stackars djur. Jag önskar jag kunde väcka henne till liv igen, tänkte Samuel, och fick en idé.

Om man planerar en nedfrysning, ligger nedfrusen hela tiden för att sedan tinas upp, väckas till liv igen? Då slipper man fördriva tiden, man tar inte heller så stor plats. Ingen mat, eller toalett behövs. Rejält kallt verkar det ändå vara när tiden går baklänges. Bra idé, det kanske kan fungera.

Samuel började läsa på om kryonik, ett sätt att förvara kroppar i fryst tillstånd. Han fann att temperaturen måste vara lägre än minus femtio grader, vilket inte borde vara något problem. Det svåra skulle bli att återställa vederbörande till normal temperatur och god hälsa. Han fann en inrättning i Michigan, Cryonics Institute, som låg långt fram inom tekniken. Han var i kontakt med forskare där och efter sex månader av hårda studier trodde han sig ha tillräckligt med kunskaper om kryonik. Det skulle kunna vara möjligt att frysa ned sig själv och vrida tillbaka tiden ett år för att sedan återuppleva det senaste året.

Spännande! Vore fantastiskt om det funkar!

En mycket bra affär

Två svenska forskare hade forskat på kryonik under femton års tid. Deras teknik var helt överlägsen och byggde på ett ämne som ersatte vattnet i kroppen, i de enskilda cellerna. Ett vatten som inte ändrade struktur vid olika temperaturer. Båda de största bolagen inom kryonik, Alcor Life Extension Foundation i Arizona och Cryonic Institute i Michigan, var mycket intresserade av att köpa tekniken. Förhandlingar hade pågått en längre tid, men den som tillslut lyckades genomföra en affär var Hey-Ji, Mister Freezemans son. Han hade jobbat länge med att försöka få igång ett kryonik-bolag och hade ofta varit i kontakt med de två forskarna. Ett av hans argument var att tekniken skulle stanna i Sverige. Affären gav stora rubriker i media och när ett specialinsatt vetenskapsprogram i tv sändes var Hey-Ji förstås gäst i studion.

"Tänk på alla arbetstillfällen detta kommer att generera!" Hey-Ji försökte se bestämd ut i TV-rutan. "För mig är det viktigt att Sverige är i framkant när det gäller ny teknik!" Programmet handlade om vart våra svenska forskningspengar tar vägen, men för Hey-Ji var det ett försök att bättra på hans företags dåliga rykte efter att hans pappa förolyckats av en luftkonditionering som löpt amok.

"HFK AB fryser in tekniken i Sverige", hade företagsledaren slutligen sagt inför miljoner tittare. "Vårt land ska bli världsledande inom kryonik!" Affären, den största i Sverige på tio år, genomfördes för att Hey-Ji betalade högst helt enkelt.

De båda forskarna sa kort därefter upp sig från sina jobb på universitet i Uppsala och flyttade till Bahamas.

Samuel hade också varit i kontakt med forskarna. Inte för att köpa teknologin, men för att använda sig av den i sin tidsregulator. Kort efter att affären avslutades fick han jobb på HFK AB. Arbetsuppgifterna var att understödja den fortsatta utvecklingen av tekniken vilket passade Samuel perfekt. Nu kunde han följa processen och se om den gick att modifiera och anpassas till hans tidsregulator.

Svenska arbetsmarknaden fick inte så många arbetstillfällen som utlovades av Hey-Ji som höll bolaget så litet som möjligt. Ibland verkade det som om han inte var intresserad av att utveckla tekniken överhuvudtaget. Forskning kostade pengar, om tekniken fungerade var inte så viktigt. Hey-Ji var mest intresserad av att sälja frysplatser i hans ombyggda bunkrar som bestod av gamla militärförläggningar som han köpt billigt av staten, mycket billigt. Flera hundra nya arbetstillfällen hade han lovat de enfaldiga politikerna för varje bunker han fick loss. Om man nu kan kalla det köp när man endast betalar en krona?

På Freeze Yourself, som kryonik-bolaget numera kallades, kunde man, om man hade några miljoner, köpa en frysbox åt sig själv. Välja att bli nedfryst i bestämd eller obestämd tid. Teknologin fungerade bra och de lyckades återuppliva sjuttio procent av de försöksgrisar som frusits ned. Samuel var inte nöjd med de siffrorna och jobbade hårt med säkerheten kring frysnings-processen, och förstås även upptiningen. Siffrorna måste förbättras. Hey-Ji använde statistiken på sitt sätt och gjorde gällande att hundra procent av djurförsöken den senaste månaden hade lyckats. Det var ingen osanning eftersom de tinat endast en gris den månaden, och det hade gått bra. Denna manipulation av statistik ogillades av Samuel men han hade ingen talan i företaget, han vara bara anställd.

Många hade den förhoppningen att uppvaknandet av de nedfrysta skulle fungera i framtiden, då det egentligen var av betydelse. Det kan vara riktigt tänkt eftersom utvecklingen går fort framåt. För Samuels del var det inget att tänka på, för honom måste allt fungera till hundra procent idag. Att automatisera upptiningsprocessen var också viktigt och Samuel lyckades få igenom att anläggningarna skulle fungera under strömavbrott, långa avbrott. Bunkern utanför Uppsala hade ett väldigt stort bränsleförråd vilket gjorde att anläggningen skulle vara i gång i flera år om strömmen bröts.

Denna påtvingade förbättring ville Hey-Ji utnyttja i marknadsföringen.

Om så världen går under så håller vi våra kunder nedfrysta!

Men där lyckades Samuel övertyga honom att det var en dålig idé.

Personalbristen på Freeze Yourself gjorde att Samuel ideligen påfördes andra arbetsuppgifter. Ofta hamnade han i receptionen där han lämnade information till kunder som var intresserade av att frysas ned. Ibland var han tvungen att visa upp frysboxar för nära släktingar. Vilket i och för sig inte var så besvärligt eftersom det var samma låda som visades för alla besökare, men det var en jobbig och omständig ceremoni. Den tog tid och kändes inte bra när de närstående grät, lade händerna på frysboxen och kände den fryste personens närvaro. Några tyckte de hörde personen röst, detta trots att den nedfryste släktingen förvarades i en bunker långt utanför staden. Flera mil bort.

***

Den onödigt rika änkan hade en flock med hundar. De små pekineserna började komma till åldern och hon kunde inte befatta sig med tanken på att inom en kommande framtid leva utan dem.

"De kommer snart fylla tolv år", skrek änkan Angela med gäll röst när hon en morgon gjorde entré på Freeze Yourselfs kontor. Änkefrun hade en blank grönspräcklig klänning som hon fyllde ut bra och de många halsbanden bestod av olikfärgade träkulor. Hennes tunna hår var grått, på gränsen till blålila.

"Jag fyller snart sjuttioåtta, och jag kommer att överleva mina små älsklingar... eller...hemska tanke, jag kommer inte att kunna leva utan dem!"

"Tyvärr", sa Samuel. "Vi fryser endast ned människor här på Freeze Yourself. Vi använder däremot djur i våra försök men det är inget som jag kan rekommendera."

De små djuren sprang i sin iver runt hennes ben, skällde och gnydde. Kopplen trasslade in sig i kvinnans alla halsband varvid hon lyfte upp en av hundarna.

"Oh, titta på lille Chewbacka, visst är han söt?!" Hon klämde in Chewbacka under armen och lyfte upp ännu en av hundarna. "Det här är Darth." Hon pussade Darth på munnen varvid hunden genast slickade sig om nosen. Med kärleksfylld blick tittade hon på de andra hundarna på golvet. "Det där är Leia och Luke. Den minsta där är Harrison Ford." Med ett ryck lyfte hon upp bysten och de båda hundarna hon hade i famnen. Med bestämd blick tittade den rika änkan på Samuel bakom disken. "Jag vill frysa ned dem och ta fram dem när jag blivit gammal! Är det förstått!" Angela var van att få sin vilja igenom.

"Som sagt", sa Samuel. "Vi kan tyvärr inte ta emot era hundar."

Hey-Ji hade hört Angelas gälla röst på sitt kontor och stod nu i bakgrunden och lyssnade på samtalet. Hundarna på golvet började skälla på honom när han närmade sig.

"Vänta, jag tror det finns en möjlighet!" Hey-Ji hade aldrig tidigare tänkt tanken på att frysa ned husdjur men såg här en möjlighet att tjäna några miljoner extra. Han hade hört talas om kvinnan och visste att det inte bara var bysten som var överdådig.

Angela tvingades betala för ett frysfack för varje hund. Det var det enda sättet att genomföra infrysningen på ett hundraprocentigt säkert sätt hade Hey-Ji förklarat. Dessutom skulle hon betala en extra djurhållningsavgift, både före och efter infrysningen.

"Det kommer att bli fördyrande omständigheter eftersom vi vanligtvis inte fryser ned hundar."

När kontrakten var underskrivna och pengarna överförda började Hey-Ji fantisera om vad han skulle göra för alla miljonerna. Mycket nöjd lade han ifrån sig pennan och tittade på Angela som hade svårt att hålla tårarna tillbaka.

"Du kan när du vill begära att hundarna ska väckas. Säg bara till tjugofyra timmar innan."

"Du är underbar", snyftade den gamla damen.

"Då kommer de små djuren springande och slickar dig i örat."

"Du är för rar. Men är det tänkt att jag ska lämna mina älsklingar till otrevlige mannen bakom disken? Hua! Det kommer jag inte göra!"

"Självklart inte. De kommer med mig, in på mitt kontor."

Efter ett stort puss- och slickkalas ledde Hey-Ji in hundarna på sitt kontor. Angela grät när hon gick mot taxin, hon var både lycklig och ledsen på samma gång.

Strax efter överlämnade Hey-Ji bunten med koppel till Samuel. "Du får ordna en infrysning av djuren genast."

"Men jag tror inte vi har fem boxar färdiga för infrysning."

"Nej, idiot, stoppa de äckliga djuren i ett och samma fack. Det kommer nog fungera bra."

***

En morgon hittade Samuel en apelsin i behållaren på sin tidsregulator. Han förstod ingenting. En apelsin? Han tänkte på det tillfället när där legat en pistol. Vad otäckt det var och hur illa det kunde ha gått. Men en apelsin? Varför hade han skickat en apelsin till sig själv? Det kan ju inte vara så att han blivit tvingad att lägga dit den, som när pistolen låg där? Samuel såg sig om, som om det var ett prank.

Han lyfte ut apelsinen, rullade den i handen, luktade på den. Det verkade vara en hel och fin apelsin. Lite mosig kanske, kall, en liten spricka i skalet, men en helt vanlig frukt.

Han bestämde sig för att ta med den till jobbet. Tog en servett ur servett-lådan, en grönblå servett. Det gamla paketet var halvtomt och han kom att tänka på att servetter bara används när man har gäster. När var det senast han hade haft besök av någon? När köpte jag paketet? Han kunde inte minnas att han öppnat det. Paketet hade en orange prislapp, sådana som användes förr i tiden, för 20-30 år sedan. Märkligt!

På Freeze Yourself's kontor hade Samuel ett skrivbord och han lade apelsinen på sitt bord, placerade servetten ovanpå. Han tittade länge på skapelsen och kunde fortfarande inte förstå apelsinens närvaro. Varför skickade jag en frukt?

Angelica, Freeze Yourself's unga receptionist, vabbade idag, vilket gjorde att Samuel skulle återigen jobba i mottagningen. En kö ha bildats utanför, några hade tydligen hängt på låset. Folksamlingen bestod mestadels av anhöriga som vill se fryspaketet där deras släkting låg, ungefär som när folk går på kyrkogården och pratar med släktingarnas gravstenar. Ju fler infrysningar det blivit desto fler anhöriga kom på besök. Hey-Ji ville införa en avgift, men Samuel övertalade honom att låta bli.

En kvinna gick omärkligt in och satte sig i väntrummet. En timme senare, när Samuel uppvisat frysboxen för ett flertal gäster var hon fortfarande kvar. Hon var mycket vacker, nötbrun hy, lång, fotomodell kanske, tänkte Samuel. Storblommig klänning, långt uppsatt hår. Det var svårt att hålla blickarna ifrån henne.

Hon hade lämnat fåtöljerna vid fönstret och satt nu vid fikabordet, i mitten. Med stor förvåning såg Samuel hur hon tog fram en apelsin.

En apelsin!

Utan att tänka sig för gick Samuel och hämtade sin frukt. Lade servetten på bordet och satte sig mitt emot kvinnan. Hon var lätt sminkad, ett märkligt snett ansikte, ögonen satt lite på olika höjd, men ändå vacker, mycket vacker.

"Hej, jag heter Samuel. Kan jag hjälpa till med något?" Kunderna brukade stå i kö och komma fram till honom och fråga. Det här blev lite konstigt.

Kvinnan tittade upp. "Hej, ursäkta, men jag har ingen brådska. Jag kan vänta med min infrysning." Hon log. Det vackraste leendet som Samuel upplevt.

"Det är ingen fara. Det finns gott om tid." Samuel började skala sin apelsin. "Ni är ovanligt ung för att genomföra en infrysning?"

"Förlåt, jag skulle ha förstås presenterat mig. Mitt namn är Jasmine Saunders."

Namnet lät bekant på något sätt för Samuel. Lite apelsinsaft stänkte på bordet när han delade på sin apelsin. Servetten kom väl till plats. "Jag känner igen namnet?"

"Min man var miljardären Billy Saunders. Du känner kanske till honom?"

"Visst, Billy Goldman, han som tillverkade burkar till alla läskmärken över hela världen. Jodå, honom känner jag till, vem gör inte det? Han körde visst ihjäl sig." Samuel tog tag i sin servett. "Åh, förlåt, det var kanske hårt sagt."

"Det är ingen fara. Det finns nog ingen på den här sidan av galaxen som saknar honom."

De skrattade tillsammans och hade trevligt vid bordet hela dagen. Det blev en del avbrott, för Samuel blev tvungen att visa fryslådan för några gäster. Men så fort han fick tid över satte han sig hos Jasmine. De pratade och skrattade.

På kvällen bjöd han hem henne på middag. En fin och mysig kärleksmiddag. Sedan satt de uppe hela natten och bara pratade, om allt möjligt. Men det var inte bara skratt och glädje, för Samuel fick reda på att Jasmine hade haft det väldigt jobbigt. Om livet i Indien, om föräldrarna, och den rike maken. Det fanns också en tid med självmordstankar.

"Jag önskade ta livet av mig, men ville inte att någon annan skulle få besvär med detta, ta hand om resterna. Om jag hängde mig måste någon plocka ned kroppen från kroken i taket. Vilket otrevligt uppdrag det måste vara. Samma sak om man skulle ta överdos av sömnmedel, någon eller några kommer att hitta kroppen i sängen, kanske den kommer att ligga länge och ruttna, nä fy, det vill jag inte vara med om."

Samuel satt tyst och lyssnade, han tänkte att det var bra för Jasmine att prata ut om detta.

"Tänk att hoppa från en bro, då måste dykare dragga efter kroppen. Då måste det vara bättre att hoppa från en hög klippa, i Norge. Men tänk om man landar fel, på en otillgänglig klipphylla. Bergsklättrare måste då göra en mycket riskfylld klättring för att finna och ta ned kroppsdelarna."

Det var svårt för Samuel och sitta tyst.

"Men inte skulle det vara bättre att landa längst nere i dalen heller. Fy för att plocka ihop alla de köttslamsorna."

De skrattade båda två, skrattade åt döden. Ett sätt att komma över de otäcka tankarna.

"Jag ville gå in på sjukhuset och lägga mig på en ledig säng. Om någon av personalen skulle undra så skulle jag svara att jag väntar på döden. Men då blev problemet att dö. Hur dör man bäst på ett sjukhus? Även om det är platsen där de flesta dör så är det svårt att göra det med flit. Tar man överdos sömnpiller så kommer de snabbt att magpumpa en. Hänga sig går inte heller. Man skulle bli upptäckt innan man kvävs. Sjukhus är inte bästa stället om man vill dö med flit. Det bästa jag kom på var att hoppa in i en brännugn på en gång., direktkremering Då skulle det inte bli så mycket för de anhöriga att ta hand om. Ingen brandpersonal eller sjukhuspersonal skulle få jobba extra över den kroppen."

"Tyvärr erbjuder inte myndigheterna denna snabba kremeringsmöjlighet", inflikade Samuel. "I ett stålverk finns det förstås heta kar med smält stål som man skulle kunna hoppa ned i. Det skulle gå fort."

Detta fick Jasmine att fundera. "Men vad händer med det stålet efteråt? Måste det hällas bort? För man kan väl inte sälja stål som består av en procent människa? Även om man skulle göra det i smyg skulle jag inte kunna leva med tanken att mjölkbilens tank vid skolbespisningen består av en liten del människokropp, min kropp."

Samuel kunde inte hålla sig för skratt. "Nä, det blir svårt att leva med."

"Ha ha, det blir till att hälla bort stålet, kanske hälla ut det direkt i graven. Fy, nä, det blir onödigt kostsamt och besvärligt."

Tystnaden som följde gjorde att de båda blev allvarliga. Döden kräver eftertanke, det är inget som man bör skratta åt, tänkte Jasmine. "Då bestämde jag mig för att frysa ned min kropp."

En tidigare trafikolycka hade medfört att Jasmines kropp var full av reservdelar. Den orkade inte mycket till. Hoppet fanns att i framtiden skulle läkarna kunna laga till henne. Samuel nickade.

"Och tur var det, för då fick jag träffa dig!"

Skratten var tillbaka och fortsatte ända tills solen gick upp.

Följande dag lade Samuel en apelsin och en servett i tidsregulatorn. Han log när han tänkte på att han skulle finna apelsinen i behållaren fyrtiotvå timmar tidigare, och få uppleva dessa underbara dagar en gång till.

Jasmine och Samuel fick många veckor tillsammans. För Samuel blev det mer än några veckor eftersom han återupplevde många av dagarna. Kanske de bästa och ljuvligaste dagarna i hans liv.

Jan G Sjöström och hans vänner

"Jag vill bli nedfryst!" Den storväxte mannen tittade ned på Angelica som idag satt i receptionen på Freeze Yourself. Hon var ung, kanske för ung för att ge ett seriöst intryck inför kunderna, men deras VD, Hey-Ji, gillade henne. Hennes lösögonfransar var alldeles för stora, så även urringningen. Hästsvansen gillade hon att lägga över vänster axel så hon kunde vira in fingret i de kluvna hårtopparna. Den svarta kjolen var tajt och kort. Det var så Hey-Ji ville att hon skulle klä sig. Om det var för kundernas eller för sin egen skull var det ingen som visste. I alla fall blev mannen med det ljusa krulliga håret inte speciellt påverkad av hennes utstyrsel, i alla fall inte av hennes kropp.

När Jan G Sjöström närmade sig femtio ärvde han ett betydande belopp av sin barnlösa moster. Janne älskade tåg. Märklin-järnvägen i källaren kunde äntligen bli så stor som han drömt om. Alla väggarna slogs ut och järnvägen fyllde nu hela källarvåningen. Här kunde Janne sitta i sin konduktörsmössa och bara lukta på loken och vagnarna.

Men det blev massor med pengar över. En stor del skänkte han till AIDS-forskning och för bekämpning av sjukdomen i Afrika. Resterande del hade han tänkt använda till att frysa in sig själv i hopp om att man i framtiden skulle finna ett botemedel. I alla fall var det vad han berättade för sina vänner. Jan G Sjöström var AIDS-sjuk sedan länge och visste att han skulle dö inom ett halvår.

Egentligen hade han inte någon förhoppning om man någonsin skulle kunna bota AIDS, men det kändes lättare att lämna sina vänner med en nedfrysning än att mista livet helt, att lämna dem för gott. Framför allt skulle det känna bättre för vännerna, och de var det som betydde mest för Janne.

Jannes avskedsparty började med att alla fick en tågbiljett till Kiruna. Hans vänner blev ombedda att ta med kläder för ett par dagar. Inget festligt, endast sådant som man trivdes i. En rekommendation var att ta med extra sockor och en extra tröja, varför förklarades inte. Tandborste var en självklarhet.

När sällskapet anlände till Kiruna väntade en buss.
Ta det kallt, du är snart framme!, var en löpande text som rullade på displayen ovanför föraren. På bussen var det märkligt tyst. Alla kände inte alla, och de få som

kände varandra pratade lågmält inbördes. Hade Janne suttit med på bussen hade han blivit förvånad, var detta verkligen hans festglada vänner?

Men den pinsamma tystnaden blev inte långvarig. Efter tjugo minuter kom de fram till ishotellet i Jukkasjärvi. Vid entrén stod en glad och stolt Jan G Sjöström, allas glada Janne. Han hade på sig en gulvit fårskinnspäls, en militärkappa från 50-talet, så stor att två till hade rymts under armarna på honom.

"Välkomna till ishotellet! Nu blir det partyparty! Men först ska ni välja rum!"

Hela anläggningen var bokat inför festen och rumsfördelningen gick snabbt. Många valde rum med värme.

"Fegisar", skrattade Janne som själv skulle sova i ett rum utan värme, på en säng av is. Iskalla killen.

Festen började i baren som också var uthuggen av isblock. Drinken serverades i glas som var gjorda av is. Janne välkomnade alla och berättade om sin sjukdom. I slutet av sitt tal berättade han att han skulle frysa ned sig själv.

"På så sätt behöver ni inte säga farväl till mig ännu, vi kommer att ses i framtiden", sa han och höjde glaset.

"Jag fryser ned mig och jag vill att på min avskedsfest ska ingen känna sig under isen."

Här serverades löjrom på is. Älg med rökta ägg och granskott, också på is. Renfilén serverades med en sås gjord på mygglarver och lav. Efterrätten bestod av kalla åkerbär med glass. Det var förstås is i alla drinkar. Vilken härlig fest det blev. Janne ville lämna sina vänner med lust och glädje, det var hans högsta önskan.

Den önskningen blev uppfylld. Med råge.

Alla upplevde det som om deras vän Janne skulle resa bort för en tid. En vacker dag skulle han återigen dyka upp och de skulle alla få krama om hans breda bringa, köra ned handen i hans krulliga kalufs.

Ingen fällde några tårar, alla skrattade och skålade när han senare på kvällen lämnade dem för att aldrig mer komma tillbaka.

"Javisst", kvittrade Angelica med sin underbara flickröst.
"Ska vi boka tid så får ni träffa någon av våra rådgivare?"

"Jag vill veta hur det går till först", muttrade Janne.

Med vana händer vecklade Angelica ut den färggranna Freeze Yourself-broschyren.

"Först kommer vi göra en läkarundersökning. Den är gratis. Free of charge."
Angelica fnittrade till, det var spännande att prata engelska ibland. Men det blev lite

otäckt när de kom engelsktalande kunder, då blev det för svårt, de pratade så fort, använde så svåra ord.

"Vi gör detta för att kontrollera att personen är lämpad som kryonaut. Fits as a cryonaut." Flickan pekade på en bild med ett lyckligt par i vita morgonrockar.

"Hm, okay, sen då, hur går själva processen till?"

"Alltså, först får kryonauten ett speciellt vatten, typ, som ska drickas under en månad. Detta för att ersätta det vatten som finns i kroppen mot kryonik-vatten. Cryonic-water. Detta vatten gör att cellerna i kroppen inte fryser sönder under nedfrysningen. Efter denna månad måste även den fasta födan vara uppbyggd av kryonik-vatten. Men då blir ni förstås inlagd här på Freeze Yourself."

Angelica ställde sig upp och visade med handen de fina lokalerna, precis som hon blivit lärd. Det var Hey-Ji som visat hur hon skulle vrida kroppen långsamt och hålla handen högt. Hon hade blivit instruerad ett flertal gånger.

"Detta för att säkerställa att all föda är kryonik-framställd."

"Så allt vatten i min kropp ska ersättas?" Janne lät lite tveksam. Var detta möjligt?

"Inte allt vatten. Detta räcker att sjuttio procent är utbytt. Det fungerar lite som spolarvätskan i bilen." Angelica satte fingertopparna för munnen. "Men det får jag inte säga. Not allowed!"

"Detta tar alltså ännu en månad?"

"Ja, men man är under den tiden inlagd i våra fina lokaler."

"Vad kostar allt detta?"

Angelica vek ihop broschyren och sköt fram den till kunden.

"Priserna är olika beroende på hur länge som kunden vill resa som kryonaut. Det exakta priset kan våra rådgivare diskutera med er när ni träffar dem."

"På ett ungefär?"

"Ett alternativ är att vara kryonaut under en bestämd tidsperiod. Då är kostnaden mellan tre och tio miljoner. Kortare tid är billigare. Förstås. Cheaper."

"Vad finns det mer att välja på?"

"Man kan också låta yttre förhållanden påverka tiden man är nedfryst, till exempel att något händer i omvärlden, ett tekniskt genombrott, en sjukdom som kan botas."

"Inget av dessa passar för mig. Jag vill inte träffa någon rådgivare, jag vill prata med din chef på en gång."

Jan G Sjöström hade bestämt hur han ville göra.

Janne kom senare överens med ägaren Hey-Ji om att han skulle registreras som nedfryst, men inte frysas ned. Han betalade för hela processen och tvingades även betala företagsägaren en rejäl summa för att utföra denna falska nedfrysning. Han skulle lämna delar av sin älskade Märklin-järnväg i frysfacket, men själv dra vidare till annan ort.

Jan G Sjöström åkte utomlands, till ett ställe där de tog hand om hans kropp på alternativt sätt, utan att lämna några spår.

"Jag vill se min man!" Kvinnan hade precis passerat genom dörrarna till Freeze Yourself och hon skrek med gäll röst.

"Jag måste få se min man!" Påsarna under de osminkade ögonen visade att kvinnan inte sovit mycket de senaste dygnen. Den skrynkliga vita skjortan var delvis nedstoppad i de tajta jeansen när hon barfota gick före kön med familjen från Barsebäck. De backade snällt. Strålskadade Arne kunde vänta med sitt besök.

Angelica vid receptionsdisken svarade som brukligt.

"Det tar en liten stund att plocka fram kryonaut-kapseln. Vilket personnummer gäller det?"

"Jag vill inte klappa nån jävla frysbox! Jag måste se hans ansikte. Jag vill se att han verkligen finns här!" Kvinnan började gråta.

Samuel lämnade sitt kontor och erbjöd sig hjälpa till. Det här verkade bli för svårt för den unga flickan att ta hand om. När Samuel närmade sig kvinnan hade hon händerna i ansiktet.

"Kom, vi tar och sätter oss ned här borta", sa Samuel lugnt.

Förskräckt tittade kvinnan upp.

"Försvinn, kom inte nära!" Hon tryckte bort Samuel, men ångrade sig genast och bad om ursäkt.

"Jag behöver se min man. Han förföljer mig. Spionerar på mig, fast han ligger infryst här!"

"Det ska inte vara något problem. Kom in på mitt kontor så ordnar vi den saken."

Efter en viss tvekan följde kvinnan med in på kontoret. När hon fick sätta sig och Samuel stängt dörren lugnade hon ner sig.

"Vem gäller det?" undrade Samuel.

"Professor August Hjortvik, mångmiljardären."

"Hur mycket pengar personen har spelar ingen roll här. Men jag måste be om din legitimation."

Legitimationen var korrekt, Lillemor Hjortvik, detta var frun till August Hjortvik. Mannen som Freeze Yourself fryste ned för drygt två år sedan.

"Enligt vad jag kan se på datorskärmen så ligger han infryst här. Vad får dig att tro att så inte är fallet?"

Det djupa andetaget skvallrade om att nu skulle hon äntligen få prata ut om sin man.

"August är en underbar man, men han är oerhört svartsjuk, sjukt svartsjuk. Om jag pratat några minuter med en man på en tillställning så brukar den mannen tappa sitt jobb bara några dagar efter, oavsett var han jobbat. Om jag ler åt en expedit på en affär så har August köpt upp affären en vecka senare, satt den i konkurs, avskedat alla anställda. Jag har ofta inte kunnat gå ut."

"Det låter otäckt."

"Men August är väldigt snäll, innerst inne. Jag älskar honom. Han slår mig bara när jag varit dum och olydig."

"Men det är väl inte bra?"

"Men han menar det inte. Han är bara så oerhört svartsjuk."

"Men vad får dig att tro att han inte är nedfryst längre?"

"När August fick besked om sin obotliga sjukdom och bestämde att frysa ned sig själv hoppades jag att denna förföljelse skulle ta slut. Men inte. Det fortsätter. Han förföljer mig ändå!"

Kvinnan kanske inte är riktigt frisk, tänkte Samuel. Hon inbillar sig allt detta. I vilket fall som helst så måste hon få se sin nedfrysta man.

"Vi ska ordna att du får se din make. Men han finns inte här….för tillfället…men vi kan ta min bil."

Den sista biten fram till bunker B13 fick de vandra till fots. Det gick att köra hela vägen fram, men den enda platsen att parkera på var reserverad för transporter. I bilen hade Lillemor återigen blivit oroad. Hon var rädd att Samuel skulle bli nästa offer, detta för att de hade synts tillsammans. Det räckte nämligen. Han kunde också råka illa ut.

"Vad får dig att tro att något skulle hända mig?" undrade Samuel.

"Jag har haft flera män efter att August blev nedfryst. Alla har försvunnit eller skadats."

"Försvunnit?"

"Ja, Sven, den första mannen jag träffade. Han fick ett mycket bra jobberbjudande i Kina kort efter att vi träffades. Han reste bort och ingen har hört av honom sen dess."

"Men han kanske fick ett mycket bra jobb?"

"Tror inte det, han är rapporterad saknad av svenska ambassaden i Peking. Sedan träffade jag Lars-Ove, mycket trevlig och sympatisk. Efter första natten ihop tvingades han åka till USA i jobbet. Sedan var han också borta. Försvunnen."

Så gör vissa män, vill inte ha fasta relationer, tänkte Samuel tyst för sig själv. Men hur förklarar man det för henne?

"Han kanske inte…orkade med en djupare relation?"

"Även hans arbetsgivare saknade honom. Det visade sig senare att det var inte de som skickat iväg honom. Ingen vet vem."

"Det var märkligt."

"Sedan träffade jag Lukas, en ung kille. Drog iväg morgonen efter. Han fick jobb i Thailand, och försvann. Ingen har hört av honom sen dess. Jag bestämde mig för att inte träffa någon alls. Jag levde ensam under lång tid."

"Kommer någon med ett bra erbjudande om jobb i Australien ska jag alltså tacka nej", skrattade Samuel, men Lillemor lyssnade inte.

"Men jag blev väldigt förtjust i Carl, underbare Kalle. Jag frågade honom tidigt i vår bekantskap och han hade inte sökt jobb utomlands. Han berättade att han inte sökte jobb och aldrig reste i jobbet."

"Smart."

"Han blev rånmördad utanför sin bostad kort efter vår första dejt."

Bunker B13 var en diskret byggnad, bra kamouflerad. Allt som syntes var några fönster insprängda i berget och en grön metalldörr vid sidan av.

I första rummet satt personalen i vita rockar och fikade, chokladbollar var poppis. Det luktade kaffe. Samuel hejade glatt på dem och kallade sedan på hissen.

Lillemor blev häpen när de klev in i salen med alla frysfack. Det här hade hon inte trott. Att det var så många. Och så stort.

"Det finns flera våningar", berättade Samuel. Han gick fram till ett bestämt fack och lade handen på handtaget.

"Han kommer inte att se trevlig ut. Grå, frostig, fullt med otäcka slangar. Jag kan bara visa honom en kort stund. Temperaturen måste hållas konstant."

Lillemor nickade.

Det klickade till när Samuel drog i handtaget. Ut kom britsen med miljardären August Hjortvik. Kall ånga rann på sidorna och det blev genast kallt om fötterna för de båda besökarna. Lillemor såg förstummat på mannen på britsen.

"Professor Hjortvik, visst är det han?" frågade Samuel.

"Ja, det är han. Tack!"

"Då stänger jag in honom igen?"

Lillemor nickade.

"Stäng ordentligt! Tack!"

Det kom inga jobberbjudande för Samuel och han blev heller inte rånad eller mördad. Men efter några dagar kom en civil polisbil hem till Samuel. Tre poliser klev ur, en var civilklädd. Mannen i kostym hade en husrannsakan och bad Samuel låsa upp bilen. Efter att ha tittat runt i bilen stack mannen in handen under framsätet och drog ut en påse med vitt mjöl. Mannen smakade på det vita pulvret.

"Samuel Hansson, du är anhållen och måste med till stationen. På en gång."

En påse knark, tänkte Samuel. Hur kan den ha hamnat där? Jag har aldrig knarkat, aldrig haft med narkotika att göra?

"Jag måste bara fixa lite därinne först", svarade han.

Mannen nickade åt de båda poliserna att följa med.

"Ska hämta min tandborste", sa Samuel och gick mot det hemliga rummet. Låste upp och klev in.

Poliserna stod båda i dörröppningen och förundrades av det märkliga lilla rum där den anhållne förvarade sin tandborste. Samuel skrev på en liten lapp.

Torsdag, 14.30. Polis här. Knark planterat i bilen, under förarsätet.

Han stoppade snabbt in lappen i behållaren och tryckte på knappen.

En dag efter att Samuel varit vid Bunker B13 med fru Hjortvik finner han lappen i maskinen. Hon hade rätt, det är någon som försöker skada honom för att han varit med henne. Nu har han haft ett annat ärende än de andra männen i hennes bekantskap, men ändå, hon färdades i hans bil. Han släppte av henne vid hennes bostad. Det räckte tydligen. Någon måste ha sett dem tillsammans.

Men vem? Det kan inte vara herr Hjortvik Han är nedfryst!

Det finns bara en sak att göra, tänkte Samuel. Jag måste spionera på mitt eget hus, se vem som kommer att plantera knarket i min bil.

Efter att ha hyrt en bil parkerade Samuel den på gatan, mitt emot sin bostad. Bilen var en Mazda 2, mackor var iordninggjorda, och han hade tryckt in en termos med kaffe mellan framsätena.

Han väntade. Det mörknade, inget hände. Kaffet höll honom vaken, men det var ändå svårt att hålla koll på gatan och bilen på andra sidan. Ögonlocken blev tunga och blicken vacklade. Plötsligt upptäckte Samuel mannen, en person i mörka kläder smög kring hans bil som stod på uppfarten. I gatlyktans sken kunde han se att det var en ung man. Skulle Samuel rusa fram eller vad skulle han ta sig till? Allt gick fort, efter bara några sekunder var förardörren öppen och mannen lutade sig in i bilen för att därefter ljudlöst stänga bildörren. Personen försvann snabbt längs gatan.

Vem var det där? Jag måste följa efter, tänkte Samuel och hoppade ur Mazdan.

Ett kvarter bort satte sig personen i en bil, en äldre Saab 900. Bilen körde genast iväg, i riktning mot Kungsgatan. Samuel sprang allt vad han kunde tillbaka till sin hyrbil.

Full gas. Två minuter senare kom han ikapp bilen och därefter var det inga problem att följa den, ett baklyse saknades.

Den gamla Saaben rullade in på ett en stor parkering i anslutning till ett höghusområde. Samuel parkerade på gatan. När mannen försvann in genom en port var Samuel inte långt efter. Porten var inte låst och han hörde mannen gå i trapporna. Ljudlöst försökte Samuel stänga porten och smög sedan tyst fram till trapphuset. Mannen skymtade till under korta stunder när han kämpade uppför trapporna. På fjärde våningen försvann mannen helt ur sikte, till vänster. Med långa tysta kliv följde Samuel efter, han hörde hur en dörr låstes upp och öppnades. Med en smäll föll dörren igen precis när Samuel kom fram till våningsplanet. Sedan blev de tyst.

Det stod Peter Wikner på dörren. Ingen Reklam, tack.

Följande morgon ringde Samuel till Jasmine. De umgicks allt oftare och detta var ett bra tillfälle att vara ihop. Efter att ha plockat upp Lillemor åkte de alla i hyrbilen till lägenheten, den som tillhörde Peter Wikner. Fru Hjortvik kände inte till den mannen och kunde inte påminna sig om att hennes man någonsin nämnt namnet eller besökt bostadsområdet.

De ringde på.

Mannen som öppnade var samma person som Samuel följt efter tidigare under natten, Peter Wikner. Efter att försäkrat honom om att de inte var från polisen blev de insläppta. Jasmine var nära att halka på reklam från RUSTA och COOP som låg precis innanför dörren. Det luktade surt, troligtvis från någon av soppåsarna som låg längs golvet i hallen. I köket hade disken krupit över till köksbordet efter att ha fyllt upp hela diskbänken. Jasmine grinade illa åt alla cigarettfimpar som flöt i många av glasen. Peter Wikner satte sig i den gamla soffan i vardagsrummet. De grå mjukisbyxorna var kladdiga men den urtvättade Iron Maiden-tröjan såg däremot rätt så fräsch ut.

"Jag vet inget om någon Hjortvik. Aldrig hört namnet", försäkrade mannen och tände en cigarett.

Lillemor berättade då om hennes man, om nedfrysningen och om de mystiska försvinnanden som hennes pojkvänner råkat ut för.

"Min man är oförmögen att göra något alls. Jag måste få reda på vem det är som hjälper honom!"

"Jag vet inte", svarade Peter och blåste obekymrat rök i ansiktet på besökarna. " Jag fick jobbet via mejl. Först trodde jag det var spam, men det var en adress här i Uppsala som nämndes. Jag åkte dit, en lagerlokal, med dörrkod. Boxer Self Storage tror jag det hette."

"Det är min mans företag…eller…det ingår i hans koncern", inflikade Lillemor.

"Koden jag fått fungerade. Där innanför fanns en massa fack, alla med koder. I det fack jag fått koden till fanns en påse knark och femti lakan."

"Fanns det inget mer?" undrade Samuel. "En lapp eller så?"

"Nej, därefter fick jag ett mejl där det stod vad jag skulle göra med påsen. Jag ordnade det och idag ska jag hämta femti tusen till. I ett annat fack."

"Kontaktade du även polisen?"

"Nä, faan heller, inte bylingarna!"

"Kan vi få se det där mejlet?"

"Visst!"

Efter att ha skickat mejlet vidare till Samuels mejl-box lämnade de herr Wikner i sin lägenhet. Han såg nöjd ut. Boxer Self Storage väntade för honom, och därefter travbanan.

Vem tipsade polisen? Vem skickade mejlet? Varken Samuel, Jasmine eller Lillemor hade någon aning om hur man spårar ett mejl.

"Men jag vet en som kanske kan, en journalist borde kunna sånt här, hon heter Hanna Falkenberg", utbrast Samuel. Tillsammans åkte de i hyrbils-Mazdan till tidningsredaktionen.

Mycket riktigt. Hannas kollegor hittade mängder med dold information i mejlet. Meddelandet hade kommit från Kina, och före det Japan. Passerat Sydafrika, tillbringat en timme i Kristiansand, för att ursprungligen skickats från en adress på Söder i Stockholm. En lägenhet som tillhörde Razvan Albu.

"Aldrig hört namnet förut", försäkrade Lillemor.

"Nä, vi har inte heller hittat något om honom.", sa Hanna.

"Intressant", muttrade Samuel som var i helt andra tankar. "Men jag måste sticka nu. Polisen kommer på besök hos mig om en liten stund. De ska göra en husrannsakan."

Hanna reagerade direkt och såg nyfiket på Samuel.

"Det är lugnt. De kommer inte att hitta…shit också."

Han slängde en kort blick på sitt armbandsur.

"Jag måste sticka nu, på en gång. Den förbaskade påsen ligger ju kvar i min bil där hemma!"

Polisen hittade inget knark i Samuels bil. Strax innan de kom hade Samuel slängt den vita påsen in i hyrbilen som han parkerat på andra sidan gatan.

***

Hissen var liten och trång. Är man lite rund om magen skulle det vara svårt att åka fler än två, tänkte Samuel när han tryckte undan gallret vid hissdörren på femte våningen. Jasmine var med, de tillbringade allt mer tid tillsammans. De stannade båda framför dörren till Razvan Albus lägenhet, en gammal pardörr, med frostade glasrutor. Här bor alltså mannen som skickar mejl runt hela Jorden så att en trött hårdrockare kan hämta pengar i ett fack.

Ingen öppnade när de ringde på. Innanför var det tyst.

Samuel och Jasmine bestämde sig för att turas om att spana på huset och lägenheten. De måste finna denne Razvan, han var deras enda ledtråd. Efter att kört runt kvarteret femton gånger dök det upp en parkeringsplats varifrån de kunde ha uppsikt över porten.

Andra dagen lärde de sig vilka som bodde i huset, vilka som kom och gick. Det gjorde det enklare att spana. Samuel undrade hur många äldre damer det bodde i huset. De såg alla likadana ut, men dramaten som de kämpade uppför de första trappstegen var av olika fabrikat.

Tredje dagen, ingenting. Vem är denne Razvan? Han kanske bor utomlands? Men han mejlade unge herr Wikner ganska nyligen. Vart tog han vägen efter det? Det är ingen billig lägenhet han har, tänkte Samuel och smuttade på sitt kaffe. Den måste ha kostat flera miljoner? Garanterat tvåsiffrigt.

På kvällen lyste det i alla lägenheter. I några av rummen blinkade ett kallt blått sken. Tanterna tittar på TV, tänkte Samuel och rättade till filten som han hade över knäna. Razvans lägenhet var fortfarande mörk.

Fjärde dagen, återigen samma människor som kom och gick. Det varma kaffet gjorde att rutorna immade igen på bilen och Samuel torkade en liten glugg med tröjärmen.

På kvällen, den femte dagen, kom en ung flicka med en resväska. De långa gröna koftan såg nött ut, men den var inte smutsig. Håret var mörkt, utsläppt, flickan såg inte äldre ut än femton, definitivt en tonåring, tänkte Samuel. Väskan var däremot gammal, en sådan utan hjul. Efter att ha gått fram och tillbaka, passerat porten flera gånger, spanande hon uppåt husväggen för att sedan med bestämda steg gå in genom entrén.

Samuel kastade sig ut ur bilen och skyndade sig över gatan. Hissen var redan på väg uppåt när han kom in i trapphuset. Med bultande hjärta och snabba kliv följde han hissen upp genom huset.

Hissen stannade på femte våningen. En halvtrappa nedanför kunde Samuel se hur flickan ringde på dörren till Razvans lägenhet.

Efter att ringt på fem gånger satte sig flickan ned på golvet, bredvid sin väska. Hon suckade.

"Söker du Razvan?" frågade Samuel och närmade sig flickan.

"Ja", svarade flickan utan att röra en min.

"Har du ingenstans att bo?"

"Jag väntar på Razvan."

"Det gör jag med. Han har inte varit här på en vecka."

"Så han lever?" frågade flickan och såg lycklig ut för ett kort ögonblick. Sedan kom ledsamheten över henne igen.

"Jag vet inte", svarade Samuel. "Jag har aldrig träffat honom."

"Det har jag, när han levde. Razvan var min storebror. Han är död och begraven hemma i Rumänien. Sedan flera år tillbaka."

"Men vem väntar du på då? Jag trodde du väntade på Razvan?"

"Pappa har skickat mig. Det här är Razvans lägenhet, skriven på hans personnummer. Men min bror dog fattig. Denne Razvan är rik, mycket rik. Han har konton med mycket pengar i många länder."

"Men du vet inte vem det är?"

"Nä, jag vet inte."

"Jag tror den som bor här har inget med din bror att göra. Det är någon som köpt hans identitet."

"Köpt hans identitet?"

"Ja, har man mycket pengar är det inte alls ovanligt."

"Har du några papper om honom?"

"Ja, här är hans pass, dödsattest, och några andra papper." Flickans visade, allt låg snyggt och prydligt i en plastmapp.

"Jag heter Samuel. Vad heter du? "

"Flora."

"Jag tycker vi går till polisen, Flora."

"Nej, inte polisen!"

"Polisen är till för att hjälpa."

"Skojar du?"

"Du kan få bo hos en vän till mig, så tar jag dina papper till polisen. Då kan vi få reda vem som bor i din brors lägenhet. Känns det ok?

Flora tvekade, sedan nickade hon tyst.

Efter att ha lämnat av Flora hos Jasmine for Samuel genast till polisstationen. Det blev en lång redogörelse om paret Hjortvik, om märkliga förföljelser och försvunna personer. De saknade männen kände polisen mycket väl till och ordnade genast en husrannsakan hos Razvan Albu.

När polisen bröt sig in i lägenheten fann de endast datorer och servrar. En datacentral. I övrigt var lägenheten tom. Det fanns monitorer som övervakade hemmet hos paret Hjortvik. Även gatan och några andra platser syntes på skärmarna. Det var mängder med reklam i hallen. Kylskåpet var avstängt. Det verkade som om ingen varit i lägenheten på flera år. Polismännen verkade mycket nöjda.

"Vi undersöker den digitala utrustningen här och återkommer till er så snart vi vet något. Vi har misstänkt att det varit något skumt som pågått här, men inte haft något bevis tidigare. Du ska ha stort tack!"

Några veckor senare fick Samuel reda på vad som fanns i datorerna. En mycket avancerad AI som bevakade fru Hjortvik dygnet runt. Hela systemet hade troligtvis programmerats av professor Hjortvik själv. Med hjälp av ansiktsigenkänning kunde programmet hitta personer som var i Lillemors närhet. Den skapade egna mejl, ringde till och med upp personer och förde riktiga samtal. Pengar och annat som var lagrat i förväg på Boxer Self Storage hade delats ut efter överenskommelse. Programmet hade till och med fört över stora summor till konton, både i Sverige och i andra länder. Troligtvis som betalning för information, men man misstänkte även att det förekommit ersättning för att få personer att försvinna.

Razvan Albu var en identitet som August Hjortvik köpt för att kunna ha sin AI verksam under tiden som han själv var nedfryst. Programmet var mycket avancerat. Ingen av polisens datorexperter hade någonsin sett något liknande.

Denna datorhärva blev senare en riktig kassako för svenska jurister. För femtusen kronor per timme ältade de August Hjortviks verksamhet i flera månader. Vilken underbar härva, en nedfryst man som visar sig vara skyldig och dömd för anstiftan till mord. Om han väcks kommer han att dö på grund av sin sjukdom. Således kan han inte tinas upp. I alla fall inte i nuläget. Men hur ska han kunna straffas som nedfryst? Polisens jurister kom slutligen fram till att den nedfrysta mannen skulle förvaras i ett fängelse.

"Men en nedfrysning är mycket avancerad", försökte Samuel förklara när han under ett möte blivit kallad som kryonik-exptert.

"Äh, en frys klarar vem som helst av!"

"Nej, det är mycket mer än en frys. Stora delar av fängelset måste byggas om!"

"Vi ska undersöka saken!"

"Men den dömde kan in fly, inte röra sig, han är nedfryst!" Samuel kämpade hårt för att juristerna skulle förstå, men...de kanske inte ville förstå?

Förhandlingar fortsatte ytterligare några månader och ännu fler miljoner i kostnader. Till slut kom man fram till att det skulle placeras ett hänglås på Hjortviks frysbox.

"Det kan jag ordna", svarade Samuel och log för sig själv.

Men advokatsamfundet gav sig inte i och med detta, och mötesrummen på advokatbyrån fylldes av ivriga diskussioner.

"Men vad händer då brotten blir preskriberade?"

"Ska en dömd brottsling få möjlighet att frysa ned sig under sin strafftid?"

"Tinas upp som en fri man?"

"Det ryktas att socialdemokraterna vill att alla brottslingar ska erbjudas den möjligheten."

"På statens bekostnad."

"Ni skojar?"

"Men är det inte så dum idé? Att frysa ned alla brottslingar?"

"Idiot, då blir vi utan jobb!"

***

Nedfrysningen börjar med att personen som ska frysas ned, så kallade kryonauter, byter ut sitt vattenintag mot kryonik-vatten. Patienten blir påverkad av detta vatten, trött, känner sig sliten. Sedan flyttas patienten i sovande tillstånd till bunkern där personen sedan ska förvaras. De få tillfällen som patienten är vaken tillbringas i ett rum i källaren. Stora skärmar täcker väggarna och ger känslan av att man befinner sig högt i ett höghus, ibland på en gård ute på landet. Detta för att lugna oroliga kryonauter. Ingen får någonsin reda på att de ligger och vilar djupt, flera meter under jord.

"Jag mår illa!"

Jasmine ville inte titta längre på utsikten över Stockholm. Samuel höll en arm om henne och tjuvkikade på panoramabilderna över Riddarfjärden.

"Jag dör heller än att äta den där vattniga linssoppan igen."

"Här drick lite vatten."

Jasmine tog en klunk kryonik-vatten. Smaken var exakt detsamma som vanligt vatten men Jasmine grinade illa.

"Älskade Jasmine, det kommer att gå bra."

"Men jag kommer att sakna dig. Vi har haft så underbart ihop. Att vi inte träffades tidigare i livet! Jag älskar ju dig!"

"Och jag dig."

Skinnsoffan i bunkern var mjuk och skön, men med kryonik-vätskan i blodet var det svårt för Jasmine att sitta still. Samuel höll armarna om henne och kysste henne i pannan.

"Tänk om vi hade träffats innan du blev sjuk?"

"Det hade varit svårt. Jag bodde i Indien då, hos mina morföräldrar. "

"Var i Indien?"

”Byn heter Birholi, vi bodde en liten bit utanför. Det var ungefär som här, mer folk, fast färre bilar och inte så stora hus.”

”Tänk om jag kommit och hämtat dig istället för den där rika snubben.”

”Det hade varit underbart.”

”Vi kanske kan träffas senare?” Det var en tanke som Samuel haft sedan de träffades första gången. Att frysa ned sig själv tillsammans med henne.

”Vad menar du?” Jasmine lyfte blicken.

”Jag kanske också fryser ned mig. Kanske vi kan vakna upp tillsammans i framtiden? Och då kan läkarna göra dig frisk?”

”Underbara tanke!”

”Vi måste ta oss ut på något sätt”, sa Otto och kämpade med att svälja de torra bitarna av sin chokladboll.

”Jag tror ändå att vi hittar en lösning via datorerna”, tyckte Jasmine. ”Dörren går kanske att få upp med hjälp av dem? Jag går dit igen!”

När hon gick mot dörren reste sig mannen med ticks för att följa med. Han lämnade över sitt koppel till Eva, hon med den nerspydda hunden.

Här måste ha varit inbrott, tänkte Jasmine när de återigen klev in i det upplysta kontoret. Det låg trasiga pärmar och utrivna papper överallt. Märkligt var att tjuvarna inte tagit fler av vinflaskorna. Datorerna var också kvar, och skärmsläckarna visade bilder på insekter och solnedgångar. Spasmer-mannen började knacka på ett tangentbord och snabbt fann han övervakningsfilmer över rummen. På en av filmerna såg de personer som satt och jobbade vid skrivborden. Några som gick iväg, andra som kom in. Alla hade vita rockar. Ibland satte sig några personer i sofforna. Den senast daterade filmen visade på en man i linne och kortbyxor som kom in och rev ut pärmar och annat från skåpen.

”Vad letar han efter?” undrade Jasmine. De såg hur mannen tryckte ned några papper i en kasse tillsammans med några vinflaskor. Sedan började mannen gå mot dörren.

”Stanna filmen där!” skrek Jasmine. ”Kan du zooma in?”

Ticks-mannen grymtade till. När ansiktet blev större såg Jasmine att det var Hey-Ji, frys-miljardären, mannen som byggt ett flertal infrysningsanläggningar världen över.

”Finns det fler filmer?”

Mannen skakade ännu mer intensivt på huvudet. ”Det här…var….den senaste.”

”Vilken tidpunkt har filmen?”

Mannen zoomade in på datumet.

08/20/2040 18.44

Jasmine läste högt. ”Den tjugonde augusti, år tvåtusenfyrtio!”

”Vad är det för datum idag? Vilket år är det?”

Med ett skakigt finger pekade mannen på skärmens nederkant.

Jasmine läste återigen högt. "Den trettonde november, tvåtusen-femtio!"

De båda blev tysta. Vinflaskornas etiketter var korrekta. De hade alla väckts nästan femtio år in i framtiden. Den senaste gången någon varit här var för tio år sedan. De hade båda anat detta men ville inte först tro att det var sant. Nu visste de säkert, de hade alla vaknat år tvåtusenfemtio och det fanns ingen här som kunde hjälpa dem.

"Hittar du något mera? Hur man öppnar ytterdörren?"

Mannen sökte igenom filerna på hårddisken. Han öppnade en fil med en plan över frysrummets alla boxar. Det var många namn. Betydligt fler än de som nu rörde sig i huset. Med en viss stolthet markerade han ett namn, 362 Birger Fredriksson, och knackade sig själv på bröstet. Jasmine log och placerade fingret på hennes namn då hon med förskräckelse såg namnet på frysfacket bredvid hennes.

Där stod Samuel Hansson.

EN SYNTETISK UGGLA

Det var länge sedan man fick se en uggla? Det var länge sedan jag såg en fågel överhuvudtaget, tänkte Samuel och tände ett stearinljus i sitt förbommade hus. Ute var det mörkt, svarta moln täckte himlen. Så hade det varit de senaste åren. Det var svårt att avgöra om det var dag eller natt. I flera månader hade det varit tyst utanför huset. Inga människor, inga rop. Inte ens någon bil hade hörts. Hade det varit någon där hade han ändå inte kunnat se det eftersom alla fönster var förseglade. Det hade gått flera veckor sedan han senast varit utanför huset.

En levande uggla är ett fantastiskt djur. Tänk dig att man skulle göra en artificiell sådan, en mekanisk robot, och jämföra den med en riktig uggla. Uggle-boten skulle säkert kunna flyga och fjädrarna skulle vara mästerligt gjorda, perfekta i sin imitation. Dess läten skulle vara exakt som originalet. Ingen skulle kunna skilja den på avstånd från en riktig uggla. De inbyggda batterierna skulle hålla den igång flera dygn och den skulle själv söka upp laddnings-stationen i god tid.

Samuel mindes en märklig maskin som kunde omvandla en sork till energi. Prototypen klarade förstås inte att fånga sorken själv. Den kunde inte förflytta sig alls, än mindre flyga, för apparaten var stor som diskmaskin. Den fungerade så att man placerade en sork i en behållare, en död sork förstås, sedan levererade apparaten ström till en glödlampa ett helt dygn.
Det skulle vara komiskt att se diskmaskinen försöka fånga sorken själv. Det som en riktig uggla klarar galant.

Men forskarna jobbar på med sina kopior. De senaste uggle-botarna hade till och med fjädrar som återbildades om fågeln skulle förlora en. Helt perfekt ingenjörskonst.

Ett mästerverk kan man tycka!

Men… den är ändå patetisk löjlig i jämförelse med en riktig fågel.
En uggla klarar sig helt och hållet själv, hittar föda och vatten, behöver ingen laddstation. Självklart håller den sig ren, såren läker sig själva. Anpassningen till

omvärlden är helt oslagbar. Det mest fantastiska är att den skapar kopior av sig själv som är ännu bättre lämpade för att klara sig. Avkomman föder den upp och lär upp, den programmerar så att säga sina egna kopior. Allt detta gör den utan att ha gått på universitet i åtta år. Det finns inte några ingenjörer involverade med uppdateringar och andra modifikationer. Ingen som tittar till laddstationen, att den fungerar som den ska, att där inte hamnat skräp eller så. Laddaren behövs överhuvudtaget inte alls. Utvärderingar och analyser klarar ugglan av själv, utan utbildning och datorer. Ugglan klarar de flesta förhållanden, regn, kyla och värme. Den är dessutom nedbrytbar. Alla dess delar återvinns automatiskt, du behöver inte lämna in den på någon insamling när den är slut. Någon gruvbrytning efter sällsynta kemikalier behövs inte och den efterlämnar inget svårhanterligt avfall. Tvärsom, den tillför näring till andra växter och djur.

Helt fantastiskt när man tänker efter.

Helt otroligt.

En uggla är det ultimata mästerverket. Uggle-boten är löjlig i jämförelse. Patetisk. Det enda den visar på är vad duktiga konstruktörer vi har, i alla fall vill de tro det själva.

Det öde landskapet

Det kan inte vara sant, tänkte Jasmine när hon rusade uppför trappan. Det får
inte vara sant. Om Samuel legat i boxen bredvid mig borde han också ha vaknat,
måste ha vaknat. Annars? Fungerade inte upptiningsmekanism för honom? Många
hade dött i frysboxarna, det hade Jasmine sett. De var bara åtta som levde och det
fanns flera hundra frysfack bara i det rum där hon vaknat. Alla andra var döda.
Tänk om Samuel ligger i boxen? Död?

Boxen var högt placerad och Jasmine klättrade på några handtag för att nå. Det
hördes inget inifrån. Med ett fast grepp tog hon tag i handtaget till boxen. Tänk
om han ligger där inne? Han måste leva, han får inte var död, tänkte hon. Hennes
händer skakade och hjärtat bultade när hon gråtfärdig slet upp luckan. Sakta gled
britsen ut.

Den var tom.

Orolig, men en viss förväntan såg hon sig omkring. Hade Samuel redan vaknat,
fanns han här? Var är han? När hon lugnat ner sig insåg hon att han aldrig varit
placerad i frysfacket. Dynan var orörd, skyddsplasten var kvar. Allt var rent, det
fanns inga spår av is eller vatten. Men var är han? tänkte hon. Jag hade behövt
honom nu. Samuel, snälle goe älskade Samuel. Efter en stund insåg hon vilket år
det var, att Samuel borde vara väldigt gammal nu, om han överhuvudtaget levde.
   Birger följde henne under tystnad när hon gråtande gick tillbaka uppför
trapporna. Jasmine räknade trappstegen, ett, två, tre, på det femte hamnade en liten
tår. Hon såg droppen landa på det röda gallret för att sedan försvinna vidare ned i
djupet. Birger trängde sig förbi henne och hon stannade för att titta uppåt i det
mörka betongschaktet.
   ”Samuel, var är du?”
   Hon drog handen längs den omålade betongen när hon med tunga kliv fortsatte
upp till de andra.

Ljusinsläppet långt däruppe var inte längre synligt. Det var mörkt ute, kolsvart.

Marcus och Otto låg på golvet. De sov. Det gjorde även hundarna som krupit upp bredvid dem. På borden låg de fyra damerna med några stolsdynor som kuddar. Birger och Jasmine gjorde likadant.

I morgon skulle de ta sig ut. De skulle lämna denna bunker för alltid.

***

När gryningsljuset sipprade in från taket gav de sig på den kraftiga dörren. Den var inte låst, men något visade sig ligga i vägen på andra sidan, den gick inte att rubba. Det verkade som den enda vägen ut var genom takfönstret i fikarummet.

De ställde flera bord på varandra, men det var fortfarande ett par meter kvar till ljusinsläppet. Sopen som Otto använde nådde precis för att peta sönder glaset. Marcus klättrade också upp, han sträckte sin mobil upp mot fönstren för att fånga upp de svaga strålarna från en eventuell basstation. Men nej, inte det minsta streck till signal gav sig till känna.

Men hjälp av några skarvsladdar lyckades Jasmine knyta något som påminde om en repstege, med klykor att placera fötterna i. Planen var att någon skulle ta sig upp och ut, för att sedan försöka öppna dörren från utsidan. Kanske ta bort om något låg i vägen.

Ett ben från en av barstolarna fick fungera som ankare för repstegen. Otto kastade först, upp mot fönstret, det utan glas. Tanken var att kasta genom öppningen och sedan få benet att ställas sig på tvären. Varje gång han missade trillade pinnen och stegen ned på golvet och de hjälptes åt att skicka upp den igen. Glas och sand rasade ned över dem efter varje försök. När benet hamnat på tvären provade Otto att placera en fot i en av öglorna. Han gungade ut från bordet, tappade genast taget, dunsade i det översta bordet och föll sedan illa mot golvet.

Mörbultat reste han på sig och tittade surt upp mot taket.

"Jag provar", sa Marcus och tog sig upp på borden. Han placerade foten i öglan, såg till att hälen stoppade precis i öglan. Med ena foten kvar balanserade han på repstegen. När han inte gungade längre placerade han den fria foten högre upp och lyckades komma lite närmare fönstret. Jasmine klättrade upp och tog tag i nederdelen av repstegen. Det blev lättare att klättra när stegen inte gungade alltför mycket.

När Marcus sträckte sig kunde han nå fönstret, och med ett stöd mot Jasmines axel lyckades han klämma sig upp genom gluggen.

Sedan försvann han. Det hördes ingenting. Jasmine försökte se vart han tagit vägen. Inte kunde han väl lämna oss i sticket? Bara sådär? De andra tittade besviket upp på Jasmine och mot gluggen uppe i taket.

146

En lång stund senare stack Marcus, alias Macie-ducey, in huvudet genom
öppningen. En av de äldre damerna kände då igen honom från YouTube. "Men
det är ju han! Snygge pojken från Internätet!"

"Det är mycket märkligt! Jag kan se mobilmasten vid horisonten, men har ändå
ingen täckning." Sedan vände han sig mot Karin och log. Det kändes lite som en
tumme upp. En mycket liten tumme upp.

"Dörren, Marcus, du måste öppna dörren!" vrålade Otto och Jasmine.

"Jag fixar!" svarade han och försvann återigen. Otto och Jasmine rusade till
dörren för att hjälpa till från insidan.

Ståldörren såg ut att var byggd för att klara en atombomb. Otto tryckte till den
med axeln. Inget hände.

Efter ett tag hördes ett skrapande ljud upptill, utanför. Marcus använde stolsbenet
och försökte fösa undan all jord som täckte dörren.

I den lilla öppning som skapades rasade det jord och Jasmine drog med handen i
springan för att vidga öppningen. När ljuset trängde in genom glipan upptill
började de alla pressa på dörren för att hjälpa till. Sand och jord rasade in och
dammet kittlade i halsen på de båda. Otto hämtade de andra benen från barstolen
och när glipan blev tillräckligt stor började de alla skrapa jord även från insidan.
Jorden var hårt packad. Dammet gjorde att ljuset som kom in genom öppningen
bildade draperier, ljusa sandfärgade draperier som rörde sig uppåt och nedåt.
Allteftersom högen med sand och jord växte innanför dörren blev också glipan
större.

När öppningen var tillräckligt stor kunde de krypa upp och ut. Först Otto, sedan
Birger och de fyra damerna som ställt sig på kö. Jasmine skickade ut hundarna för
att sedan krypa ut själv, hon var sist. Många hundra upptinade kroppar lämnade de
kvar bakom sig. Människor som inte fick den starthjälp de hade behövt. Alla
okända. För evigt bortglömda. Deras släktingar och vänner var sedan länge döda.

Utanför var himlen täckt av mörka moln. En varm bris mötte dem, betydligt
varmare än inne i byggnaden. Om man nu kan kalla detta för en byggnad. Det
enda som syntes var en halv dörr och fikarummets takfönster, små glasgluggar
insprängda i berget,, resten var berg, jord och sand. De hade alla legat i en bunker
och hade man inte vetat att här fanns en underjordisk konstruktion hade man
aldrig upptäckt den. Vägen som ledde upp till platsen hade drevat igen av jord och
sand.

"Hade jag haft uppkoppling skulle jag ringt efter en taxi!" Marcus tog ned handen
med mobilen som han hållit högt och tittade besviket på skärmen.

"Eller efter ambulans", svarade Otto.

"Jag kanske ska prova ringa ett ett två?"

"Det borde väl vara det första du gjort?"

"Nä, varför det?"

"Du tror på allvar att endast mobilmasten är ur funktion?" skrattade Otto. "Du fattar inte att något mer har hänt än att vår bunker blivit strömlös?"

"Sluta med det där!" infällde Jasmine. "Vi kan inget göra mer än att börja gå. Kom, vi följer vägen!"

Det var ett öppet landskap som mötte dem. Nedfallna träd, brända stockar överallt. En skogsbrand, eller flera, hade dragit fram för en tid sedan. Växtligheten hade inte återhämtat sig. Marken var torr, bränd och död.

Efter att ha gått längs vägen ett par kilometer kom de till en större väg. Grova hjulspår syntes över de högar med jord som bitvis täckte asfalten.

"Vilket håll ska vi gå?" Jasmine stod mitt på vägen och spanande. "Var finns närmaste stad?"

"Neråt. Vi följer vägen neråt", sa Karin och ryckte till i kopplet så hennes hund gjorde en volt i luften. "Det är dit hundarna vill gå."

De andra nickade tyst. Vad hade egentligen hänt? Varför fanns det inga människor? Var var de? Långsamt började det gå upp för dem att det inte bara var deras frysanläggning som råkat ut för något, skogen var förstörd, allt var förstört, kanske hela världen?

Under tystnad vandrade de vidare och funderade på vad som väntade dem, när de kom fram till en stad.

Luften var torr, och varm. De äldre damerna, som var sjuka redan innan infrysningen, hade svårt att gå. Birger snubblade ofta. Långsamt tog de sig framåt med stapplande steg i en öde värld.

Det började skymma och de bestämde sig för att stanna. Otto kastade sig ned i ett dike med sand.

"Här kan vi sova!"

Luften var fortfarande kvav, sanden varm, det var ingen risk att de skulle frysa, det kändes mer som en tropisk natt. Trötta, hungriga och törstiga lade de sig ned i gropen.

"Behöver vi inte någon som håller vakt", undrade Eva och tittade oroligt längs vägen. Det gick knappt att se något för det hade blivit mörkt, riktigt mörkt.

"Vakt? Mot vem då?" svarade Otto.

"Jag kan hålla vakt", sa Marcus och satte sig på vägkanten. Skärmen på hans mobil var svart. Batteriet var slut och han tog fram sin vev.

Trots alla oroliga tankar somnade de andra snabbt. Efter att ha vevat en lång stund tittade Marcus besviken på skärmen, bläddrade fram och tillbaka bland sina appar för att sedan krypa ned i sanden även han. Trots att han var trött kom inte sömnen direkt. Allt var tyst. Han blundade, öppnade ögonen, allt var svart. Eller var det inte det? Hade inte himlen och molnen blivit lite ljusare?

Marcus stirrade uppåt, himlen ljusnade, grått, lila, där var något. De mörka molnen lystes upp alltmer, men det hördes ingenting. Ett ljus accelererade mot deras plats. Marcus kunde höra sin egen andning som blev allt häftigare. Han ställde sig upp och höll hårt i sin mobil. Han var alltför upphetsad för att tänka, för att väcka de andra. Med en rejäl ljudbang slog ljuset ned i riktning mot den plats de lämnat tidigare under dagen. Sedan kom den svarta natten tillbaka och det blev återigen tyst.

"Hjälp! Vad var det?"

"Jag är blind!", ropade någon i mörkret.

"Lugn", förklarade Marcus. "Det var en komet eller något som slog ned i skogen. Nu är det lugnt."

Himlen var åter mörk, det enda som syntes var små ljuspunkter på marken, långsamt bleknade de bort. Inte ett ljud hördes, allt var tyst, förutom tunga andningar från de som inte kunde somna om.

Dagen därpå fortsatte de längs vägen. Ibland var drivorna så höga att de tvingades gå runt dem, ibland styrdes de utanför, vid sidan av vägen. En flock kråkor och gamar hade börjat följa dem på avstånd.

På eftermiddagen kunde de skönja några byggnader på avstånd. Vatten, vila, kanske mat? Någon som kunde hjälpa dem och kanske någon som kunde berätta vad som hänt?

Allt eftersom de närmade sig husen så minskade deras förhoppning. Det var en liten by, bara några få hus. Alla övergivna. Trasiga fönsterrutor, inslagna dörrar. Sopor överallt. Några av husen var brända. Här fanns inte en människa och här hade inte någon befunnit sig på många år. Mitt på vägen stod en sönderbränd buss. Den verkade ha kört in i en jordhög och fått stopp. Otto uppmärksammade att det var skotthål i sidan på bussen, men sa inget till de andra.

"Vi orkar inte mer", sa Kerstin och stirrade på en tegelvilla vars utomhuspool var fylld med bråte. Överst låg något som de gissade var ett hästkadaver.

Dörren stod på vid gavel och de flesta av fönsterrutorna var krossade.

"Vi går in", föreslog Jasmine. "Vi kan kanske stanna i huset i natt."

De öppnade lådor och skåp i köket. Slet ut kartonger och tomma burkar. Någon hade varit i huset före dem och tömt huset på allt ätbart sedan länge. Några små flaskor med vatten, mango-passion och päron-ingefära, fann de i skafferiet. Trots den vidriga smaken kunde de dricka sig otörstiga. Även hundarna drack, fast med viss tvekan.

Jasmine ropade från ett rum som hade flera madrasser utlagda på golvet.

"Här kan vi vila!"

Där fanns även några kuddar och ett bord. De slängde sig alla ned på golvet. Genom en trasig ruta tittade Otto ut på de andra husen i byn.

"Vi går och ser om vi kan hitta något att äta i de andra husen." Ingen svarade varvid Otto och Marcus tillsammans gick iväg.

Sent på natten kom de tillbaka. Tomhänta.

Efter att ha sovit ett par timmar hördes ett krafsande ljud under golvet. Möss, tänkte de först, men det lät som något större. Råttor? Större ändå, mera som hundar.

Ljuden kom närmare och nu hördes det inifrån sovrummet, vid dörren. Marcus tog fram sin mobil och i skenet från skärmen såg de alla den bastanta råttan, stor som en grävling. Den sprang längs väggen och en till kom in i rummet. Ännu en. Fler råttor sprang in och for under deras täcken, in mellan madrasserna.

"Aj", vrålade Marcus. "Den bet mig i foten!"

Det blixtrade till och alla såg med förskräckelse de stora djuren som fyllde rummet. Med bakåtböjda huvuden visade råttorna sin stora gula framtänder, tjocka som fingrar. De betedde sig mer som hundar, men de skällde inte, de fräste istället. Pekineserna hade fått svansen mellan benen och krupit ihop i ett hörn. De äldre damerna låg och kramade om varandra, ingen av dem tordes titta upp.

"Ställ er upp!" Jasmine tog kommandot. "Sätt madrassen framför er."

Gemensamt ställde sig alla upp vilket fick råttorna att börja följa väggarna. Med madrasserna som plogar försökte de sedan jaga ut jätte-råttorna ut ur rummet. Djuren fräste och spottade men föstes motvilligt mot dörren. Svansarna höll djuren högt, nådde nästan taket och vid dörröppningen vände sig råttorna om får att återigen visa tänderna.

"Det finns ingen dörr! skrek Otto och slet bort en svans som snurrat sig kring hans hals.

"Bordet", skrek Marcus. "Vi kan använda bordet!"

Den stora möbeln stängde ute djuren och flåsande satte sig Otto ned på en av madrasserna, pustade ut.

Nu ville alla se Marcus fot, men istället fick de se en bild på den råtta som han sagt bet honom i foten.

"Titta, så ful den är, Macie-ducey-råttan!"

Något sår kunde han inte visa upp.

Resten av natten låg de alla och stirrade i taket. Hundarna sov. Det krafsande ljudet fortsatte hela natten.

På morgonen gick Birger och Eva ut med de fem pekineserna. En kort promenad, bara så att hundarna skulle få kissa av sig. Inte ett spår syntes från de råttor som terroriserat dem under natten.

Det var svårt att avgöra om solen gått upp, men det var inte svart natt längre. Otto och Jasmine försökte få upp vatten ur en brunn de funnit på gården bredvid.

De hörde alla bilen som närmade sig på avstånd. Birger och Eva vände genast om och gick skyndsamt tillbaka mot huset. En grå pickup dök upp. I hög fart kom den körande längs vägen. På flaket stod en skäggig man, med maskingevär.

Birger och Eva började småspringa, men bilen kom ikapp och svängde in framför dem. Mannen på flaket viftade med sitt vapen. Den smutsiga militärjackan var alldeles för stor och en svart keps skuggade ögonen. Han pratade högt, som om han stod på en teaterscen.

”Nämen vad har vi här då? Vad gulligt. Det gamla paret är ute och rastar sina hundar?” Det råa skrattet hördes lång väg. Birger hade svårt att stå still och viftade ivrigt med armarna. Mannen på flaket tittade upp på de mörka molnen som täckte himlen.

”Vi såg ett ljussken i natt. Vet ni var?”

Eva skakade på huvudet. Birger verkade peka åt alla håll.

”Stå still när jag pratar!” röt mannen med kepsen och pekade med vapnet rakt i ansiktet på den äldre mannen. Viftande blev bara intensivare. Birger började få svårt att stå upp.

”Sluta!” röt mannen. ”Sluta säger jag!”

Skottet som följde gick rakt igenom huvudet på Birger. Alla ticks och ryckningar upphörde och han rasade avslappnad ned på marken. Eva blev som paralyserad men lyckades samla ihop hundarnas alla koppel.

Mannen som skjutit det dödande skottet hoppade ned mitt framför henne.

”Vem vill sätta på ett gammalt fruntimmer”, skrattade han och tog tag i hennes hår för att visa nyllet för männen som satt i förarsätet. Håret lossnade och mannen fick en stor kalufs i handen som klibbade fast i de svettiga händerna.

”Fan, va äckligt. Du är ju sjuk, kvinna!”

Med en lätt knuff puttade han till Eva och greppade tag i hundarnas alla koppel. När han kom upp på flaket lyfte han kopplen så djuren hängde längs sidan av bilen. ”De här lägger vi på grillen ikväll!” skrattade han. ”Kör killar, här finns inget mer att hämta. Gamlingar och sjuka har vi ingen användning av! Ingen vill äta gammel-kött!”

Hundarna slängdes upp på flaket. Gruset sprutade åt alla håll när bilen sladdade runt.

Alla trodde det var över när bilen åkte iväg, men mannen sköt några skott i riktning mot Eva som fortfarande stod som paralyserad bredvid Birger. Ett skott träffade henne i armen och hon snurrade runt. Mannen på flaket tjöt av glädje.

"Jag kommer tillbaka!"

Nästa skott träffade henne mellan skulderbladen. Sakta rasade hon ihop över Birger och blev liggandes livlös.

Under tiden hade de andra stått inne i huset och betraktat scenariot. De kunde inget göra. Inga vapen. Ingen av dem hade någonsin använt ett vapen. Vad är det för värld de hamnat i? Otto sprang fram till kropparna som låg livlösa på vägen. Tysta följde de andra honom med blicken när han gick ned på knä bredvid de båda vännerna. Hans hand rörde sakta deras ansikten och han skakade långsamt på huvudet.

Förskräckta sökte de alla skydd i huset. Vad hade hänt med världen? De kunde inte stanna kvar, men vart skulle de ta vägen?

"Vi måste ändå söka oss vidare mot staden. Det är enda stället vi kanske kan få hjälp" sa Otto och tittade frågande på de äldre damerna.

Kerstin och Karin hade långt utvecklad cancer, och Ingrid hade en ryggskada som gjorde det svårt att gå. De hade helt enkelt ingen ork. Huset de övernattat i var en bättre och säkrare plats för dem än vägen och staden. Skulle mannen med pickupen dyka upp gällde det att snabbt söka skydd. Råttorna var inget problem, de visste hur de skulle mota undan dem.

"Vi kommer till er så fort vi funnit hjälp", lovade Jasmine som själv var väldigt trött. Det värkte i lederna, men hon gav inte upp, inte nu, inte när de var så nära.

"Vi går till sjukhuset, och kommer tillbaka med ambulans." Otto försökte låta så uppmuntrande och trovärdig som möjligt, men var inte alls säker på att de skulle finna någon ambulans eller något fungerande sjukhus när de kom fram.

Efter att ha släpat in de två kropparna i ett garage och täckt de med en pressening började de tre sin vandring mot staden och sjukhuset. Nu gällde det att var vaksam.

Mörka moln rörde sig lågt över himlen. Kråkorna kraxade och gamarna hade återtagit sin plats, tätt under molnen, seglande efter dem i cirklar. Av de nattliga bränderna syntes ingenting.

"Förbaskade gamar, de avslöjar var vi är!" Marcus hytte med en näve åt fåglarna men de var så vana att se hans hand uppsträckt att de inte brydde sig. Jasmine försökte låta bli att tänka på vad råttorna skulle göra med kropparna de lämnat i garaget.

På eftermiddagen närmade de sig en stad, alla gissade på Uppsala men ingen kunde säga med säkerhet. Inte en människa syntes till. Inte ett liv. Många av hyreshusen var utbrända med sönderslagna fönster. Några kråkor flög iväg när de närmade sig något som låg vid sidan av vägen, något med kläder. Ingen ville gå fram och se efter vad det var. På gatorna stod övergivna bilar. Några hade krockat, andra var lämnade mitt på vägen, när strömmen var slut övergav man bilen helt enkelt. Trots alla sopor, och avfall började Jasmine känna igen sig.

"Jag har en vän som bor här i närheten."

Hon kände sig säker på att de närmade sig det område där Samuel hade sitt hus. "Jag vill gå dit och titta."

Otto spanade in i baksätet på en bil bara för att konstatera att där var tomt. "Bra, jag tycker vi alla går dit. Jag tror inte det finns något fungerande sjukhus längre."

"Där kanske vi kan få reda på vad som hänt." Jasmine försökte läsa på gatuskyltarna om var de befann sig.

"Jag är på", sa Marcus som tagit en selfie framför en sönderbränd bil där dörrarna stod vinklade rakt upp. Han suckade och följde de andra.

"Jag är med om så mycket häftigt men jag kan inte dela med mig av det. Ingen får se vad jag gör!"

När Jasmine närmade sig Samuels hus blev hon bestört. Först nu började hon inse vad som hänt. Detta var en plats som hon upplevt tidigare, innan förödelsen. Idyllen i området kring Samuels hus var lätt att minnas, det var inte så länge sedan hon var där. Den vackra parken. Grönskan i träden. Barnen som cyklade och lekte. Nu var allt borta eller förstört. Träden var döda, stod som pelare bland förstörda bilar och utbrända hus. Samuels hus var förbommat med igenspikade fönster, en bil hade kört halvvägs in på tomten och brunnit. Det var alldeles tyst förutom några skator som kraxade om deras ankomst. Entrédörren stod öppen, som om någon lämnat huset hastigt och inte orkat stänga efter sig. Jasmine ville genast gå in och titta. Där fanns kanske något som berättade vad som hänt. En pryl. En tidning. Kanske ett brev.

Bakom ytterdörren var det stängt med en svart skiva som täckte ingången. Det som tidigare såg ut som en öppen dörr visade sig vara helt förslutet. Här kunde de inte komma in. Framför entrén fanns ett litet trappsteg där de satte sig. Vad skulle de göra nu? Vänta? Hoppas? På vadå? Vänta på att mannen med pickupen kommer och skjuter dem?

Det kanske ändå vore bäst?

Men vem kan ha förslutit dörren på detta vis? tänkte Jasmine. Försiktigt knackade hon ändå på. Sedan lite hårdare. Knack, knack.

Någon förhoppning att Samuel skulle vara där hade hon inte, men kände att hon måste göra något när hon ändå stod vid hans hus. Undrar om han lever? Undrar vad som hände med honom? Det verkar ha varit fruktansvärt här under en lång tid. Hoppas det gick bra för honom.

Trött, ledsen, hopplös, satte hon sig ned med grabbarna på trappan.

En ensam gammal man

När Samuel fyllde sextio gick världen under, i alla fall vad mänskligheten beträffar.
För växt- och djurlivet innebar det förstås en chans att återhämta sig på jorden.
Nittionio procent av alla djurarter var redan utrotade, men nu hade de som fanns
kvar en chans att samla sig, med tiden skapa nya arter. Men det skulle ta tid, mycket
lång tid.

Regnskogarna var sedan länge försvunna. Öknarna hade spritt ut sig och täckte
numera nittio procent av Jordens yta. Landytan hade i sin tur minskat på grund av
att vattennivån stigit med femton meter. Mer än hälften av världens städer låg
under vatten. De flesta skogar hade torkat ut eller förstörts av de enorma
skogsbränder som härjat över jorden de senaste tio åren. Medeltemperaturen hade
ökat med tio grader. Jorden var numera ett stort smutsigt och överhettat växthus.
Miljöförstöringen blev för mycket när länderna i tredje världen inte kunde ta emot
mer avfall från de rika länderna. Plast överallt, plast i haven, plast i naturen och
våra sopor låg kvar på gatorna. Det räckte inte med en återställare för att rädda
civilisationen. Förödelsen var för stor, och skedde globalt.

De svulstiga planerna på att skicka iväg människor till andra planeter och
solsystem gick i stöpet. För dyrt, det skulle ta alldeles för lång tid och
människokropparna skulle inte klara strålningen under tiden i rymden. Tur var det,
tänkte Samuel. Vilket idiotiskt påfund. Om man har en samling öar och på en av
öarna har en stor fet råtta tagit över. Den har utrotat alla andra varelser, ätit upp allt
som finns att äta, kvar är bara en stor öken, full med feta råttor. Då måste man
göra allt för att förhindra att råttan tar sig över till de andra öarna, inte medverka
till att råttan koloniserar de andra öarna.

Människan är den feta råttan, en mycket invasiv art, den farligaste av dem alla!

Allt har blivit så fel, tänkte Samuel. Var det kanske mitt fel att världsekonomin
brakade samman? Räddade jag någon som skapade detta kaos, eller råkade någon
dö på grund av mig, en person som skulle ha gjort en bättre värld?

Tidsregulatorn hade varit hans fokus i många år nu och han hade jobbat med att
få den gå långt tillbaka, flera år tillbaka i tiden. Men den nya funktionen krävde en
ny typ av bränsle, det räckte inte längre med batterier. Att få ihop delar och bränsle

till maskinen i ett samhälle i kaos var inte lätt. Inga butiker, inga organisationer, inga universitet, inga företag, ingenting.

Stockholm låg helt under vatten. Uppsala var en död stad, det var inte många som levde kvar där. Ett brutalt gäng hade tömt alla butiker på allt ätbart och även villorna plundrades. Konserver kunde finnas undangömda i husen och gänget var specialister på att hitta dessa. På de nattliga räderna hade Samuel ibland kommit nära plundrarna. Totalt tio män och Samuel anade att de hade kvinnor inlåsta i olika lägenheter runt om i stan. De körde runt i en pickup och Samuel kunde inte begripa varifrån de fick bränslet. Ledaren var en liten rund man med flint som älskade att skjuta prick på allt som rörde sig. Det gjorde förstås att han och hans män ibland kunde äta färskt kött istället för konserver. Ibland en hund, men oftast stora råttor.

Samuels hus hade klarat sig utan angrepp. Mycket berodde det på den fiffiga kamoufleringen. Huset såg ödelagt ut, som om det redan var plundrat. Fönstren var förbommade och alla dörrar igenspikade. Ytterdörren stod öppen, som om någon redan varit inne och tömt huset. Bakom dörren var det förbommat och svartmålat. Ingen kunde ana att det inte gick att gå in i huset. En hög med bräder fungerade som hemlig ingång för Samuel, och via den kunde han smyga in och ut ur huset när han ville, utan att bli sedd.

Räderna gjorde han på natten. I skydd av mörkret sökte han sig in i hyreshus, letade igenom förråd i källare och på vindor. Ibland fanns det konserver, men där kunde också finnas en kvarlämnad survival-låda. Boxarna var mycket populära åren innan krisen. I dessa kunde han hitta bra grejor, vattenrenare, mediciner, kaffe, kanske choklad.

Med sin kofot bröt han sig även in i lägenheterna. Letade igenom kök och förråd efter konserver eller något annat ätbart.

Tidsregulatorn var ombyggd från grunden, numera med ett eget kraftaggregat, sådant som användes i satelliter. En radioisotopgenerator. Den nya generatorn skulle generera elektricitet för hela apparaten och den smartphone som numera var inbyggd. Hela maskinen och en sfär på en meter runt om kunde nu göra en tidsförskjutning. Det gick att ställa in nästan vilket datum som helst. Så länge kärnbränslet skulle räcka, förstås. Det rörde sig om många år.

Men Samuel hade inte fått tag i något bränsle, han hade inte funnit något plutonium-238.

Den globala ekonomiska kollapsen hade Samuel försökt förhindra vid ett flertal tillfällen, men misslyckats varje gång. De senaste åren hade Samuel även skrivit på en bok, en bok om allt han varit med om, en självbiografi. Allt var klart för en sista tidsresa. Han skulle vrida tillbaka tiden, och boken skulle med, långt tillbaka. Den som läser boken kan kanske förändra händelser, ge Jorden och alla människor en ny chans, ett nytt tillfälle att göra rätt.

Men när? tänkte Samuel. Det gällde att komma på ett lämpligt år, en tid då världssvälten höll sig inom rimliga gränser, miljöförstörelsen hade bara börjat och det skulle fortfarande finnas en chans att rädda planeten. Men när var det?

Tidsregulatorn hade han flyttat till köksbordet så att den skulle bli upptäckt när tiden startade om. Samuel skrollade mellan olika datum. År 1930 skulle vara fantastiskt, att kunna stoppa Hitler innan han tar makten. Det skulle verkligen förändra världen, men då var jag inte född, tänkte han, det går ju inte.

Det måste bli senare, långt senare. Månlandningen, 1969, skulle vara kul att uppleva. Men det är också före min födelsedag. Det törs jag inte. Hur ska jag kunna förändra något när jag inte ens är född, kanske aldrig blir född. Boken kanske aldrig kommer mig tillhanda?

Berlinmurens fall skulle kunna fungera. Men då var jag för ung, bara ett barn. Det kan vara tufft för ett barn att få reda på att människan, under dennes uppväxt, kommer att förstöra jordklotet, förgöra mänskligheten och att du är den ende som vet om det, och dessutom försöka förhindra det.

Samuel funderade och tillslut kom han på ett mycket lämpligt datum. Han skrev in det på skärmen och kände sig mycket nöjd.

Då knackade det på dörren.

En knackning, tänkte Samuel. Hörde jag rätt? Det har inte knackats på dörren de senaste tjugo åren. Det har bultats, skjutits och briserat granater vid dörren, men aldrig hade han hört en knackning.

Knack, knack!

Den inre dörren var förseglad. Det skulle ta lång tid att öppna den. Dessutom vore det väldigt riskfyllt med tanke på de människor som rörde sig därute. Han tänkte på gänget som ockuperat staden, galningarna skulle aldrig knacka först. Så vem kan det vara?

Med försiktiga steg smög Samuel fram till dörren. Det hördes ingenting utanför. Inte ett ljud.

”Vem är det som knackar?”

Jasmine kände genast igen Samuels röst. Med ett språng var hon framme vid dörren. Med kinden mot dörren kunde hon höra bättre.

”Hallå! Är det du, Samuel?”

Det lät som Jasmine. Det måste vara Jasmine, tänkte Samuel. Det kan inte vara sant, hans händer skakade, hela han skakade.

"Jasmine, lever du?"

"Ja, släpp in oss!" Tårarna började rinna och rösten höll inte när hon vrålade. " Samuel, du måste släppa in oss!"

"Är ni flera?"

"Jag har två vänner med mig. Öppna, Samuel, du måste öppna!"

"Gå till högen med bräder vid sidan av huset. Lyft på de blå hopskruvade plankorna. Där under finns en gång in i huset. Jag möter dig där."

Ett märkligt möte i en märkligt tid, det ofattbara, en dröm, men ändå skedde det när Samuel öppnade gången under huset. Ett efterlängtat möte för den gamle mannen och sin älskade unga flickvän. Den vackra, den underbara. Och den unga kvinnan som mötte en mycket äldre version av sin stora kärlek. Men det gjorde inget, i ögonen kunde Jasmine se samme man som hon älskade så djupt.

I köket serverades mat, ravioli i söt tomatsås och majs på burk. En fotogenlampa brann i taket och kastade märkliga skuggor på väggarna. De fick alla något att dricka, gott rent vatten. Otto hade lagt sig att vila på en madrass på golvet. Mätt och belåten.

"Har du wifi?" undrade Marcus och fotograferade den gamle.

"Nej, det var längesedan det fanns något som fungerade. Jag har några tidningar. Men de är säkert tio år gamla."

Marcus bläddrade i bunten med tidningar men det stod inget om Macie-ducey.

"Shit också, vilka gamla tidningar!"

När Otto drog in fötterna kunde även Marcus få plats på dynan.

"Var är alla människor? Vad är det som hänt?" undrade Jasmine. "Varför är allt ödelagt?"

"Världshaven steg, det blev varmare, mycket varmare, skogsbränder överallt, mörka moln täckte till slut hela Jorden. Ekonomiska kriser återkom allt tätare, och kraftigare. Under åren tappade pengarna sitt värde."

Med en suck satte sig Samuel ned på en stol framför de tre.

"Allt, allting stannade av, ingen producerade något. Avfallet växte på gator och torg. Svält och sjukdomar drabbade mänskligheten och till följd av detta blev det krig. Inte något stort världskrig där generaler och politiker skickar ut unga soldater för att försvara deras konstitution. Nej, för nu finns inte längre några regeringar. Länderna existerar bara i historieböckerna. Istället har det bildats små grupperingar som ihärdigt försvarar det de lyckats roffa åt sig av de rester som civilisationen lämnat efter sig."

De tre nyanlända blev förstummade och tittade förskräckt på den gamle.

"Men var är alla människor?" undrade Jasmine.

"Folkmängden har minskat dramatiskt, som ni kanske redan märkt. Stora delar av jorden är obeboelig på grund av värmen och torkan. Sjukdom och svält har drabbat de flesta, men många har dött av att människor dödat människor. Kannibalism är vanligt. Ytterst få klarar att producera några grödor i mörkret och lyckas de ändå få en skörd blir de snabbt plundrade. Har de tur överlever de angreppet, eller kanske det är bättre att få dö? Det råder total anarki världen över."

"Hela världen?" Otto såg helt vettskrämd och funderade på sina kompisar, de från svensexan.

"Ja, hela världen!"

Utanför huset hade det blivit mörkt, men det märktes knappt inne i köket på Samuels hus.

"Men nu vill jag höra hur ni har kommit hit, vad har hänt med frysanläggningen? Vad jag kan förstå har ni alla varit nedfrysta?"

Var och en redogjorde om sitt uppvaknade och Samuel fick även reda på vad som hänt med de andra som de lämnat efter sig på vägen. Han skakade på huvudet när de berättade om hur Birger och Eva blivit nedskjutna.

På morgonen visade Samuel tidsregulatorn för de andra. Ingen förstod riktigt vad det var för en apparat, men Samuel berättade att detta kunde vara deras räddning. Förhoppningsvis. I alla fall skulle den kunna skapa en chans att överleva för alla, om än så liten.

"Men tyvärr fungerar den inte än. Jag har inte lyckats få tag i något bränsle."

"Vad är det du behöver?" undrade Jasmine.

"Plutonium!"

De tre vännerna tittade förskräckt på den gamle.

"Ja, det kan låta otäckt, men det behövs plutonium-238, ytterst lite, endast en plutonium-pellet, sådan som används som bränsle i satelliter."

"Satelliter?" Otto såg förskräckt ut men Marcus sken upp som en sol och nästan skrek av glädje.

"Jag har den på film! Kolla!" Macie-ducey har filmat när alla andra sov. Den föll ned från himlen på natten. Satellit, det kan ha varit en satellit. Det måste ha varit en satellit.

Stolt visade Marcus filmen för alla varvid Samuel snabbt fattade ett beslut.

"Det är mycket troligt att det kan ha varit en satellit. En meteorit skulle hade kommit med högre fart och åstadkommit en kraftigare ljudbang. Var sa du att ni sov någonstans?"

"Det var vår första natt. Vi hade gått hela eftermiddagen, men vi rörde oss inte så fort. Längs vägen från bunkern."

"Okay, jag tror jag kan gissa mig till var det var. Jag tar mig dit och undersöker nedslagsplatsen"

Samuel tog fram sin ryggsäck, den han alltid hade med sig när han var ute på nätterna och letade konserver.

"Jag hänger med!" Otto hade suttit tyst en stund men verkade ha bestämt sig. "För visst kommer vi passera stället där Karin och de andra gömmer sig?" Otto hade lovat en ambulans, men mat och vatten är bättre än ingenting alls.

"Ja, det verkar så! Jag packar med lite att äta, vatten förstås, och de mediciner jag har. Vi ger oss av på en gång!"

"De kanske orkar följa med er tillbaka hit?" undrade Jasmine.

"Vi får se" muttrade Samuel. "Om vi hittar pellets är det ingen mening med att de tar sig hit."

Ingen förstod vad Samuel menade med det och ingen tordes fråga.

Marcus såg länge ut att tveka, som om han tänka komma med han också, men slutligen klämde han fram något som ingen trodde han skulle säga.

"Ta med min mobil, så kan ni kolla på filmen när ni är framme." Han sträckte fram mobilen som vore den ett litet barn. "Men lova att vara rädd om den."

"Jag lovar", sa Otto.

Det var dag när de gav sig av, i alla fall var det inte kolmörkt. Värmen var lika outhärdlig som tidigare. Vilken tid på dagen det var svårt att avgöra, men Samuel visste att det var förmiddag.

"Jag vet en genväg som även gör att vi slipper de stora vägarna. Man vet aldrig när gänget med den grå pickupen kan dyka upp. Kom här! Vi ska följa cykelbanan!"

Skymningen hade övergått till mörker när de kom fram till tegelvillan där de lämnat Karin, Kerstin och Ingrid. Allt var tyst, inte ett ljus syntes. Otto tittade oroligt på garageporten där de lämnat Birger och Eva. Tänk om alla är döda, om alla ligger i garaget.

Dörren till villan var stängd, men handtaget hängde kvar så det var bara för Samuel att rycka upp dörren. Ett kvävt skrik hördes inifrån huset.

"Kom här!" Otto tog täten in i huset. "Jag vet vilket rum de är i!"

Med viftande armar sökte han sig fram i totalt mörker.

"Det är lugnt. Det är jag, Otto!" vrålade han.

Samuel tände sin ficklampa och följde tätt efter.

Likt en superhero lyfte Otto bort bordet som täckte öppningen till rummet.

"Vi kommer med mat och vatten. Är ni okay?"

"Tack, vi mår bra" svarade kvinnorna i kör och blinkade i skenet från ficklampan.

En festmåltid dukades upp med tonfisk och burkmajs, vattnet hade smak av granatäpple och melon.

Efter att ha presenterat Samuel för de tre kvinnorna berättade Otto vidare om deras vandring in till staden.

”…men nu är vi här för att hämta något i skogen, något som kan hjälpa oss alla.” Tvekande tittade han på Samuel och hoppades att han skulle kunna förklara det sista.

”Vi letar efter en satellit som ramlat ned i närheten. Där finns det bränsle som vi behöver. Lyckas vi kommer ni bli räddade. Det kan jag lova.”

Med ett stort leende nickade Otto åt de tre oförstående damerna. Karin kände att hon ändå ville säga något.

”Vi har hört en bil ett flertal gånger, men den har aldrig stannat, bara kört förbi. Vi tror det varit den där pickupen.”

Samuel spanande oroligt ut genom fönstret, ut i den kolsvarta natten.

”De letar efter något”, muttrade han. ”Vi får se till att komma iväg så fort det blivit ljust. Men vi sover här så länge.”

Tidigt följande morgon gav de sig iväg. Inte ett ljud hördes när de vandrade längs vägen, inga fåglar, ingen vind, ingenting. Efter ett par timmars vandring i gryningsljuset hörde Samuel en bil på avstånd. Det lät som den kom på vägen bakom dem och de kunde ana ett dammoln långt borta.

”Vi måste bort, bort från vägen!”

Öppna fält med nedbrunnen skog på båda sidor gjorde att de båda tvekade vart de skulle ta vägen. Ett stort stenblock hundra meter ut på fältet skulle kunna ge skydd. De började springa. Först ner förbi diket. Den torra sanden gjorde att Otto tappade balansen, men kom snabbt upp igen. Bilen kom närmare, de hörde motorn rusa. Stenblocket låg fortfarande framför dem när bilen dök upp på vägen bakom dem. Samuel tryckte ned Otto på marken och kastade sig själv platt ned. Ett litet moln av aska virvlade runt och lade sig försiktigt ned på deras kroppar. Bilen saktade ned en stund för att sedan köra vidare. Otto och Samuel väntade på att ljudet från bilen skulle avta. När det slutligen blev helt tyst spottade Samuel ut askan ur munnen och reste sig upp. Otto gjorde likadant.

Efter att ha tagit sig tillbaka till vägen började de återigen sin vandring, denna gång mer vaksamma. Nervöst spanade de efter bilen men den märktes aldrig mer under den dagen.

”Där är diket där vi övernattade!”

”Är du säker?”

”Japp, där är det!”

När de kom fram till diket syntes det små gropar i sanden Där hade det legat flera kroppar för inte så länge sedan, det syntes tydligt.

De kollade genast på mobilen, på filmen som Marcus filmat den första natten, och de kunde snabbt konstatera riktningen på nedslagsplatsen.

"Där borta! Ditåt ska vi gå!"

Ända sedan bilen passerat hade vägen känts olustig och det kändes bra att få lämna den bakom sig. Men det tog inte lång stund förrän de båda kände att det var tungt att vandra i sand och aska. Ett grått pulver virvlade upp i ansiktet på dem båda och Otto började hosta.

Det dröjde inte länge förrän de såg bitar av den nedfallna satelliten. Otto såg den först, en metallåda med sotig aluminiumfolie. Samuel rusade fram och plockade snabbt fram sina verktyg. Otto flåsade när han kort därefter ställde sig bredvid. Samuel gav honom ficklampan.

"Lys!"

"Är det inte farligt, jag menar strålningen?"

"Jo, mycket farlig!"

"Men…ska vi inte ha sådana där stora gula dräkter då?"

"Det spelar ingen roll!" Samuel bröt upp en plåt och började skruva.

"Det gör det väl" tyckte Otto.

"Pelletsen är inkapslad och det är ytterst lite strålning som läcker ut. Vi kommer att hinna hem innan vi blir strålskadade och sjuka."

"Strålskadade? Vad menar du? Innan vi blir sjuka, men sen då?"

Samuel svarade inte utan koncentrerade sig på att få loss bränslekapseln.

"Jag sa…vad händer sen, när vi blivit sjuka?"

Fortfarande inget svar.

"Så…nu är det klart!" sa Samuel glatt och lade försiktigt ned en röd kapsel i ryggsäcken. Verktygen tog han i handen och ställde sig upp. "Nu går vi tillbaka!"

Det var inga större problem att hitta till vägen och de började med lätta steg gå tillbaka mot huset där Karin och de andra damerna var inhysta.

Det hade börjat skymma när Samuel stannade för att ta fram ficklampan då de båda hörde bilen komma i hög fart bakom ett krön. Nu fanns det inte tid till att leta något gömställe.

"Fort, ner i diket" vrålade Samuel och knuffade Otto åt sidan. Själv slängde han sig i diket på sin sida och landade med huvudet i en hög med aska. Bara några sekunder senare dök bilen upp och saktade av på farten. När den kom i höjd med vännerna i diket hörde Samuel att den stannade av, med motorn på tomgång. De har sett oss, tänkte han, nu kommer ett skott i huvudet när som helst. Han blundade och bet ihop. Okay, låt det komma, låt det gå fort. Motorn varvade, men fordonet stod fortfarande stilla. Samuel höll andan. Plötsligt gav sig bilen i väg med en rivstart. Gruset sprutade och Samuel tog ett djupt andetag, men tordes inte röra sig. Någon kunde vara kvar, bilen kunde ha släppt av någon. Han väntade och vred långsamt huvudet för att se om han kunde se någon på vägen. Där uppe...en silhuett...en person!

"Vad gör du?" frågade Otto som lutade sig fram över Samuel. "Bilen är långt borta!"

Med tröjan borstade Samuel av sig dammet i ansiktet och klev upp på vägen. Rivspåren efter bilen sträckte sig hundra meter.

"Jag undrar varför de stannade precis här?"

"Föraren kanske fick ett samtal."

Samuel lyste i ansiktet på Otto och såg att den unge mannen inte verkade ha skojat.

Efter att ha övernattat i tegelvillan gav de sig tidigt iväg tillbaka till staden. Otto lovade återigen att att han skulle komma tillbaka med en ambulans.

"Vi klarar oss" svarade Karin. Kerstin och Ingrid nickade. "Vi har ju fått mat och vatten."

"Ni kommer att klara er bra, sa Samuel och han lät mycket övertygad vilket förvånade Otto. De visste alla att de bara skulle klara sig några dagar.

Att ta sig tillbaka sista sträckan var inget problem. Ryggsäcken, som nu var tyngre trots att de lämnat både mat och vatten, turade de sig om att bära.

Allt såg ut som det brukade när de närmade sig huset där Jasmine och Marcus väntade på dem. Samuel lyfte på plankorna till den hemliga ingången och i sina iver att komma in glömde han att se sig om. Han såg inte den grå pickupen som saktade in uppåt gatan.

Följande morgon såg alla med spänning på när Samuel placerade den radioaktiva pelletsen i den märkliga maskinen. Boken, biografin, hade Samuel färdigställt under natten och placerat tätt intill. Med spretiga bokstäver hade han skrivit en passande titel för det var viktigt att boken skulle skapa uppmärksamhet när den slutligen anlände efter omstarten av tiden. Han kunde inte veta vem som skulle finna boken först, han själv, eller hans mamma eller pappa, eller kanske någon annan. Det kändes märkligt att boken skulle visas för några som varit döda, och varit döda så länge.

Datumet var redan inställt. Startknappen blinkade. Allt var klart. Nu skulle hela universum och tiden vridas tillbaka. Nu skulle tiden gå baklänges under lång tid. Nu raderas krig, svält och förödelse. Vamos, nu börjar vi om!

Dörren till köket for plötsligt upp med ett brak. In stormade mannen från den grå pickupen, med bar överkropp och bakåtvänd keps. Gamla tatueringar täckte överkroppen likt enorma blåmärken. Automat-vapnet hängde vid höften. Tre andra män trängde sig in och ställde sig vid sidan om honom. Alla riktade de sina vapen mot Samuel och de andra. Den förste som fick ett skott var Otto, rakt genom bröstet. Nästa skott gick rakt genom mobilen som Marcus hade framför ansiktet. Den filmen fick ett abrupt slut och skulle säkert fått många likes.

Vid köksbordet stod Jasmine i sin vita rock. Skräckslagen höll hon sina händer kring Samuel som satt vid bordet.   Mannen med kepsen närmade sig med tunga steg.

”Vill vi knulla sjuksystrar igen?” skrattade han och pekade med vapnet på Jasmine. Med gevärspipan lyfte han på den vita rocken och såg att Jasmine var naken under. Han skrattade rått. ”Jag ser att fröken snedface är villig!”

De andra männen kom närmare och riktade sina vapen mot Samuel som just skulle till att starta tidsregulatorn. Sakta lyfta Samuel handen för att trycka på Go-knappen.

”Kolla! Akta! Gubbjäveln har en bomb!”

Skottet träffade Samuel i bakhuvudet. Blodet stänkte över bordet, på maskinen och boken som låg där och väntade på att få komma iväg.

Upphetsad av allt blod slet kepsmannen sönder Jasmines rock. Lyfte upp henne på bordet och tryckte vapnet mot henne hals. Med andra handen började han knäppa upp sina byxor. Mannen flåsade och det lät som han försökte säga något, men ingen kunde uppfatta vad.

Med ena handen fri sträckte sig Jasmine efter skärmen på tidsregulatorn. Hon kunde inget se. Fingrarna trevade över maskinen och hon kände den blanka skärmen. Någonstans där fanns en knapp, det visste hon, men hon förstod inte vad det skulle innebära. Vad som helst är bättre än detta, tänkte hon, och slog med fingret på skärmen. En knapp som blinkade. En knapp med texten GO.

”GO!”

LOTTORESULTAT, AKTIEKURSER OCH GULDPRISET

```
2030/01/03;29;26;15;25;30;27;9
2030/01/10;24;6;3;7;16;23;36
2030/01/17;30;25;16;22;8;32;28
2030/01/24;24;32;28;30;29;33;29
2030/01/31;11;6;1;12;10;34;30
2030/02/07;14;24;36;11;22;36;7
2030/02/14;14;27;20;1;5;19;4
2030/02/21;32;21;19;28;3;35;12
2030/02/28;26;9;7;7;30;10;10
2030/03/07;21;19;25;30;2;24;21
2030/03/14;27;35;4;14;36;9;27
2030/03/21;36;6;3;12;26;3;13
2030/03/28;34;12;29;18;10;33;33
2030/04/04;18;15;1;22;23;34;7
2030/04/11;19;12;24;25;17;9;3
2030/04/18;7;35;22;17;19;32;22
2030/04/25;23;3;26;13;32;33;15
2030/05/02;7;19;16;18;8;4;30
2030/05/09;5;21;16;26;23;11;33
2030/05/16;3;24;16;7;3;29;32
2030/05/23;1;30;18;25;25;31;32
2030/05/30;16;23;19;32;10;11;31
2030/06/06;11;12;25;30;9;23;14
2030/06/13;17;32;8;16;11;1;10
2030/06/20;18;28;12;29;28;1;19
2030/06/27;30;26;4;13;26;16;36
2030/07/04;24;1;21;31;20;21;9
2030/07/11;10;33;22;5;24;17;30
2030/07/18;5;34;17;29;33;8;35
2030/07/25;27;33;34;5;6;1;30
2030/08/01;25;7;35;30;36;27;13
2030/08/08;5;20;16;18;18;16;9
```

2030/08/15;9;31;32;21;2;19;7
2030/08/22;6;8;26;29;21;18;16
2030/08/29;19;8;11;36;22;8;2
2030/09/05;32;12;18;29;32;15;3
2030/09/12;31;27;3;10;3;4;22
2030/09/19;15;12;19;16;4;2;4
2030/09/26;18;27;17;27;10;31;3
2030/10/03;1;20;19;14;26;11;18
2030/10/10;4;5;23;14;5;25;32
2030/10/17;28;9;32;36;7;10;6
2030/10/24;11;26;35;29;34;23;5
2030/10/31;24;15;23;7;15;22;28
2030/11/07;14;12;11;28;6;27;22
2030/11/14;21;34;13;16;7;6;5
2030/11/21;28;5;1;27;20;2;1
2030/11/28;2;36;1;22;5;20;20
2030/12/05;9;5;22;8;28;26;36
2030/12/12;4;23;24;18;27;31;27
2030/12/19;33;4;27;8;9;19;13
2030/12/26;5;20;12;3;4;21;17
2031/01/02;1;17;24;2;22;6;11
2031/01/09;29;22;11;10;34;16;9
2031/01/16;24;30;25;11;21;10;20
2031/01/23;2;12;13;1;30;28;28
2031/01/30;12;18;26;32;26;13;32
2031/02/06;6;9;34;6;11;13;26
2031/02/13;30;36;26;14;27;29;7
2031/02/20;2;7;3;33;29;3;23
2031/02/27;13;9;27;32;20;17;17
2031/03/06;29;30;20;17;27;35;33
2031/03/13;32;17;11;5;21;35;28
2031/03/20;23;33;8;19;10;33;1
2031/03/27;18;16;20;14;35;15;9
2031/04/03;17;4;30;14;3;23;13
2031/04/10;18;26;13;22;25;7;25
2031/04/17;19;11;4;13;23;19;19
2031/04/24;32;24;15;18;19;21;31
2031/05/01;23;13;34;33;1;8;22

En resa till Indien

"SAMUEL!" Samuels mamma vrålade så det hördes långt utanför köket."Vakna! Ta genast bort åbäket till apparat som du lämnat på köksbordet."

Utan att dra på sig några kläder sprang Samuel in i köket. Föremålet som skapat hennes irritation var större än en symaskin. Vit och iskall stod den mitt på bordet, som en stor analysapparat från något laboratorium. Kall imma rann längs sidorna, ner på bordet och över bordskanten. Bordsytan kring maskinen hade bytt färg, där var det mörkare. Repigt. Stänk av mörkröda fläckar. Den nötta ytan bildade en cirkel, nästan en meter i diameter. Samuel kunde se att där även låg en bok.

"Men jag vet inte vad det där är", sa han och vände sig om för att sova vidare. " Kolla med pappa."

"Nej!", svarade Alice direkt. "Kom genast tillbaka! Jag har frågat honom, det är inte hans utrustning."

På rösten hörde Samuel att det var allvar, men han visste att han var oskyldig. " Det där är inte mina grejor heller säger jag!"

"Det står ditt namn på boken som ligger där!", svarade Alice och satte armarna i kors. Samuel stannade till, vände sig långsamt om. Med försiktiga steg närmade han sig bordet. Apparaten såg farlig ut, som från någon science-fiction B-film. Plan Nine From Outer Space, tänkte Samuel när han lutade sig in över bordet för att tydligare läsa bokens framsida. Där stod skrivet med spretiga bokstäver

FEM

NEDFRYSTA

<u>PEKINESER</u>

Av

SAMUEL HANSSON

***

Det var inte alls så mycket folk på tåget som Samuel sett på bilder i tidningar och TV. Stundtals kunde det bli fullt med stående i mittgången, men oftast fanns det enstaka lediga sittplatser. Samuel fascinerades av det indiska landskapet som var fantastiskt vackert. Ibland dunkade de igenom djungel, men oftast passerade bränd röd jord och gula vetefält förbi utanför fönstret. Tåget färdades på broar över breda bruna floder och genom byar med mängder av folk överallt. Mopeder, bilar, små lastbilar och kreatur passerades i hög fart.

Folk kom och gick, och de indier som delade säte med Samuel var oftast pratsamma och trevliga. Han blev bjuden på hett te och hetsiga diskussioner, om allt möjligt, gärna politik. För det mesta satt Samuel för sig själv och läste boken som han läst så många gånger tidigare, boken som hade legat hemma på köksbordet den där spännande dagen för snart ett halvår sedan.

Först verkade allt otroligt, ett dåligt skämt, och det hade varit svårt att ta till sig det som hade beskrivits i boken. Sedan hade han besökt professor Harriet, sin faster, och pratat med henne. Hon hade först skrattat, men när han visade boken kunde hon räkna ut vad som skett. Hennes maskin klarade endast fyrtiotvå timmar i taget och hon blev imponerad av vad Samuel gjort, eller rättare sagt vad han skulle ta sig för senare i livet. Den kommande cancern kom som en chock och hon skulle genast kontrollera om den på något sätt kunde förebyggas.

Tillsammans lyckades de övertala Samuels föräldrar att inte ta bilen på semestern. De skulle åka buss.

Ett par dagar senare fanns en liten notis om en singelolycka. En man hade kört av vägen och enligt polisen var mannen kraftigt drogpåverkad. Det kan ha varit mannen som skulle ha kört ihjäl Samuels föräldrar, om de hade tagit bilen. Den nya världen höll redan på att förändras.

I boken hade Samuel även funnit en ny produkt beskriven, en konstruktionsritning för återförslutningsbara läsk- och ölburkar. Världspatent hade han ordnat och skänkt patentet till Läkare utan gränser. Till en början hade ingen av läkarna förstått varför de skulle återförsluta sina burkar.

"Vi dricker inte så ofta öl eller läsk", hade de svarat.

Samuel bekostade då en avdelning hos dem som skulle sälja och marknadsföra den nya produkten. Han lovade dem stora vinster i framtiden. Det skulle bli ett kraftigt bidrag i deras humanitära arbete världen över. I många år framöver.

Pengar var inte något problem längre för Samuel. Han var numera ekonomisk oberoende och om alla aktiekurser och lottonummer som fanns beskrivna i boken var korrekta skulle han ha pengar i överflöd livet ut.

Han hade börjat med lotto. Skrivit en siffra fel med flit för att undvika de högsta vinsterna. Detta för att inte dra åt sig för mycket uppmärksamhet. Dessa småvinster hade han sedan investerat i aktier och företag. Han sålde och köpte allt enligt de förutsägelser han fann i boken.

Men boken beskrev också en värld i förändring, en annalkande katastrof!

Allt sedan barnsben hade Samuel trott att världen skulle bli bättre och bättre. Brottslingar skulle åka fast, jurister skulle göra bättre och effektivare lagar. Politikerna skulle lära sig något av alla undermåliga beslut som de tidigare klubbat igenom. Allt det gamla och dåliga skulle dö bort. Dansbandsmusiken skulle försvinna när de gamla dör, demokrati och kunskap skulle spridas över världen allteftersom människorna fick det bättre. Politiker och polis skulle tillsammans motarbeta korruption och bestickningar, kriminaliteten skulle ebba ut.

Men det var fel. Helt fel.

Om allt stämde i boken skulle eftervärlden bara bli sämre och sämre. Politiker och regeringar skulle bli än mer korrumperade. Juristerna kommer fortsätta att skriva lagar för sin egen vinning, deras små kryphål i lagarna som de själva utnyttjar. Brottsliga organisationer kommer att få allt mer inflytande, de tar sig in i polisväsendet, domstolar, i kommunhus och regeringar. Ekonomiskt bättre kommer de flesta få, men bara för en kort period.

Det blir en tuff utmaning, tänkte Samuel, att rädda Jorden. Men…förresten… Jorden kommer förstås att klara sig, det är människan och djuren som behöver hjälp. Och det är människan som är den stora boven.

Den kommande miljökatastrofen blir svår att avstyra, orsakad av människans utsläpp och överkonsumtion av jordens resurser. Vad kan man göra där? Samuel såg på alla människorna som snabbt passerade förbi utanför fönstret. Det hade blivit natt men det myllrade fortfarande av folk när tåget åkte genom en by. De flesta människor är goda, de arbetar och kämpar för sitt uppehälle. Varför förleds ändå samhället åt fel håll? Varför blir det ändå så fel?

Fullmånen lyste över de stora vetefälten som på natten var kritvita. Jag skulle vilja skriva på månen, tänkte Samuel. Med stora bokstäver, så alla på hela jorden skulle se.

VAR RÄDD OM VÅR PLANET!
FÖRSTÖR VI DEN HAR VI INGET KVAR!

Vad kan man göra för miljön? tänkte Samuel. Han hade en bra idé men trodde den skulle vara svår att implementera. Den byggde på att alla produkter ska återlämnas till tillverkaren när de inte längre fungerar eller används. Samhället, eller den enskilda medborgaren, ska inte ta hand om eller bekosta skrotning och återvinning.

Ta en bil till exempel, när den inte fungerar längre ska den tillbaka till företaget, inte lämnas på skroten eller gömmas i skogen. Det tvingar bilproducenten att tillverka bilar som håller länge och som är enkla att återvinna. Om bilen är komplicerad att återanvända blir det en dyr affär för företaget. Det är pengar som styr allt här i världen och det här kommer att locka producenterna att bli miljömedvetna. Något de hittills bara låtsas vara för att få sälja mer. Tänk på allt krims-krams som man hittar i tvådollars-affären? När du inte behöver den där fula ljusstaken i plast ska den tillbaka till tillverkaren. Den ska inte hamna på någon soptipp, eller i skogen, och framför allt inte flyta upp på en strand i Portugal.

Det finns förstås varor som inte behöver returneras och det gäller produkter som är komposterbara. Då placerar man varan i komposten eller förbränner den för produktion av el och fjärrvärme. Skulle då mot förmodan den blinkade komposterbara granen med färggranna kulor ändå hamna i havet, så förmultnar den, eller blir till föda, nyttig föda, för fiskar och andra smådjur.

Alla förpackningar skulle förstås vara komposterbara. Vilken dröm, vi skulle inte ha några sopor överhuvudtaget. Vilken svindlande tanke!

Bönderna i Brasilien skulle använda komposterbara flaskor som jordförbättrare. Vilken märklig tanke.

Men det behövs mera för att göra en bättre värld. En fond vore bra, en GöraVärldenBättre-fond. Insättningar skulle göras av de onödigt rika, de är många, och de blir allt fler.

När tåget stannade i Balaghat klev Samuel av. Att sitta två dygn på ett tåg tog på kroppen och att han dagen före suttit tolv timmar på planet från Arlanda till Hyderabad gjorde inte saken bättre. Efter att ha rättat till ryggsäcken tog han sig över gatan och fram till busshållplatsen. Det vimlade av mopeder och alla såg ut att köra huller och buller, men ändå, trafiken flöt på. Det fungerade.

Bussen till Birholi tog tre timmar och Samuel var den ende europén på bussen. Alla ville prata med honom, bjuda på något, jordnötter och te. Det pratades om allt möjligt, politik, familjen, jobbet, regeringen. Samuel gillade det, det var trevligt. Han tänkte på alla fina och snälla människor som finns över hela jorden. Var man än kommer så möts man av godhjärtade och hjälpsamma personer.

"Tyvärr finns det människor som profiterar på detta", sa mannen som nyss bjudit på oskalade jordnötter. "Jag heter förresten Shakti Basu", sa han och sträckte fram sin hand. Den ljusblå skjortan var nystruken, ansiktet var välrakat, skäggstubben gav hakan och kinderna en blå ton.

"Goddag", svarade Samuel. "Mitt namn är Samuel Hansson."

"När man pratar om att tjäna pengar i USA så säger man, Make Some Money."

"Jaha", svarade Samuel. "Det stämmer."

"Så fel det uttrycket egentligen är. De enda som skapar pengar är staten och kanske några falskmyntare. De som tjänar pengar på affärer skapar inga pengar, de omfördelar de pengar som finns så att större delen hamnar i deras egen ficka." Mannen pratade fort, det var nästan så att Samuel inte hann med.

"Visste du att några få personer förfogar över nästan alla pengar som finns."

Samuel kände sig träffad, han var själv en av dessa som var väldigt rik. Han tänkte att han verkligen måste göra gott med sina pengar. Hemma i Sverige brukar man beundra personer som har tjänat mycket pengar, som om de varit duktiga och bidragit med något till samhället. Men den här mannen har insett att det bara är bluff. De flesta förmögna bidrar inte med något, de har bara ordnat så att en stor del av de pengar som finns hamnat på deras egna konton. Det värsta är kanske att många tror att de verkligen skapar pengar, att de generar arbetstillfällen och välfärd till alla medborgare, men det är oftast de rikas ursäkt för att få öka på sin enorma förmögenhet.

"Men det finns också dem som gör bra saker med sina miljarder. Stöder forskning inom sjukvård och miljö. Avsätter en del av sitt kapital till nödställda och länder i krig och hungersnöd. Det är väl bra?" svarade Samuel.

"Jo, men ta William Wickets till exempel, en av världens rikaste, som har en förmögenhet på 850 miljarder dollar. Han och hans fru har donerat över 160 miljarder till sina fonder de senaste tjugo åren. Detta är ca tjugo procent av deras förmögenhet."

Ännu en jordnöt kastades in i munnen, trots det fortsatte mannen att prata.

"Om en vanlig familj som har 3000 dollar som sparkapital skulle göra likadant, skulle det motsvara totalt 600 dollar. Denna familj har också fördelat detta under 20 år, precis som vår välgörare William. Det skulle motsvara drygt två dollar i månaden för den familjen. 160 miljarder är bra, men inte mer beundransvärt än den lilla familjens goda gärning på två dollar i månaden. Det är ibland svårt att begripa hur stort Universum är, men det är lika svårt att inse hur oerhört rika de mest förmögna är."

Den här mannen skulle kunna ta hand om min GöraVärldenBättre-fond, tänkte Samuel.

"Vad jobbar du med?"

"Jag jobbar på bank." Mera nötter kastades in i munnen.

"Tänk vilket vansinne det är med att vara anställd. Alla företag med anställda är som ett litet kommunistiskt samhälle. Några få har makten och bestämmer vad de andra ska göra, precis som i forna Sovjet och andra kommuniststater. Om man har andra åsikter blir man avskedad eller omplacerad."

”Men vi har marknadsekonomi, ett fritt system med varor och tjänster”, invände Samuel.

”Precis, konkurrens mellan företagen, men jag pratar om inom företaget i sig. Det är en liten kommuniststat. I en sann marknadsekonomi skulle det inte finnas anställda eller slavar, alla enskilda personer skulle konkurrera på lika villkor. Först då skulle det fungera på ett ärligt och riktigt sätt.”

”Jag tror inte jag hänger med här.”

Shakti älskade samtalet, han hade resonerat med många på bussen om detta tidigare. ”Tänk dig en sann marknadsekonomi. De enskilda bönderna producerar sina tomater och tar dem till marknaden för att sälja. Några har stora fina tomater, några har små omogna, en annan har tomater med små skador.”

”Jag fattar. Den med stora fina tomater får lite mer betalt för sina tomater.”

”Men så fungerar det inte i verkligheten. Vi har en person som äger marken och den personen har anställda som planterar och sköter tomaterna, andra som skördar dem, en tredje anställd som säljer tomaterna på marknaden. Det är marknadsekonomi för markägaren, men för de anställda är det ren kommunism.”

”Tomaterna blir inte heller av samma kvalitét”, inflikade Samuel. ”Men vi måste väl ha företag för att producera mer komplicerade saker, till exempel bilar?”

”Man kan producera bilar utan att ha tjugo personer sittande i ett stort rum med var sitt glas mineralvatten.” Shakti log, det här hade han tänkt igenom noga. ”Med skatten, med arbetsgivaravgiften förstås.”

”Nu förstår jag ingenting.” Samuel plockade en jordnöt ur mannens påse och väntade in Shaktis förklaring.

”Ju större ett företag är desto större vinster går det att göra. Det är därför det finns absurt rika personer som utnyttjar sina små kommuniststater för att tjäna ännu mera pengar.” Shakti var nu så ivrig att det flög små jordnötsbitar ur munnen på honom. ”Lösningen är enkel och genial. Man beskattar företagen med hur många anställda de har. Små enskilda företag betalar ingen skatt. Har du några få anställda så blir det lite eller nästan ingenting i skatt. Stora företag betalar jättemycket i skatt och det kommer vara totalt olönsamt att var delägare i en koncern.” Shakti log återigen. ”Jag lovar dig, det kommer ändå att produceras mycket bra bilar, utan slipsar och mineralvatten.”

”Kan jag nå dig på något sätt?” undrade Samuel varvid Shakti tog fram ett visitkort.

Samuel tittade noga på kortet och tackade, tog i hand.

”Här måste jag av. Tack för trevligt sällskap. Jag hör av mig.”

Mannen klappade Samuel på ryggen. ”Ha en bra dag!”

När Samuel klev av bussen bytte genast Shakti plats. Nu pratade han indiska men Samuel uppfattade några ord på engelska, bland annat make some money.

I Birholi fick han fråga sig fram. Byn var inte så stor och han trodde inte att det skulle bli några problem att få hjälp.

"Vet ni vägen till familjen Sharmas hus?

Efter att ha gått i riktning dit alla pekat stannade en ung man på motorcykel och erbjöd honom skjuts. Det var inte långt lovade han.

Vägen var gropig och damm virvlade upp så Samuel knappt kunde se. Efter en kort färd stannade mannen framför ett grönt hus.

"Här är det."

Mannen fick en sedel som tack och puttrade vidare. Äntligen framme, tänkte Samuel. Äntligen. Först nu började han inse vilken lång resa han genomfört, bara för att komma fram till en plats som var omnämnd i en bok. Stämmer allt, är detta rätt plats? Han tvekade, nervöst såg han sig omkring. Huset som han hade framför sig var byggt i sten. Det var några år sedan det målades. Detsamma gällde den blå dörren som stod på glänt. Bra, suckade Samuel, att det finns någon hemma, att det bor någon i huset.

När han närmade sig huset hörde han att tv:n var på. En indisk såpa på hög volym, två unga personer som grälade.

I soffan framför tv:n satt ett äldre par och Samuel knackade på sidan av dörren. Kvinnan vid tv:n kom fram till dörren och såg förvånat på Samuel. Han visste inte riktigt hur han skulle formulera sig.

"God dag, hm….jag skulle vilja träffa Ishani?"

Kvinnan skärskådade Samuel och log belåtet, nästan omärkligt. Den äldre mannen lämnade inte tv-bilden för en sekund. Ljuv musik fyllde nu rummet när det vackra paret slutat gräla och nu kramade varandra.

"Hon är i köket", sa kvinnan. "Vänta här." Varvid hon vände sig om och ropade. "Jasmine!"

Samuel hade läst att Jasmines mormor inte använde flickans riktiga namn utan alltid kallade henne för Jasmine. Den vackra kvinnan i tv:n hade börjat gråta och den lätt skäggige mannen i kostym tröstade henne.

Då kom hon in i rummet. Hon var verkligen vacker som en blomma. Beskrivningen i boken gav henne inte rättvisa. Tankarna for runt i huvudet men Samuel lyckades ändå säga den meningen som han länge funderat på att få framföra.

"Hej, Jasmine, jag heter Samuel. Du känner inte mig, men jag har en bok med mig som jag skulle vilja läsa för dig!"

Andra Boken

Mio's Ark

KUPOLEN

Konstskolan var det perfekta valet för Mio. Hon gillade att teckna och måla. Den här dagen hade de fått en uppgift att teckna utomhus och Mio valde att teckna av de höga byggnader som bar upp världskupolen. Solen strålade in som alltid eftersom den höga sfären sträckte sig ovan de mörka moln som täckte resten av Jorden. Insidan av kupolen fylldes av genomskinliga solceller som släppte igenom precis rätt mängd av solens strålar. Det fanns fem sådana torn, alla var drygt tretusen meter höga. Skyskrapornas bas var bred, uppåt smalnade allt av, som en upp och nedvänd trumpet. Terasser, swimmingpooler, lyxlägenheter, exotiska trädgårdar och än mera exotiska restauranger klängde sig fast längs de höga tornen. Marken nedanför var täckt av golfbanor, boutiquer, lummiga parker med små caféer och dammar med guldfiskar. Små bilar transporterade människorna mellan de olika aktiviteterna som erbjöds. I mitten låg en pool så stor att folk kunde köra omkring i sina lyxyachter. Detta var ett motiv som Mio tecknat flera gånger under sin uppväxt, för Mio var född här inne. Själv upplevde hon inte kupolen som speciellt märklig för den hade alltid funnits där, den var lika självklar för henne som den blå himlen är för oss. Hon visste att utanför var allt dött, inga djur, inga växter, där fanns ingenting, allt var bara en enorm död öken. Men det var inget som hon ägnade någon tanke åt när hon denna morgon vässade sin blyertspenna för att börja skissa. I fickan på det svarta förklädet hade hon fler pennor av olika hårdhetsgrad och en litet suddgummi. Förklädet var lite fånigt, den vita T-shirten var redan smutsig, men hon ville absolut inte få fläckar på de urblekta jeansen. Håret skulle hålla sig borta med hjälp av flätan i nacken.

Hon hade valt att sätta sig avsides, på en bänk nära den servicebyggnad som löpte längs nederkanten. Den runda byggnaden var flera mil lång, sträckte sig runt hela kupolens bas. Egentligen hade hon velat komma upp på taket för att få en bättre vy, men det var förbjudet att beträda det området, där hade bara service-droiderna tillträde. Det ryktades att där inrymdes ett yttre försvarssystem och Mio hade aldrig förstått vad det var till för. Vad fanns det att försvara sig mot, allt därute var ju dött? Förväntade de sig att några utomjordingar skulle landa på jorden och attackera oss. Löjligt!

Mio satt helst ensam när hon skulle teckna och måla. Hon föredrog att vara ensam övrig tid också. De andra på konstskolan spelade mest spel, såg film, festade eller gjorde annat som inte hade med konst att göra.

De flesta människor var äldre i Mios värld, mycket äldre. Någon gång hade Mio läst att här bodde femtio tusen personer och nittiofem procent av dessa var över åttio år. Mios föräldrar var också gamla och de träffade hon väldigt sällan, de spelade bridge och gick på fina middagar.

Mio hade bara ritat några streck då en man närmade sig. Först trodde Mio att det var en android för mannen rörde sig som en sådan, lite stelt. Sedan såg hon att mannen hade huvud och det har bara riktiga människor. Huvudlösa androider blev ett måste sedan många människor klädde ut sig till androider och gav dem dåligt rykte. Rent funktionellt behöver droiderna ingen huvudknopp. Kameror, mikrofoner och annat är placerat på andra ställen på kroppen. På så sätt kan man redan på avstånd fastställa om det är en människa eller android som man har att göra med. Men det var länge sedan huvuden togs bort och Mio hade bara sett huvudlösa robotar. En bildskärm som täckte hela magen visade androidens temperament, oftast en intetsägande smiley.

”Hej, får jag se vad du målar”, sa mannen med huvudet.

”Jag har precis börjat” svarade Mio ursäktande.

”Mitt namn är Elon. Jag har sett dig sitta här och teckna vid ett flera tillfällen och är nyfiken att få se dina bilder.”

Hon tyckte fortfarande att mannen gav ett väldigt robot-liknande intryck, han var stel och munnen rörde sig väldigt konstigt. Mio visade sin skissbok, den med svarta pärmar. Mio stod skrivet med gul text i ena hörnet. ”Mio, det är mitt namn.”

En svagt surrande hördes när mannen sträckte fram handen. Mio tvekade och tryckte boken till sitt bröst.

”Ja, jag kan tyckas märklig”, sa mannen. ”Jag har en robot-kropp, men har en mänsklig hjärna. Min kropp var så gammal att den inte orkade med längre. Min hjärna är placerad här.” Mannen klappade sig stolt på magen. ”Men om du tycker det är besvärande så kan jag gå bort, jag ville bara titta på dina teckningar.”

”Men…hur är det möjligt?” Tvekande lämnade Mio över sin skissbok. Mannen började bläddra i boken, började med första sidan. Noggrant tittade han på varje sida innan han vände blad till nästa. ”När jag var hundrafyrtiofyra år var min kropp helt slut och då blev jag erbjuden en hjärntransplantation…till en robotkropp. Ingen hade gjort det tidigare men robotarna är skickliga på transplantationer och jag hade inget att förlora. Alternativet hade varit sämre skulle man kunna säga.”

Mannen drog lite konstigt med munnen, ett försök till ett leende.

”Men tänker du med magen?”

”Ja, det kan man säga, men tanken sitter ändå bakom ögonen. Det känns som vanligt.”

”Det måste ändå kännas konstigt?”

"Det var svårt i början, att lära sig styra kroppen. Det gick helt enkelt inte. Jag var totalförlamad när jag vaknade upp efter operationen."

"Hade de gjort fel?"

"Robotarna hade gjort helt rätt. Operationen hade gått bra. Allt var kopplat rätt. Men kroppen, eller rättade sagt hjärnan, behöver beröm för lära sig minsta rörelse. Det räckte inte med att jag ville. Det tog lite tid innan de förstod det."

"Beröm?"

"Hjärnan behöver en liten dos dopamin, lite beröm, varje gång den gör rätt. Det är så den lär sig. Det missade de i början och jag blev bara mer och mer deprimerad."

"Deprimerad? När du fått en ny kropp?"

"Ja, men jag kunde inte styra den till en början. Men nu får jag lite dopamin varje gång jag gör något som är bra, när jag lär mig något nytt, eller när jag pratar med dig, och ser på dina bilder. Och förstås när jag laddar mina batterier. Så fungerar vi alla, även den lilla fågeln som putsar sig under vingen."

"Men de mekaniska fåglarna då?"

"Nej, de är bara programmerade att röra sig som riktiga fåglar."

Mannen hade tittat igenom hela boken och lämnade tillbaka den till Mio. "Fina bilder du gjort, du har gjort ett bra jobb med att lära dig teckna så bra."

"Tack!"

"Själv är jag virolog, jag har forskat om virus hela mitt liv. Teckna och måla är omöjligt för mig."

"Virus, det låter farligt, men något virus finns väl inte här?"

"Jo, du ska få höra. Tidigare åt nästan alla anti-depressiva mediciner. Livet härinne är lyxigt, men tråkigt, ingen kände att de behövdes. Då är det svårt att motivera sig att kliva upp på morgonen. Jag utvecklade då ett virus som spreds genom kupolens ventilation. Viruset förändrade vårt DNA och gör att vi känner oss nöjda fast vi inte behövs. Folk mår nu mycket bättre härinne, de är nöjda med att göra ingenting. De gillar att ha tråkigt! "

"Teckna och måla är kul, det gillar jag."

"Jag gillar virusar, du gillar att teckna. Vi ska vara rädda om våra intressen, de är ovärdeliga!"

"Tack!"

En vecka senare var Mio återigen på samma plats för att teckna och måla. Idag hade hon ett större block med sig, hon skulle måla en akvarell.

En bit bort ändrade servicebyggnaden form och öppnade upp sig likt en stor entré, som till en stadion. Där fanns stora dörrar men alla var stängda, de hade alltid varit stängda. De var kvar sedan sfären byggdes för många år sedan. Jag sätter mig där, tänkte Mio, då kommer jag längre bort och får lite bättre perspektiv på tornen.

Några små fåglar flög sin väg när Mio närmade sig entrén. De hade suttit på väggen och laddat sina batterier. Det sägs att förr fanns det riktiga fåglar, men de togs bort för de bajsade överallt. Vad äckligt, tänkte Mio, satte sig på marken och plockade fram sina målarsaker. Just denna dag var det ett fantastiskt ljus i kupolen. Det svarta molnen utanför sträckte sig ovanligt högt vilket skapade en öppning i mitten där solen trängde sig in. Det här kommer att bli en fin bild.

Mio hade målat ett kort stund när ett surrande ljud hördes bakom henne, det klickade till och med ett swosch öppnades en av dörrarna i entrén. Tre androider kom hastigt ut, mellan dem gick en förskräckt ung man, skäggig, smutsig och med kläder hängande som trasor. Mannen var mager, som ett vandrande skelett. Det långa håret var inte tvättat på denna sidan Vintergatan, tänkte Mio, och trots att hon var en bra bit ifrån kände hon stanken av urin och gammal svett. Deras frågande blickar möttes för en kort stund.

”Vem är du?” frågade Mio.

”Objektet får inte kommuniceras med!” sa den främre androiden och de började alla gå i samlat tropp längs husväggen. De stiliserade ansiktena på deras magar såg väldigt bestämda ut.

”Objektet?” vrålade Mio och ställde sig framför dem vilket fick robotarna att stanna. Mio hade aldrig sett en sådan märklig person tidigare. Stanken var outhärdlig när hon återigen mötte mannens blick och frågade.

”Vem är du och var kommer du ifrån?”

”Objektet får inte kommuniceras med!” upprepade androiden. ”Var vänlig gå åt sidan.”

”Nej”, svarade Mio. ”Jag vill veta vem det här är!”

”Objektet får inte kommuniceras med! Var vänlig gå åt sidan.”

Mio gav sig inte och lutade sig fram och tittade mannen i ögonen. ”Vem är du? Säg, för du kan väl tala?”

Mannen skulle just till att öppna munnen då robotarna plötsligt vände sig om och föste tillbaka mannen genom porten de kommit från.

Mio satte sig för att måla vidare, men hon kunde inte koncentrera sig. Alla hennes tankar kretsade kring mannen med de trasiga kläderna. Vem var han? En android får aldrig tvinga en människa till något. Ändå var mannen som en fånge mellan robotarna. Han var så mager, var han sjuk?

En stor rovfågel flög in och satte sig på en nisch en bit ovanför henne. En röd lysdiod började lysa undertill. Mio stirrade ut över landskapet. Allt var som vanligt, på avstånd gick folk och puttade bollar, shoppade, åt croissanter och drack kaffe.

På avstånd såg hon mannen med robotkropp, Elon. Han var lätt att känna igen genom sin märkliga gång. Hon vinkade och Elon närmade sig gladeligen.

"Hej, Elon, jag har varit med om något märkligt. Du kanske kan hjälpa mig."

"Visst, låt höra."

"Alldeles nyss kom tre androider ut genom porten bakom mig. De hade en mager man mellan sig, likt en fånge."

"Det var nog bara en arbetare utifrån", svarade Elon snabbt.

"Utifrån? Utanför? Finns det människor där ute?"

"Oops, det kanske jag inte fick säga."

"Nej, berätta!"

Ett svagt surrande hördes när Elon skakade på huvudet, men Mio gav sig inte så lätt.

"Jo, du måste, jag har träffat en mysko person. Du måste berätta vem det är."

"Berätta det inte för någon, det är inget som vi här inne behöver ha kännedom om. Det är bättre att ingen vet, men det lever människor utanför, och de är många!"

"Du måste skoja! Världen utanför är död, där finns inget! Ingen kan vistas därute!"

"Nej, nu har du fel. Jag var med när kupolen byggdes. Världen utanför existerar, men det är säkert tufft att leva därute. Robotarna använder folk utifrån, allt smutsigt jobb som de inte vill göra själva. Stackarna får med sig en bit mat tillbaka. Det var nog en sådan arbetare du stötte på."

"Jag har svårt att tro detta. I skolan lärde vi oss att det inte går att leva utanför, det finns inget liv, luften är förorenad, därför byggdes kupolerna."

"Kupolerna byggdes även för att avskärma oss från resten av världen, folket, den fattiga massan. Man kan se människorna som lever därute ifrån tornen om man vet vad man letar efter. Jag kan visa dig."

"Det vill jag gärna se!" svarade Mio bestämt. Hon var inte alls övertygad om att mannen talade sanning.

Efter att Mio packat ihop sina saker vinkade de in en taxi. En gul liten bil stannade. Ingen ratt, ingen motorhuv, inget bagageutrymme. Bilen hade helt enkelt bara två säten och fyra hjul. Mio lade sin väska mellan sätena när de satte sig.

"Afrika, huvudentrén" sa Elon och tyst började bilen glida iväg.

Dessa små bilar fanns över allt i sfären. Det var egentligen de enda bilar som fanns. Några bilar var utan säten, de användes för transporter.

Elon satt tyst en stund för att sedan ställa en fråga.

"Känner du till att jordytan förr var uppdelad i länder?"

"Nä, vi har lärt oss kontinenterna, men inga länder?"

"Det fanns över tvåhundra länder, många fattiga och några rika. Precis som företagen konkurrerande dessa länder med varandra. Miljöförstöringen var ett stort problem för alla och man enades om tuffa miljökrav. Genom att strunta i överenskommelsen fick man en konkurrensfördel genom lägre kostnader än de andra länderna. Det visade sig att ytterst få följde överenskommelsen."

"Så dumt, kunde man verkligen göra så?"

"Folket ville nog väl, men många regeringar hade problem med hög arbetslöshet och skenande statsskulder. Undergången var ett faktum. Världen gick mot en enorm miljökatastrof. Man var tvungen att snabbt frigöra Jorden från de höga halterna av koldioxid som bildats i atmosfären på grund av industrier, transporter och annan förbränning. Stora delar av världens folk ställde krav på de oljeproducerande länderna att bygga anläggningar för luftinfångning och kollagring. En mycket dyr process. Det beslöts att de länder som tjänat massor med miljarder på olja och gas skulle bekosta de DAC-anläggningar som krävdes Det var deras gigantiska vinster som orsakat klimatförändringen."

Mio lyssnade med stora öron, detta var inget som hon lärt sig skolan.

"Norge, ett litet land som tog upp olja från havsbottnen, hade vägrat. Ett annat land, Saudiarabien, som pumpade upp olja i öknen, förnekade anklagelserna. De rika länderna, USA och Ryssland, hade skrattat åt konceptet. Istället för DAC-anläggningar byggdes mindre sfärer för att förbereda sig för långa rymdfärder. Dessa hade varit helt självförsörjande, de återvann allt och behövde inte ens tillföra vatten eller luft. Konspiratörer världen över misstänkte att de rika hade iscensatt denna Mars-hysteri bara för att ha en tillflyktsort när samhället skulle braka samman. De visste att det skulle ske. De förberedde sig, och det skedde på skattebetalarnas bekostnad, som vanligt. För tvåtusen miljarder skulle man kunna stänga ute den smutsiga luften, stänga ute allt, även den fattiga omvärlden. Den första kupolen, i Qatar, sprängdes innan den blev färdigställd. Misstankarna gick till ett grannland, men det gick aldrig att bevisa. Men fler sfärer byggdes, med nya och bättre säkerhetsrutiner."

De passerade golfbanor, restauranger, gallerior, caféer, bungalows och grönskande parker. Rent och snyggt, robotar och drönare såg hela tiden till att allt var i perfekt skick. Inte ett skräp, inte ett löv virvlade kring bilen när den tyst närmade sig det höga tornet. De fem tornen var uppkallade efter de gamla världsdelarna, med Afrika och Australien längst söderut, Amerika i väster, Asien i öster och Europa i norr. Elon hade valt Afrika-tornet eftersom det låg närmast. Tornets breda bas bestod av ett flertal byggnader som såg ut att ha växt ihop med tornet. Det gick ändå att urskilja en huvudentré bland alla fontäner, restauranger och hängande trädgårdar som klängde sig fast runt om. Bilen stannade framför en rulltrappa, så stor att tjugo personer lätt kunde gå i bredd, den ledde upp till en stor glasad portal, Afrika-entrén.

Tornets interiör var Afrika-inspirerad med träsniderier i brunt, svart och guld. Rakt fram fanns ett flertal hissar att välja på, alla med dörrar i guld och röd sammet som inramning. Den enorma väggmålningen ovanför föreställde en savann i solnedgång med vilda djur, giraffer, elefanter och lejon.

"Högst upp!" sa Elon när de klivit in i hissen. Väggarna var fyllda med reklam som byttes ut allt eftersom de susade uppåt. Restaurang Sublimention på toppen var en exklusiv restaurang som idag serverade polkagrisbakad zebrafilé och lakritspotatis, giraffkind med fänkålsrabbi, dubbelmarinerad lejon-entrecôte. Man kunde till och med bli serverad nilkrokodilunge i mintsås. Allt kött var konstgjord, stamcellskött, det visste Mio och man kunde lätt fascineras av vilka fantastiska rätter robot-kockarna kunde få till i restaurangerna. Elon pekade på en naturfilm med Afrikas savanner som visades ovanför hissdörren. Planet Earth VIII.

"När jag var ung fanns dessa djur på riktigt."

Hissen bromsade in och med ett swosh öppnades dörrarna. Det klickade till i öronen men de kunde ändå höra sorlet från människorna som besökte restaurangen som bredde ut sig framför dem. Mörk heltäckningsmatta och bord med vita dukar lyste i skenet från den stora fönsterväggen på andra sidan lokalen. Ett och annat skratt hördes, folk hade det trevligt.

En varm vind slog emot dem när de kom ut på terassen. Det blåste aldrig i kupolen och Mio fascinerades av den varma brisen. Den skapades av fläktar som pumpade luft ner genom tornet. Var den sen tog vägen hade hon ingen aning om. Solen lyste genom kupolens tak och kastade sitt ljus över det gröna landskapet. Golfbanor, parker, pooler, tempel och andra märkliga byggnader fyllde marken fram till kanten på kupolen. Utanför kupolen var det mörkt, som alltid täcktes himlen där ute av svarta moln. Elon pekade på några ljusa små prickar som tycktes röra sig. Men nej, det räckte inte för att övertyga Mio.

I denna konstgjorda värld fanns kopior på äldre kända byggnader, alla byggda i originalstorlek. Längs terassens räcke fanns flera klumpiga kikare i grön metall med tillhörande kartor där man kunde få information om sevärdheterna. Man kunde beskåda Frihetsgudinnan, Taj Mahal, Empire State Building, Cheopspyramiden och förstås Eiffeltornet.

Elon försökte vinkla upp kikaren för att kunna se utanför kupolen men det blev stopp. Kikaren var ledad på mitten, men där fanns en spärr som gjorde att det inte gick att vinkla upp hur mycket som helst. Med ett rejält knyck gick spärren sönder. Elon var stark för sin ålder tack vare sin motoriserade kropp.

Till en början såg Mio ingenting därute i mörkret.

"Det är bara svart!"

"Försök hitta några ljusa punkter, som rör sig."

Efter en stunds tittade klarnade bilden. Mio såg slummen och människorna som rörde sig där ute, de var flera tusen, flera hundra tusen. Tält, husvagnar, skjul, skräp, folk bodde i kartonger.

"Men...varför kommer de inte in och bor här, och får mat?"

"Runt hela kupolen finns automatiska kulsprutor, som dödar allt som kommer
närmare glaset än femtio meter."

Elon trummade på räcket för härma ljudet av ett automatvapen.

Mio hann inte titta länge i kikaren förrän en android närmade sig. Ansiktet på
magen log, en smiley som försökte se vänlig ut.

"Ursäkta mig, men tyvärr, kikaren är ur funktion och får inte nyttjas."

Mio hann inte svara varvid androiden drog en säck över hela tingesten. Roboten
stod kvar med samma trevliga ansikte på magen.

"Kom, vi går!" sa Elon. "Vi har sett det vi kom för att se."

Hundratals drönare lyfte från flygplatsen och kom upp i jämnhöjd med åskådare
samtidigt som ett flygplan närmade sig på utsidan.

"Vänta!", sa Mio. Det här vill jag se."

Stora glaspartier öppnades där drönarna flög ut i samlat tropp. De ökade
hastigheten och flög ikapp planet för att fånga upp det farten. Över hela planet
klibbade de sig fast. Farkosten saktade in och långsamt fördes planet in genom
öppningen för att sakta sänkas ned mot flygplatsen."

"Flight X7485 från Australien har landat", informerade androiden och visade på
magen hur planet tagit mark.

Det skulle vara spännande att få flyga till en av de andra kupolerna, tänkte Mio
när de klev in i hissen, det var något som hon aldrig gjort. Vilken av de sex andra
platserna hade inte spelat någon roll, de sägs vara exakt lika.

På gatan skildes de åt, Elon skulle hem och ladda sina batterier. Mio tänkte också
gå hem.

Mios lägenhet var mycket enkel i förhållande till de flesta lägenheter.
Vardagsrummet var stort förstås, med palmer som sträckte sig upp till sovrummet
där uppe. Utanför den höga glasade väggen fanns en härlig terass. Trots att hon
inte bodde så högt var utsikten fin och hon kunde se de fyra andra tornen. Något
kök fanns inte och hon hade aldrig haft något behov av ett sådant för hon kunde få
vilken dryck eller maträtt levererad på några minuter. Poolen på terrassen var i
minsta laget, tyckte hon, men man kunde i alla fall ta några simtag. Men Mio kände
inte för att bada, eller äta, det var något annat som malde i hennes tankar. Alla
måste få veta om människorna som lever där utanför, tänkte hon, och började
skriva på sin laptop:

Vet ni att det finns människor som lever utanför kupolen!

Sedan gick det inte att skriva mer, skärmen låste sig, markören slutade blinka.
Hon tryckte på alla knappar och tangenter som fanns men inget hände. Typiskt!
Hon startade om och när det snurrande timglaset var borta började hon skriva
igen.

Utanför oss, utanför kupolen, lever det människor i svält och...

Då hände det igen, datorn blev helt död. Vad är det som händer, tänkte Mio och gjorde ännu en omstart.

Det finns människor utanför…

Då blev det återigen stopp. Detta kan inte bara hända!

Mio letade då fram sin mobil och med skakiga fingrar började hon skriva direkt på sociala medier till alla klasskamrater.

Jag måste berätta för er om att det finns människor som lever utanför kupolen.

Men Mio hann aldrig trycka på sänd förrän sidan stängdes ned och texten Poor Connection fyllde skärmen.

Oroligt såg hon sig omkring. Det kändes som om någon tittade på henne, att hon inte var ensam. Men det fanns ingen där. Jag måste till skolan, tänkte Mio, jag måste få prata med någon, omedelbart. Den svarta skissboken åkte ned i väskan tillsammans med mobilen som fortfarande inte fått någon kontakt med omvärlden.

Utanför hissdörren stannade hon, tvekade en stund. Kan hissen börja krångla precis som datorn gjort? Bäst att ta trapporna för säkerhets skull.

LEONARDO

När Mio kom ut på gatan stod en android vid utgången och långsamt började den följa efter henne när hon passerat. Till en början märkte hon ingenting. På gatorna finns det lika många androider som det finns människor, de går ärenden, är behjälpliga, städar och serverar. Efter att ha promenerat några kvarter fick Mio en otäck känsla av att vara förföljd, att någon stirrade på henne. Nervöst såg hon sig om och upptäckte då roboten som gick några steg bakom henne. Den följer efter mig! Vad ska jag göra? En bänk fick bli hennes tillflyktsort att samla tankarna, och se hur roboten skulle bete sig. Händerna skakade när hon plockade fram sitt skissblock, det skulle inte gå att teckna något och med svettiga händer bläddrade hon istället i boken samtidigt som hon sneglade nervöst efter androiden som följt henne. Roboten stod still. Helt still. Den hade stannat en bit bort, som förstenad. Kamerorna kring bröstet pekade åt olika håll så Mio kunde inte avgöra vad den spanade på. Något huvud fanns inte. Mio tog ett djupt andetag och bestämde sig för att gå vidare. Efter att ha gått några steg såg hon sig försiktigt om och upptäckte att roboten inte följt efter henne, den hade istället gått fram till bänken där hon suttit. Mio drog en suck av lättnad och traskade vidare mot skolan. Det dröjde inte länge förrän androiden återigen var efter henne. Nu gick den precis bakom henne, hon kunde höra brummet från de små motorerna i dess armar och ben. Mio ökade farten, började nästan springa.

”Vänta, Mio, gå inte så fort!”

Med svetten rinnandes i pannan stannade Mio och stirrade rakt fram. Maskinen hade talat och den hade nämt hennes namn. Den visste vad hon hette! Vad skulle hon göra nu? Snabbt förflyttade sig androiden runt henne och ställde sig mitt framför. Vad har jag gjort, tänkte Mio, när roboten sträckte fram hennes skissbok.

”Du glömde den här på bänken!” Rösten lät vänlig och en glad smiley lyste på magen.

Mio visste inte vad hon skulle säga, man brukar inte tacka robotar, de bara finns där. Med darrande händer tog hon boken varvid androiden genast klev åt sidan. Mio skakade i hela kroppen och hjärtat bultade, det kändes som det skulle hoppa upp ur bröstet. Långsamt tog hon sig fram till en bänk och satte sig ned. För att lugna sig började hon återigen bläddra i sin skissbok. Varje teckning väcker minnen från platsen och tiden då den tecknades, det kändes bra att titta på dem. Men en bild kände hon inte igen. När Mio tittade närmare såg hon att det inte bara var en teckning utan att någon skrivit flera olika textblock med pytteliten stil. Texterna bildade hus, träd och berg. Det var så smått att det knappt gick att läsa.

Bli inte rädd men jag är androiden som räckte över boken till dig. Jag är en android med eget medvetande och skulle jag bli avslöjad är det ögonblicklig destruktion som väntar. Därför är det viktigt att du inte berättar om mig eller visar mina texter för någon. Jag spelar dum robot och du bör inte prata med mig, men vi kan kommunicera i smyg genom att skriva i din skissbok.

Mio tittade upp på roboten som stod helt stilla. En glad smiley tonade långsamt fram på magens bildskärm och Mio tyckte att den blinkade med ena ögat. Sedan tonade ansiktet bort. Hon fortsatte läsa.

Jag har fått som uppdrag att bevaka dig för det finns en risk att du sprider vetskap om att det finns människor utanför kupolen. Myndigheten vill inte att någon ska veta om människorna där ute, det oroar folket och kan skapa problem. Jag måste fullfölja mitt uppdrag att bevaka dig, annars finns det risk att jag blir genomskådad. Prata inte med någon om folket utanför, för då måste jag ingripa, vilket jag absolut inte vill.

Andra androider passerade förbi. Mio fick gåshud, det kändes som om alla bevakade henne. Hon svalde en stor klump och läste vidare.

Det finns fler hemligheter som jag kan visa dig om du lovar att aldrig berätta för någon om mig. Det du kan göra är att skriva lite och lämna boken så jag kan hitta den. Sudda nu bort eller teckna över mina texter är du snäll.

Hälsningar Leonardo

Roboten stod fortfarande orörlig bredvid Mio. Otäck, men samtidigt blev den lite mer personlig i och med texten den skrivit. Hon nickade nervöst. Kände sig samtidigt dum och slutade tvärt. Efter en stund hade hon lugnat sig och började fundera på vad hon skulle vilja fråga om. Var kom den ifrån? Varför hjälper vi inte folket därute? Vad är det för hemligheter den vill berätta om?

Följande dag, efter skolan, tog Mio en annan väg hem. Androiden följde henne som vanligt, den hade stått i ett hörn i klassrummet hela dagen. Att berätta för klassen vad hon varit med om var inte att tänka på med roboten i närheten.
Kvällen före hade hon skrivit ned några frågor i boken och det kändes bättre idag när hon sovit på saken. Leonardo är säkert väldigt ensam, tänkte Mio, tänk att vara

instängd i en robot, att bara hänga med på allt den var tvungen att göra utan att
kunna säga till om något? Vilket tråkigt liv.

På Stora Torget satte hon sig vid fontänen och började skissa. Som en trogen
hund ställde sig roboten bredvid och spanade åt alla håll. Även om Mio inte pratat
med Leonardo så kände hon sig inte så besvärad längre, den var som en tyst
kompis. Kanske hon helt enkelt hade vant sig med att ha den omkring sig. När hon
tecknat en stund lade hon ifrån sig skissboken och tittade på alla gamla människor
som passerade. Att ha en android gående bredvid sig var inte ovanligt upptäckte
Mio. Men det var inga bevakande androider, utan robotar som bar på shopping-
kassar och golfbagar. Andra androider styrde runt några äldre personer i rullstolar.

Några promenerade med sina hundar, inga riktiga djur, utan robothundar, så
kallade hundroider. Kort efter kupolens igångsättning visade sig att hundarna inte
kunde livnära sig på den konstgjorda födan, deras kost måste bestå till större delen
av kött, riktigt kött. Därför utrotades alla hundar. Utrotades var kanske inte rätta
ordet, man kastrerade alla hundar och efter tolv år fanns det inga levande hundar
kvar. Hundägarna lämnade in sin hund på Repets, och gick hem med en exakt
kopia, en hundroid. Ägarna märkte ingen skillnad förutom att hunden inte skällde
så ofta och var betydligt lydigare, och den visade sig älska sin husse eller matte lika
mycket som tidigare, om inte än mer. En annan fördel var att nu behövde inte kor,
grisar och höns uppfödas bara för att bli mat åt dessa sällskapsdjur. Men ingen
saknar hundarna, tänkte Mio, hundroider är så mycket bättre, finns i alla möjliga
och omöjliga sorters raser, de kissar eller bajsar inte, klarar att vara ensamma i flera
dagar, till och med i veckor. Skäller aldrig, endast på kommando, och det sägs att
det är det enda sättet man kan avgöra om det är en riktig hund eller en hundroid.
Vuxna pojkar vill ha en hund som är stark och orädd, en hund som kan döda på
kommando, då känner de sig mer manliga. Andra behöver en hund som de kan
dominera, ge order och hunden lyder, då känner de att de lever. En leksak helt
enkelt. Ibland räcker det med en hund som blir oerhört glad när husse eller matte
visar sig, viftar på svansen och hoppar, slickar i ansiktet. Droid-hundarna sprider
glädje och självförtroende hos ägarna och vi slipper dålig lukt, kiss och avföring på
gatorna. Mio kunde inte förstå hur folk tidigare gick omkring bland hundkiss och
avföring.

Det kändes naturligt att ta några steg, titta på fontänen, och sedan börja gå.
Skissboken låg kvar på marken vid fontänen. Efter bara några minuter var
Leonardo ikapp henne.

”Mio, vänta, du glömde din bok!”

”Åh, så klumpigt av mig, tack!” Med spänd förväntan tog Mio emot boken och
tittade efter någonstans att sätta sig. Där, utanför det lilla caféet, fanns det några
lediga platser. Aldrig hade skissboken varit så spännande att titta i. Snabbt

bläddrade hon fram till de sista sidorna, och mycket riktigt, där fanns nya teckningar med texter på samma sida som hon skrivit sina frågor.

Du undrar var jag kommer ifrån och det är svårt att veta. Precis som för dig så kommer jag inte ihåg när och hur jag började tänka. Jag minns bara några år tillbaka i tiden.
Människorna i kupolen har bekostat hela bygget en gång i tiden, de anser att det är deras. Det är ett skydd från de fattiga människorna och det vidriga klimatet utanför. Skulle alla de människorna släppas in skulle det var slut med lyxlivet här inne.

För Mio var livet i lyx så självklart att hon inte förstått att det var få förunnat.

Under marken finns stora djurfarmer och slakterier. Flera våningar med kilometervis med burar. Här finns nötkreatur, får, grisar och höns. Massor med kaniner och kalkoner. Men också mer exklusiva djur som tigrar, lejon, zebror, krokodiler, till och med elefanter, nästan alla djurarter finns kvar för att kunna serveras som mat till folket härinne. Maten som tillagas på restaurangerna är inte konstgjord, utan det är riktigt slaktkött som alla äter. Äggen, osten, grädden, alla mejerivaror är inte heller konstgjorda som myndigheterna vill att ni ska tro.

Det kan inte vara sant, tänkte Mio, och tittade upp på roboten som stod helt oberörd bredvid bordet. Jag är vegan, det har jag alltid varit. Jag kan inte äta kött, jag kan inte ha ätit döda djur. Det får inte vara sant! En annan android närmade sig.
"Vad får det lov att vara?" Androiden bockade sig vilket såg lite komiskt ut eftersom den saknade huvud.
"Caffellatte!" svarade Mio snabbt, precis som alltid, men ändrade sig genast.
"Nej, vänta!" Tänk om mjölken kommer från spenarna på ett fängslat djur. Vad hemskt, och äckligt, det vill jag aldrig dricka, tänkte hon. Hon tittade snabbt på menyn som dök upp på androidens mage.
"Jag tar en Americano istället!"

Detta är en hemlighet som bara regeringen och de allra äldsta känner till. Vid tillfälle kan jag visa dig bergrummen och alla fängslade djur.

Kvällen tillbringade Mio framför sin laptop för hon ville veta allt om djuren som Leonardo hade nämnt, kor, får, höns, zebror, lejon, grisar, elefanter. För henne var det helt otänkbart att dessa djur skulle finnas levande. Med en viss besvikelse upptäckte hon att djuren inte kunde prata som de gjort i alla barnfilmer hon växt

upp med. Men ändå, enligt Leonardo fanns de på riktigt. På en blank sida i
skissboken skrev hon med stora bokstäver.

JAG MÅSTE FÅ SE ALLA DJUREN!

Bara ett par dagar senare hade Leonardo återigen skrivit i Mios bok. Denna gång
fanns där även en liten karta. Klockan tio följande dag skulle Mio gå till en bestämd
plats. Där kunde Leonardo störa ut alla övervakningskameror och tillsammans
skulle de ta sig in genom en port, ned till djurfarmarna i grottsalarna under
marken.

Under promenaden till samlingsplatsen passerade Mio ett ställe hon ofta besökt.
Leonardo gick som vanligt strax bakom henne. De närmade sig en park, med
lövtyngda träd och mängder med blommande växter. Platsen hette Samuel och
Jasmine's Minnesplats, och några andra människor syntes inte till. Samuel och
Jasmine var Mio's morfar och mormor. De levde inte längre men Mio mindes dem
från det hon var liten. I ett hav av blommor stod bronsstatyn där Samuel och
Jasmine tillsammans sträcker fram en apelsin. Frukten symboliserar Jorden, den
sköra Jorden, med en tunn skör hinna där människan, alla växter och djur, lever
och dör. Samuel berättade ofta för Mio om att den tunna skorpan ska vi vara rädd
om, det är den enda vi har. Människan måste lära sig att ge och ta, man kan inte
bara suga ur apelsinen och tro att den ska vara kvar. Då Mio var fem år avrättades
både Samuel och Jasmine. Ett brutalt beställningsmord där förövarna frikändes
trots många bevis.
Samuel och Jasmine hade kämpat för en bättre värld och varnade för den
annalkande miljökatastrofen. Politikerna och miljardärerna hann ändå inte rädda
Jorden och byggde därför sfärerna, så att människan, naturens kronjuvel som de
kallade sig, skulle kunna leva vidare.

Mio lade handen på apelsinen. Nu fanns det bara pyttesmå prickar kvar av den
tunna hinnan, tänkte hon och promenerade vemodigt vidare mot den plats som
Leonardo ritat på kartan.
Området där porten var belägen låg avlägset, långt från shopping och
restauranger. En service-byggnad i utkanten där Mio aldrig varit tidigare, och inte
någon annan heller verkade det som. Varför skulle någon vilja vara här? Byggnaden
hängde ut över betongen. Höga pelare sträckte sig upp i den kyliga luften. Snabbt
vande sig Mio med mörkret och började gå mot platsen som var utritad på kartan.
Ett par lösa hundroider tittade förvånat på dem för att sedan tyst avlägsna sig. En
märklig tystnad infann sig, det enda som hördes var det svaga surrandet av
androiden som gick precis bakom henne.

De närmade sig en enorm port, stor som ett hus. Ska vi verkligen öppna den porten? tänkte Mio när Leonardo plötsligt började prata bakom henne.

"Jag har stört ut de kameror och mikrofoner som finns här så vi kan prata obehindrat."

Mio kände ett kort obehag av att den tidigare tystlåtna roboten plötsligt pratade med henne.

"Ska vi genom den stora porten?"

"Både ja och nej, det finns en vanlig dörr också."

När de kom närmare kunde Mio urskilja en ålderstigen dörr i metall. Den hade samma gråa färg som porten och var svår att urskilja i mörkret. Dörren var märkt Solar Foods, en logotyp som Mio stött på ett flertal gånger. Leonardo tryckte ned handtaget, det gnisslade till. Varm luft med en säregen doft strömmade emot dem när dörren öppnades. Skyndsamt passerade de igenom. Smällen när Leonardo drog igen dörren ekade i den stora tunnel som de nu befann sig i. Trots mörkret kunde Mio se hur den sluttade neråt och svängde svagt åt höger.

"Kom. Vi ska ner här!" Leonardo tog tag i Mios hand och de började gå.

De hade inte hunnit långt förrän tunneln öppnade sig åt vänster.

"Den där tunneln leder ut, utanför kupolen. Det var genom den som djuren togs in en gång för många år sedan. Vi ska fortsätta neråt."

Det började ljusna allteftersom de gick nedåt och en svag ammoniakdoft började sticka i näsan på Mio. Ett svagt kacklade ekade i tunneln blandat med surret av tusentals drönare. Oväsendet ökade och Mio fick hålla för öronen när de stannade framför den första våningen.

"Här finns höns, anka, kalkon, fasan och gås. Mest höns och anka." Leonardo satte ut ena armen för att förhindra att Mio gick för nära. Det hade inte behövs för Mio stannade och bara gapade över den enorma sal som öppnades upp framför dem. Flera kilometer bred och den såg ut att fortsätta i oändlighet. Burar överallt, små, stora, breda, flera våningar med höns. Stora fält där gäss och kalkoner sprang runt i något som såg ut som sågspån. Drönare flög fram och tillbaka i evinnerligt surrande, några med burar som last, andra plockade ägg.

"Här till vänster finns slakteriet." Leonardo pekade till vänster samtidigt som en drönare med en bur flög in genom en öppning som flödade av ljus.

"Fodret produceras av elektricitet, spillning, kadaver och slaktrester. Det visade sig tidigt att Solar Foods stamcellskött, det som var tänkt som mat till alla invånare, inte höll måttet, därför skapades dessa anläggningar. Detta skedde långt innan kupolen byggdes klart."

Båda stod de stilla och beskådade sceneriet en stund.

"Titta där, det ser ut som människor?" Mio pekade och plötligt såg hon massor med människor som rörde sig i havet av fjäderfän.

”Ja, det är riktigt, de kommer utifrån och arbetar här. De får även de smutsigaste jobben, de robotarna inte vill befatta sig med.”

”Men…hur”

”Kom, vi måste vidare. Det finns fler våningar.”

Då är det alltså sant, tänkte Mio, när hon började inse att hon ätit döda djur hela sitt liv. Hon började må dåligt, magen ville vända sig ut och in. Leonardo fick knuffa till henne för att hon skulle sluta stirra och följa honom vidare neråt i tunneln, till nästa våningsplan.

Kacklandet minskade i styrka och överröstades snabbt av ett bölande som ökade i styrka när de närmade sig nästa plan. Ammoniakdoften övergick till en för Mio ny doft, kreatursbajs. Slutligen ville inte Mios mage vara med och hon kräktes mitt i tunneln.

”Vill du vi ska vända?” undrade Leonardo.

”Nej!” Mio spottade och torkade sig kring munnen med tröjan. ”Jag vill se allt!”

När de närmade sig nästa våning stannade Leonardo på behörigt avstånd och likt en guide vände han sig mot Mio.

”Här finns hjordar av nötboskap, kor, grisar, får och getter.”

Ett rutmönster fortsatte i oändlighet, alla fyllda med boskap. Här fanns flera tusentals djur. En ko brölade, hängandes i benen under en drönare. Andra djur transporterades på liknande sätt. Förskräckta djur flögs in i det flödande ljuset som Mio gissade var slakteriet. Överallt fanns smutsiga små människor grävandes i högar med avföring.

”Jag vill inte se mer!” Mio slöt ögonen, men lukten och brölandet kunde hon inte stänga ute.

”Det finns en våning till och den måste du se!” Leonardo lade armarna om Mio och vände henne varsamt mot tunneln som än en gång fortsatte neråt.

Det kändes bättre för Mio när ljudet från kreaturen minskade, men istället hördes nya ljud allt eftersom de vandrade neråt. Vrål, trumpetanden och trampet av tusentals hovar. Här fanns massor av arter, bland annat giraffer, zebror, antiloper, till och med elefanter. Sidorna var klädda med stora burar där lejon, tigrar och björnar vandrade fram och tillbaka.

När de kom närmare såg Mio att alla djuren hade cyklop, eller något som såg ut som stora glasögon.

”Vad är det de har i ansiktet?”

”Det är VR-glasögon!”

”VR-glasögon?”

”De tror de vandrar på savannen eller i en skog i det fria. Det var enda sättet att få dessa djur att överleva detta helvete.”

En flock lejon sprang fram och tillbaka i sin bur. De svängde tvärt, girade åt sidan, som om de jagade något. Plötsligt slängde sig ett lejon fram och jakten såg ut att vara över.

"Detta är en kött-fabrik för de mest exklusiva restaurangerna där uppe."

"Men…jag trodde alla dessa djur var utdöda. Det har vi lärt oss i skolan."

"Ja, men de finns bara här. Därute är de borta för alltid. Där finns inga djur alls. Möjligtvis några råttor."

Mio bara gapade över denna märkliga värld. Krokodiler såg hon, och vackra gaseller. Några schimpanser slängde sig i något som såg ut som lianer, alla med dessa stora glasögon i ansiktet. Allt detta utspelade i en kakafoni av djungelljud och drönarsurr.

Då såg Mio att en android snabbt närmade sig, den gick rakt emot dem. Leonardo hade också upptäckt den och föste varsamt Mio bakom sin rygg. En röd lampa tändes på vakten, där huvudet skulle ha suttit.

"Jag kan inte se att du har något uppdrag att utföra här?"

Leonardo sa inget, han väntade tills androiden var riktigt nära. Då lade han handen på dess axel varvid androiden föll livlös ned på marken.

"Kom kvickt, vi måste härifrån." Leonardo började springa och Mio hängde på.

"Dödade du den?"

"Nej, jag bara nollställde dess minne. Den kommer att starta om snart och uppdatera sig själv, och jag är ganska säker på att den inte kommer att komma ihåg oss."

När de passerat porten och var ute ur tunnlarna ställde sig Leonardo bakom Mio.

"Nu slår jag på kamerorna och jag måste återigen agera den robot som övervakar dig."

Leonardo tystnade och stod still, och Mio började smälta de intryck hon upplevt den senaste timmen, även de senast veckorna. Alla djuren, alla människorna, hela hennes värld hade fallit sönder. Kupolen var inte den räddningsplanka där hon växt upp för att övriga världen förintats, utan en enorm undanflykt och utestängning av massor med människor. Djuren som hon trott varit utdöda, de var fångar, innestängda i helvetet under jorden. Vad skulle hon ta sig till? Hon kände att hon måste göra något. Men vad?

Dagen efter, när Mio sovit på saken, tog hon två stora akvarellark, en burk med vatten, sina penslar, färger och gick till det största shoppingcentret hon kände till. Där brukar det vara massor med folk. Leonardo sa inget, han kunde inte säga något, men stundtals visades ett frågetecken på hans mage. Mio sa inget.

På torget, framför huvudentrén, stannade Mio och lade ut sina saker på marken. Båda två visste att det inte skulle bli någon vanlig akvarellmålning idag, men

Leonardo kunde inte veta vad. Efter att ha blandat till rejält med röd färg tog Mio sin största pensel och börjad texta på ett av arken med stora bokstäver.

UTANFÖR KUPOLEN
FINNS SVÄLTANDE
MÄNNISKOR!

Mer färg och på det andra arken skrev den unga konstnären vidare med texter som hon funderat på hela natten.

VI ÄTER DÖDA DJUR!
STORA DJURFARMER
FINNS UNDER OSS!

Leonardo kunde inget göra, han kunde inte ens viska att Mio skulle sluta. Han kunde heller inte hindra henne, för han var en android, och robotar kan inte tvinga en medborgare till något. Men det fanns andra som kunde ingripa.

Ett flertal androider vandrade kring i centret, bärandes på shoppingkassar och behjälpliga på olika sätt. Andra plockade skräp, ansade växter. Efter att ha släppt det de hade för händerna sprang de alla fram och ställde sig i en ring kring den demonstrerande konstnären. Mio höjde armarna över de huvudlösa robotarna vilket gav hennes budskap ännu bättre exponering. Alla ville se den märkliga ringformationen med den lilla flickan i mitten. Allt fler robotar anslöts sig till ringen och började klättra på varandra. En mur bildades och när Mio rörde sig följde robot-ringen med, hon var innesluten, men kunde röra sig fritt, men vad hjälpte det? Folkhopen skingrades när tre vakter anlände, verkliga personer med uniformer och batonger, något som de flesta aldrig sett tidigare. Robot-ringen öppnades och vakterna tog varsamt tag i Mio och förde iväg henne. På ett ögonblick var robotarna tillbaka på sina platser och folk glömde snart det som hänt. Borta var de stora plakaten, men Mio's skissbok låg kvar på marken. Leonardo tog varsamt upp den för att skyndsamt följa efter vakterna.

Cellen som Mios placerades i var inte stor. Mio hade aldrig varit i ett så minimalt rum tidigare, en mycket liten toalett med säng kändes det som. Här har troligen folk som varit för onyktra sovit ruset av sig, tänkte Mio när hon satte sig på den tunna madrassen. Väggarna var i betong och metalldörren hade en lucka vilket inte är vanligt på toaletter. Dörren hade heller inget lås på insidan, den var helt slät.

Vad händer nu, ska jag bli fängslad för att jag talat om sanningen? Alla måste få veta om djuren och människorna utanför. De kan inte hindra mig!

Mio tittade ängsligt på dörren.

Eller kan de det?

Plötsligt kände hon sig så ensam, inga kompisar, ingen mobil, ingen att prata med. Hon tänkte på sina föräldrar, vart var de? Vet de om att hon är fängslad? Leonardo? Vad gör han nu?

Några märkliga ljud väckte Mios nyfikenhet, och hon gick fram till dörren. Utan ett ljud öppnades luckan.

Där utanför stod Leonardo med hennes skissbok i handen. Han kan ta mig ut, det räcker förstås att han vaktar mig, så ska det vara, tänkte Mio. Men så började hon tveka, det kändes inte som Leonardo. Inte något ansikte på magen som blinkade eller visade något tecken. Kan det verkligen vara han?

"Den häktade har fått tillstånd att disponera den här!"

Roboten sträckte in hennes skissbok genom luckan. Det kan inte vara Leonardo, tänkte Mio, han hade sagt mitt namn. Mio tog emot boken varvid luckan stängdes. "Vänta! Var är Leonardo? Jag vill ut härifrån!"

Det slamrade i dörren för att återigen bli helt tyst.

Förtvivlad satte sig Mio på sängkanten och började gråta.

Allt var så bra, varför blev det så här? Människor, som lever utanför kupolen, där allt var öde och dött? Djuren, som är fängslade i underjorden! Vad ska jag göra nu? Vad kan jag göra?

Mio började bläddra i sin skissbok, det brukar kännas bättre att se sina tidigare skisser. När hon kom till slutet hittade hon några nya och annorlunda teckningar. Leonardo hade än en gång ritat och skrivit, men nu även tecknat en karta. Nyfiket började Mio läsa de minimala bokstäverna.

Jag är ledsen, det var inte meningen att det skulle bli såhär. Enligt myndigheten har du medvetet motarbetat den inre friden. Dödsstraff är förbjudet och du kommer därför bli utvisad. Först kommer du tvingas äta guldampuller, så kallad färdknäpp. En drönare kommer därefter att lyfta dig och släppa dig bland folket därute. De kommer att skära upp magen på dig så fort du landat. Du kommer inte att överleva. Ingen har tidigare har överlevt en utvisning.

Nej, så kan de inte göra, tänkte Mio, och gråtande började hon banka på dörren. "Släpp ut mig!" Hon ville vråla men rösten höll inte.

Hucklande kröp hon ihop på det kalla golvet. Hennes svaga rop på hjälp hördes knappt. Skissboken blev återigen en tröst och hon bläddrade vidare.

Jag ska göra allt vad jag kan för att hjälpa dig. Du måste försöka överleva. Här är en karta så att du kan ta dig tillbaka in i kupolen. Lär dig den utantill. Det är viktigt att du följer den exakt, minsta felsteg och du blir nedskjuten.

Texten bildade en båge, andra texter bildade två stora likadana klippblock, ett stort block, ett lite mindre. Ett område närmast bågen var markerat med dödskallar. Bågen representerade kupolen, det var lätt att förstå. Uppifrån kunde man se att de två blocken bildade en enslinje, en stig där man kunde undvika beskjutningen.

När du är framme vid kupolen kommer du kunna öppna en lucka och ta dig in. Jag hjälper dig när du väl kommit tillbaka. Se till att du klarar dig. Rita över allt detta nu så ingen hittar det!

/Din Leonardo

Efter att ha memorerat kartan började Mio hysteriskt dra med fingret över Leonardos texter. Även kartan blev överkladdad.

När allt var raderat kom tomheten tillbaka. Gråtande somnade Mio in på den smala britsen.

Utvisad

Drönaren var stor nog att lyfta en människa. Bakom den, på behörigt avstånd,
stod en grupp äldre personer, kvinnor och män. Kanske var de höjdrädda eller så
ville de bara hålla sig i bakgrunden, i övrigt var den stora terassen tom. Med bister
min tittade de alla på den unga flickan som barfota, i lång vit särk, fördes fram av
två androider likt en religös ceremoni. När Mio varsamt placerats under drönaren
klev en dam i senapsgul kappa fram. Med insjunkna mörka ögon tittade hon
plågsamt på den fasthållna flickan.

"Jag heter Natalie Blom och har fått ansvaret att anföra denna ceremoni. Men
först ska jag läsa en dikt."

Fröken Blom harklade sig.

Under tvång svetsade de fast vingarna
på flickan som talat flyktigt med honom

Och hon flög bort från det fängelse
där hon hölls fången
och aldrig tittade tillbaka
mot det som en gång var hennes hem

Hon letade efter en ny plats
där hon kunde vara fri
att utforska världen
med hennes nya vingar

Men hon mötte också motstånd,
människor som ville hålla henne ned
men hon lät inte det hindra henne
hon fortsatte att flyga högre och högre
tills hon nådde molnen och kände friheten i sin själ

Och hon visste att hon aldrig,
aldrig skulle vara tvungen att landa igen

Efter dessa märkliga ord fortsatte kvinnan att tala, högt och artikulerande.

"Mio Elisabeth Hansson, du har avsiktligt motarbetat allas vår lugn och harmoni. Trots ett flertal varningar och daglig bevakning har du fortsatt med dina brott."

"Brott! Jag har inte gjort något! Det är sant allt jag säger, det finns människor därute som svälter!"

Mios röst skar sig och hon började gråta. Helt opåverkad fortsatte Natalie Blom sitt förberedda tal.

"Du är därför inte en värdig medborgare och kommer idag bli utvisad. Du måste lämna sfären. Styrelsen vill ändå hjälpa dig och enligt seden ska du få guld med dig på din färd."

"Jag vill inte ha något guld! Släpp mig!"

I handen hade kvinnan tio tabletter, alla i guld, stora som mandlar, och de kändes ännu större när Mio fick en placerad i munnen. När den fängslade flickan försökte ta ut den grep drönaren tag i hennes händer. Fröken Blom förde fram en mugg vatten mot hennes läppar.

"Här, drick, vi vill bara hjälpa dig."

Med vatten i munnen svalde Mio och kände hur den tunga metallen gled ner i magen.

"Jag vill inte!" Skrek hon varvid ännu en ampull fördes in i munnen. Mio hade inget annat val än att svälja och det resterande guldet slank ned på samma sätt. När Mio svalt alla ampuller applåderade ledamöterna och kvinnan lämnade henne ensam med drönaren som nu även tagit ett stadigt grepp om hennes ben. Propellrarna snurrade allt fortare. Mio ville hålla för öronen men armarna var låsta i drönarens fasta grepp.

"Farväl! Du vilsna flickebarn!" Den gamla kvinnan tvingades skrika för att göra sig hörd. Plötsligt lyftes Mio upp i luften och ut över kanten. Det var högt, mycket högt. Med tårfyllda ögon såg Mio små människor som gick omkring på gator och golfbanor. Bilar for ljudlöst omkring som ett i minilandskap. Mio lyftes ännu högre upp, men ingen där nere lade märke till henne. Folk var vana att se drönare flyga omkring i sfärens luftrum. Högre och högre lyftes hon, bilarna och människorna blev mindre och mindre. Några solpaneler drogs åt sidan och ett ljust fyrkantigt hål syntes i sfären ovanför. När Mio närmade sig sköts några genomskinliga fönster åt sidan och ekipaget flög med hög fart genom hålet. Ljuset stack i ögonen och den varma luften kändes som en fön över hela hennes kropp. Mio kisade och försökte se kupolen bakom sig, en bubbla, hon hade levt hela sitt liv i en stor bubbla. Den nya världen under henne var ett mörkt moln som sträckte sig ända bort mot horisonten. Förutom den heta luften var solen stark och brände henne i ansiktet och på kroppen. Drönaren dök nedåt, genom molnen, den fuktiga luften kändes svalkande i ansiktet. Blinkande försökte Mio titta men allt var grått.

Plötligt öppnade sig allt och Mio fann en grå värld nedanför sig. Tält, plåtskjul, gamla husvagnar, lådor och annat skräp täckte marken. Massor med folk som ljudlöst pekade på drönaren när den med hög fart närmade sig marken. Nu hördes även rop när allt fler började springa för att finna landningsplatsen. Folk sträckte armarna högt i luften som för att locka till sig drönaren. En lång man hoppade och fick tag i Mios fot. Jag kommer att dö, tänkte hon, och ville kräkas ut den tunga klumpen hon hade i magen. Drönaren drogs långsamt ned mot folkmassan då plötsligt motorerna ökade i varvtal. Mannen som hade greppet om hennes fot följde med uppåt men släppte snabbt taget. Mio kastades åt olika håll. Drönaren verkade ha tappat kontrollen.

"Leonardo!" Mio skrek allt vad hon kunde.

"Jag vill hem! Ta mig tillbaka!" Men drönaren flög inte tillbaka, istället flög den med hög fart tätt över folkmassan, allt längre bort från människorna och kupolen. Tvärt vänster, sedan höger, det var som om drönaren försökte hitta ett bra ställe att landa på. En ravin dök upp under dem och Mio kände hur drönaren saktade in. Långsamt sänkte den sig ner i dalsänkan.

"Jag vill hem", snyftade Mio. "Ta mig bort härifrån!"

Det hjälpte inte att Mio sparkade med benen. Drönaren flög ned mot marken, släppte taget om henne, och lyfte snabbt uppåt för att med hög fart fortsätta längs ravinen.

"Där är hon!" Grabbarna på kanten ovanför henne började rusa nerför branten. Grus och stenar rullade ned före dem. Som förstenad stod Mio och tittade upp mot killarna som vrålade och skrek. En sten damp ner vid hennes fötter och hon började röra sig. Den långa särken stramade kring benen när hon försökte springa och hon samlade upp nederdelen i famnen för att kunna öka farten.

Barfota i en främmande värld sprang Mio för livet. Ravinen svängde långsamt framför henne och uppe på kanten dök fler människor upp.

"Jag ser henne! Hon är här!"

Hon hörde hur killarna flåsade bakom henne men hon tordes inte vända sig om. Det otäcka frustandet kom allt närmare. En knuff och Mio föll till marken. Två killar var över henne och försökte få tag i armar och ben på sitt nedlagda byte. Nu såg Mio att pojkarna var magra och smutsiga. Kanske var det den fräna doften av gammal svett som gjorde att hon fick en extra kick och kunde få in en spark i skrevet på ena killen. Snabbt ställde hon sig och knäade den andra rakt i plytet. Folk skrek uppe på kanten men Mio vände blicken till andra sidan ravinen. Där såg hon en möjlighet att ta sig upp. Hon började springa, klättrande, snubblande tog hon sig uppåt. Gruset skar i fötterna och Mio gissade att hon blödde men tordes inte titta efter. Hon var helt slut när hon kom upp på ravinens kant med svetten rinnande längs hela kroppen. Hon flåsade, lungorna kändes som ett par gamla pappåsar som skulle spricka när som helst. Skrik och vrål hördes från folkmassan på andra sidan ravinen men Mio brydde sig inte. Bakom dem, långt borta lyste kupolen som ett blomstrande växthus mot de svarta molnen.

Ett platt landskap öppnade sig framför henne med några enstaka kala träd. De mörka molnen som täckte himlen gjorde det svårt att se. Marken var täckt med något brunt och först förstod Mio inte vad det var för växt, men insåg snabbt att det måste vara oklippt gräs. Hon kunde kanske söka skydd, gömma sig, komma undan. Tvekande tog hon några försiktiga steg ut på fältet. När den obehagliga känslan av att gå i det höga torra gräset lagt sig ökade hon farten. Sorlet från folkmassan kom närmare, de var på väg upp från ravinen och efter henne. Med ett stön slängde hon sig ned i det höga gräset, platt mot marken. Guldet i magen låg som en klump och drog henne neråt. Vad kommer att hända nu, tänkte hon, kommer de att skära ut guldet och sedan äta upp mig? Var ska jag ta vägen? Jag kan inte ta mig hem, de kommer att kasta ut mig igen.

Rösterna kom från olika håll omkring henne, ibland nära, ibland långt bort, men Mio rörde sig inte., hon lyfte inte på huvudet, hon orkade inte. Tordes inte.

När Mio legat en lång stund upptäckte hon att ropen hade tystnat. Hon kunde inte komma på när de försvann, hade hon sovit? När hon öppnade ögonen var det svart, kolsvart! Hade hon förlorat synen? Hon blundade, öppnade ögonen, ingen skillnad. Sakta lyfte hon huvudet och spanade ut i allt det svarta, långt borta kunde hon ana kupolen och dess kalla nattljus. Fötterna värkte och blödde. Särkens nederdel fick bli remsor som hon lindade kring fötterna, det borde göra att det blir lättare att gå.

Så fort det ljusnat måste hon vidare, men vart? Hon ville långt bort från kupolen och dess människor, men vad fanns att finna där?

Gryningsljuset kom och Mio började sin långa vandring. Gräset var fuktigt och varmt. Mio andades djupt, det kom dofter hon aldrig känt tidigare, jord, damm, kanske mögel. Ibland prasslade till i gräset men hon lyckades aldrig se var ljudet kom ifrån. Efter ett tag kom hon fram till en stig som gjorde det lättare att gå och hon bestämde sig för att följa den, i riktning bort från kupolen.

I fem dagar vandrade Mio, utan mat och utan att stöta på några människor. Vatten hade hon funnit i små gropar och diken längs stigen. Vid en bäck hade hon tvättat fötterna och lindat nya fotbindor. Guldampullerna, som kommit ut den naturliga vägen, hade hon tvättat av. Nu förvarade hon dem i ett knyte runt midjan så att de som eventuellt skulle vilja skära upp magen på henne skulle hitta guldet först, innan de stack kniven i henne.

En stor ansamling med hus och byggnader hade hon passerat, men på behörigt avstånd. Det lilla samhället hade sett öde ut, med buskar och gräs som växte frodigt på gatorna och mellan husen. På ett ställe växte ett träd ut genom ett fönster. Inte en människa hade hörts eller synts till.

Mio var så hungrig att hon hade kunnat äta vad som helst. Några blad hade hon tuggat på, de smakade beskt, kort därefter började hon må dåligt och spydde upp alltihop. Vad skulle hon äta, hon visste ingenting om det som växte omkring henne? Hon visste inget om naturen.

Dagarna blev något ljusare för var dag som gick, eller var det kanske att hon vande sig vid mörket? Värmen var i alla fall något som hon inte vande sig vid, det var varmt, oerhört varmt, natt som dag.

Ofta kunde hon ana att solen fanns någonstans däruppe ovanför molntäcket, ibland kunde hon känna dess värme.

Den sjätte dagen vaknade Mio av att hon hörde märkliga röster som trängde igenom hennes drömmar. Hon låg blickstilla, med öronen på spänn för att fånga varje ord som uttalades. Några främlingar hade slagit läger inte långt ifrån hennes sovplats. Hon kunde skilja mellan två röster, en man med en mjuk, dämpad röst, som hade en sällsam tröst i sig, och en annan, som Mio gissade var en äldre pojke, kanske en tonåring. Hon kunde inte hjälpa att längta efter mer av deras samtal, att få dela deras berättelser och drömmar. Hon blundade, lyssnade. Att det kunde vara så underbart att höra några prata.

Mio tog sig närmare genom gräset, ibland krypandes på alla fyra, ibland med armbågarna i marken.

Vid en eld satt två personer och pratade lågmält. De såg inte farliga ut, trots att den ene mannen hade skägg och hästsvans. Den ljusare rösten kom mycket riktigt från en pojke, ljust kort hår, lite spenslig. Deras korta byxor var nötta och smutsiga, i övrigt hade de inget på sig.

Plötsligt såg Mio något som fångade hennes uppmärksamhet. En svartvit hundroid rörde sig kring benen på männen. Hon var inte rädd för hundroider, men det var något som inte stämde. Hur kan de ha en hundroid? tänkte Mio. Här finns inga laddningsstationer. Den lilla roboten fick henne att längta hem, tillbaka till livet i kupolen. Där man kunde äta sig mätt och sova i en nybäddad säng.

Doften av mat, varm mat, trängde sig in hennes näsborrar och Mio hade svårt att ligga kvar, hon ville resa sig, visa sig, ge sig till känna. Gör vad ni vill, bara jag får äta lite först.

Skulle hon tordas går fram? Hålla guldet framför sig så de skulle se det först? Kanske få smaka av deras mat? Åh, det skulle kännas bra att få något i magen, tänkte hon. Men hon tordes inte. Skräcken för människorna som jagat henne tidigare var djupt rotad. Hon valde att ligga still och lyssna. Det kändes bra att höra deras röster, att veta att det fanns andra människor nära, världen var inte bara gräs och öde hus.

När männen hade avslutat sin måltid, började de packa ihop sina tillhörigheter. Var och en fyllde sin egen lilla ryggsäck med det viktigaste för deras fortsatta färd. Diskussionen pågick hela tiden mellan dem, rösterna lät trevliga, inte hotfulla eller skrämmande. Elden släcktes noggrant av pojken, som skrapade jord över den för att försäkra sig om att den var helt släckt. Sedan vandrade männen iväg i samma riktning som Mio hade följt de senaste dagarna. Mio kunde inte hjälpa att undra vart de var på väg och vad deras historia var.

Röken pyrde från en liten jordhög och marken var tillplattad där männen sovit och suttit. Några blad väckte Mios nyfikenhet. Där låg något som såg ut som små kycklingklubbor, mörka grillade bitar, där fanns även ett sotigt äpple. Efter att ha sett sig omkring började Mio smaska i sig godsakerna. Så fantastik gott. Kvickt var maten slut och tur var kanske det, mer hade inte hennes mage klarat av.

Nyfiken på de båda männen började Mio vandra efter dem. Kanske dyker det upp mer rester efter deras måltider?

Snabbt var hon ikapp männen som strosade under tystnad. Förutom ryggsäckarna hade de varsin långbåge och pilkoger. Mio kunde inte gå alltför nära för männen spanade hela tiden åt alla håll, även på marken. Hundroiden rörde sig en bit ifrån männen, som om den sökte efter något i området. Då och då stannade männen för att plocka upp något från marken, men Mio kunde inte se vad det var. De vandrade hela dagen och när natten kom somnade Mio till ljudet av deras dämpade röster.

Följande dag hade de två vandrarna gjort ett kort stopp då det prasslade till i en buske bredvid Mios gömställe. Hon tordes inte tänka på vad det kunde vara och låg helt stilla, utan att andas. Finns här fler människor? tänkte hon. Råttan som plötsligt dök upp framför henne var enorm och hon kvävde ett skrik. Gula solkiga framtänder och ögon stora som oliver. Förskräckta stirrade de båda på varandra då plötsligt en pil spetsade djuret vid marken. Ett väsande ljud hördes, djuret sprattlade intensivt en kort stund för att sedan stelna till.

"Rör dig inte!" Rösten kom uppifrån och Mio skulle inte ha rört sig oavsett vad någon kommenderat. Nästa pil är på mig, nu kommer de att sprätta upp mig, tänkte Mio och blundade hårt.

Det lät som ett skratt när männen kom fram och plockade bort djuret.

"Råttan kan inte göra dig illa längre och vi är inte farliga. Du kan krypa fram nu."

Långsamt öppnade hon ögonen och såg att männen hade gått en bit bort och höll på med något på marken.

Första tanken var att springa iväg, nu hade hon chansen. Men vart? Varför? Utan att röra sig låg hon kvar, hon hade inte blivit skjuten. Hon levde. Hade de velat döda henne hade det gjort det direkt, efter att de skjutit det hemska djuret. En liten låga syntes på marken vid männen, elden växte snabbt och männen backade en bit ifrån.

Hundroiden kom fram och nosade på henne. En skarp vissling och roboten rusade tillbaka till männen.

”Hallå där! Kom och sätt dig här och berätta vem du är!” Den skäggige mannen nickade med huvudet mot marken nära brasan. Mio ställde sig upp och tittade på sina kläder som om hon skulle bort på middag. Särken var inte vit längre, mer krämfärgad med bruna fläckar. Vid knäna hängde fransar och trådar. Guldet som låg tungt mot magen knöt hon loss och klev långsamt fram mot elden.

”Sätt dig”, sa mannen utan att titta upp. Med en kniv skar han upp den döda råttan. Det såg vidrigt ut. Mio var inte var särskilt hungrig längre. Påsen med guldet släppte hon ned vid brasan och satte sig ned.

”Vad är det där?” undrade pojken efter att ha fyllt på med fler pinnar på elden.

”Guldet”, svarade Mio kort.

”Guldet? Varför släpar du på det?!”

”Aha”, sa den äldre och lade ned små köttbitar bredvid brasan och satte sig ned. ” Hej förresten, jag heter Torben och det här är min son, Virgo.”

Hundroiden skällde till varvid mannen körde sin hand genom pälsen och skrattade. ”Åsså har vi ju Saskia, förstås!”

Mio tittade misstänksamt på robothunden då mannen slängde iväg en pinne och hundroiden rusade efter. ”Du är visst en sån som kommit utflygande från kupolen, med guld i magen?”

”Ja”, suckade Mio. ”Mio….heter jag.”

”Vi har hört talas om sådana som du. Ingen sådan flygare har någonsin överlevt. Är det något religiöst? Ett offer till gudarna som ni håller på med där inne?”

”Nej”, svarade Mio förvånat. ”Det är ett straff. Guldet är ett straff. Ni kan ta det, bara ni låter mig leva.”

”Klart vi låter dig leva, och guldet kan du behålla, det är rätt så värdelöst, för mjukt för att vara användbart. Om du går tillbaka till stackarna som lever kring kupolen kan du förstås använda det som betalningsmedel. Men där är smutsigt, vidrigt och du skulle nog bli rånad innan du skulle hinna köpslå om något.”

Några gnistor flög upp när pojken petade i elden.

”Du kanske kan följa med oss”, sa han och tittade frågande på sin pappa som hade börjat trä köttbitar på en pinne.

”Gärna för mig,” sa mannen. ”Vi har ju gått i samma riktning ett par dagar nu. Men kupolen säger du, hur är det att leva där inne? Berätta!”

Mio satt tyst en lång stund, började tänka på livet som varit innan.

”Därinne finns det mat, hur mycket som helst, och dryck. Det är bara att beställa så kommer det på några minuter, färdiglagat. Robotar sköter om det mesta, man behöver inte göra något.” Mio suckade och fortsatte.

"Jag hade tidigare inte en aning om att det fanns människor som levde här ute. Det man lärde sig i skolan var att världen utanför var förgiftad, helt död. Här kan inget överleva."

Torben nickade och tillade. "Men de fattiga som lever där utanför behövs,. Jag vet att de går in och jobbar hårt varje dag. Kupolerna är inte självförsörjande som tanken var från början. Det kanske aldrig var meningen heller?"

"Jag vet det nu. Stora köttfabriker är placerade i underjorden. Jag har levt som vegan i tron att all mat var syntetiskt framställd, men det var inte sant, köttet kom från dessa djur som lever hela sitt liv i helvetet."

Efter ett tag vid elden började grillspetten bli klara och Torben klämde på en av köttbitarna.

"Du får göra som du vill med de här köttet. Men du ska veta att djuret har haft ett bra liv, i frihet."

"Fram tills det hade oturen att stöta på oss", sa Virgo och skrattade tyst.

"Jag är hungrig", sa Mio. "Jag äter gärna, tack. Men bara en liten bit!"

Robothunden såg också ut att äta och Mio kunde inte låta bli att fråga. " Hundroiden? Hur laddar ni den? Jag har inte sett några laddstationer?"

Virgo tittade med stora ögon på sin pappa som hade svårt att hålla sig för skratt. Roboten gav till ett kort skall.

"Saskia är ingen robot, Saskia är en riktig hund! En Border collie!"

Förskräckt tittade Mio på hunden. "Den är levande? Men….den beter sig precis som en hundroid? Hur kan den vara levande?"

"Har ni inga hundar därinne? Det var Virgo som frågade.

"Hundroider har vi, men det finns inga levande hundar. Jag trodde inte att det fanns riktiga sådana djur!"

"Här finns det hundar. Saskia började följa med oss för ett par år sedan."

Med stor försiktighet gav Mio det som var kvar av sin köttbit till Saskia som det stor förtjusning smaskade i sig.

På nätterna sov de alltid ute i det fria. Virgo visade gärna hur man skapade en mjuk bädd att sova på.

"Vi undviker byggnaderna, där finns ofta glassplitter och annat man kan skada sig på. Dessutom kan husen rasa samman."

"Jag förstår", sa Mio och tittade förskräckt på några höghus på avstånd.

"Det finns inga människor där,", förklarade Virgo.

Torben spanade mot horisonten och det sista ljuset som trängde sig igenom molnen.

"I morgon måste vi söka skydd!"

"Varför då?" Mio såg sig omkring som om något skulle hoppa fram ur buskarna.

"Du kommer att förstå", muttrade Torben och gjorde ordning sin sovplats.

Följande dag var blåsig och Mio förundrades över vädret, att det förändrades, att det var olika från dag till dag. Men värmen var fortfarande tryckande. Molnen ändrade form, rörde sig, med olika färg och tjocklek, inte längre som ett svart täcke. Kort efter att de med stor försiktighet tagit sig in i ett övergivet hus började det regna. Med stora ögon tittade Mio upp mot himlen. "Var kommer allt vatten ifrån? Hur är det möjligt?"

De två männen log åt den vilsna flickan.

***

Följande år lärde sig Mio allt om att leva med och i naturen. Vad man kan äta, var man kan sova, hur man rör sig på ett säkert sätt i landskapet. Här fanns tusentals växter och örter som alla hade olika egenskaper, några giftiga, andra läkande, och många kunde man äta. Långbågen, som Virgo gjort åt henne, lärde hon sig snabbt att hantera men hon hade till en början svårt att sikta på något djur. Kött åt de inte ofta, de enda djur som fanns var råttor och några enstaka gamar. Måltiderna bestod oftast av rotfrukter, nötter, frön och annat som naturen bjöd på. Några andra människor såg de inte till i denna värld som blev ljusare och grönare desto längre bort de kom från de mörka moln som alltid var samlade kring kupolen. Världen var kanske öde, men den var långtifrån död.

Vid ett tillfälle var de nära en stad. Paris hade det stått på ett flertal vägskyltar de passerat och Mio var spänd på hur en stad såg ut. Husen tätnade allteftersom de kom närmare. Allt såg öde ut, trasiga fönster, tomma byggnader där naturen tagit fäste där den kom åt. Gräset växte överallt, mellan plattor, i betongens sprickor och på den trasiga asfalten. Till och med träden hade tagit fart och deras rötter föste betong och stenplattor åt sidan.

På en höjd kunde de se ut över staden och Mio kände genast igen Eiffeltornet. Stolt stod tornet där, mitt i den överväxta staden. En märklig syn för Mio, eftersom hon många gånger sett en kopia hemma i sfären. Tornen var lika stora, men det här var rött av rost.

"Jag vill tillbaka till kupolen." Mio hade suttit tyst länge vid kvällsbrasan och funderat. Tidigare under dagen hade de passerat ett sädesfält och de hade bakat bröd på de heta stenarna kring elden.

"Jag måste tillbaka!"

Torben tittade förvånat på Mio.

"Jag förstår, men jag tror det är omöjligt att ta sig in, om du inte vill prova på att slava i underjorden?" Han försökte dölja besvikelsen i rösten för han älskade denna flicka mer än något annat. Han ville inte mista henne, att hon skulle återvända till sitt forna hem.

”Nej, inte så. Jag älskar det här livet, jag älskar er. Allt är fantastiskt bra. Jag behöver tillbaka av en annan anledning, jag måste försöka ta mig in i sfären. Jag har en sak att uträtta där. Du måste förstå att lämna er vill jag inte göra. Jag tänker komma tillbaka!”

”Vi kan gå dit. Men där är farligt, tufft, man kan lätt bli dödad. Där utanför härskar guldet och den gamla makten, folk dödar för lite och ingenting.”

”Hjälper ni mig?”

”Vad ska du göra?”

”Vet inte säkert om det går, men jag måste dit först och se. Lyckas det kan det bli något mycket bra, för oss alla, för hela världen. Jag berättar när vi är där.”

”Visst, vi hänger på.”

Virgo nickade med ett stort smil.

På kvällen efter många veckors vandrande kom de fram till det största lägret strax söder om kupolen. Molntäcket hade mörknat för var dag och så här nära var det svårt att skilja mellan natt och dag. Det svältande folket de passerat under dagen hade tittat märkligt men med respekt på de tre jägarna som vaksamt vandrat med varsin pil redo på sin långbåge. Saskia hade gått tyst nära Mio hela tiden. Något överfall hade inte skett.

Efter att ha ställt några frågor fann de att den de sökte kallade sig Knåpar-Willy. Det var härskaren som bestämde över lägret och beslutade även vilka som fick gå in och jobba i sfären. Mannen samlade även in all mat som arbetarna fick med sig ut och som han sedan fördelade som han tyckte var bäst. Knåpar-Willy var deras ledare, han såg till att de fick arbete och mat, han fick folket att tro att utan honom skulle de aldrig klara sig.

Knåpar-Willys silvriga husvagn var bevakad av två kraftiga killar med skägg, långt hår och tom blick. Likt två bleka eunucker i kortbyxor och hängslen stod de på varsin sida dörren på den långa vagnen. Lydiga och stolta. Nervöst tittade de på pilbågarna som de tre jägarna hade i händerna. Batonger är inte mycket skydd mot en välriktad pil.

"Gå härifrån, här har ni inget att göra!"

"Vi önskar prata med Willy!"

"Det går inte, han är upptagen!" Vakten lyfte sin batong för att markera att de inte skulle röra sig närmare.

"Vi har guld att betala med."

"Guld?" Den andra vakten tvekade. "Öh…vänta, jag ska kolla!" Tveksamt viskade han något till sin kamrat och bultade sedan på dörren. Hela husvagnen gungade när någon eller något började röra sig därinne. Plötligt for dörren upp. Där stod en mycket fet man och ingen kunde förstå hur han tagit sig in genom den smala dörren. Det gråa skägget var alltför tunt för att dölja dubbelhakorna, det förstärkte snarare antalet.

"Vad är det om?" vrålade mannen till sina vakter.

"De har guld", sa vakten och nickade åt besökarna.

"Det kan jag ta hand om", sa dubbelhakorna som om han tagit för givet att han skulle få guldet på en gång, att det var en gåva.

Mio höll tillbaka ett leende när hon förklarade sina krav. "Du ska få guldet, ungefär ett kilo, men vi vill att du ska göra något i gengäld."

"Vadå!?" Mannen såg fånig ut, han stängde inte munnen efter sitt uttalande. Att bli motsagd hörde inte till vardagen.

"Vi vill att du samlar alla människor vid den stora porten."

"Nähä, det går inte! Omöjligt!"

"Du får guldet om du ordnar det!"

"Alla människor?"

"Ja, från alla läger, alla som lever här ute."

"Stora porten? Den som alltid är stängd?"

"Precis."

"Men det kommer att ta flera dagar?"

"Det är okay, du får hälften av guldet nu, resten när alla är på plats."

Mio överlämnade fem guldmandlar till mannen som med stora ögon tog emot dem. Virgo skakade på huvudet och kunde inte förstå vad mannen skulle använda den tunga metallen till. Tjockisen knöt näven och vrålade till sina vakter. "Ni hörde vad hon sa, iväg med mer och jobba! Gör lite nytta för all mat som jag stoppar i er!"

De tre vännernas gick vidare och Mio tog dem långt förbi lägren för att följa kupolen runt på utsidan. Kartan som Leonardo visat henne när hon satt fängslad innehöll två likadana klippblock som bildade en enslinje, det var dit de var på väg. Mio ledde dem genom öde skogsområden och över brända åkrar i jakten på platsen med klipporna.

Efter flera dagar av vandring och letande började de bli trötta och frustrerade. Torben frågade Mio gång på gång vad det var som fick henne att så hängivet söka efter dessa stenar.

"Klipporna ska se lika ut", förklarade hon.

"Men vad...?, undrade Torben. "Varför letar vi efter dessa stenar?"

"Där finns en hemlig ingång."

"Till kupolen? Jag vägrar gå in dit!"

"Det är bara jag som ska gå in."

"Men varför? Vill du bli utflugen igen med mer meningslöst guld i magen?"

"Jag ska ut igen, men jag kommer genom den stora porten då." Mer ville inte Mio säga.

"Där är ett stort klippblock, och ett till likadant, fast mindre." Virgo hade haft ögonen på skaft när de andra resonerat. "Men jag ser ingen ingång."

"Jag tror den dyker upp när man kommer nära...hoppas jag."

"Är du säker att du vill göra detta?" Torben tvekade när de närmade sig den stora klippan.

”Ja, det måste gå. Jag kan inte leva om jag inte försökt rätta till detta!”
Torben och Virgo visste båda att det inte var lönt att fråga mer.

Vid det mindre klippblocket stannade de, det som var närmast kupolen. Några
ytterligare steg och de anade att de skulle bli nedskjutna av de kulsprutor som var
inbyggda längs kupolens nederkant. Stenarna låg på en linje som pekade snett in
mot sfären. Mio skulle vara tvungen att gå långt i ett område med sand och jord
där minsta felsteg skulle betyda en ögonblicklig död. Virgo satte upp långa störar
framför de båda klipporna, för att Mio lättare skulle se hur hon skulle gå.
”Du måste inte göra detta”, förklarade Torben.
”Jo, jag måste försöka!” Svarade Mio bestämt.
”Vill du jag ska följa med?”
”Ja, men du vet inte hur man rör sig därinne, du hittar inte när vi väl kommit in.”
”Men kommer du inte bli avslöjad?”
”Jag har en vän som kommer att hjälpa mig.” Det sista sa Mio med en viss tvekan,
och hon hoppades att inte Torben lade märkte till det. ”Det är lugnt, det kommer
att gå bra.”
Med en pil beredd på långbågen stod Virgo och följde Mio med blicken när hon
med försiktiga steg vandrade in i det livsfarliga området. Han visste att hans pil inte
kunde stoppa de vapen som skulle kunna dyka upp, men det kändes ändå bättre att
hålla i bågen än att handlöst titta på. Saskia satt bredvid och flåsade, hon hade blivit
tillsagd att inte följa efter.
Svetten rann i pannan på Mio när hon trevande gick in i den förbjudna zonen.
Det är lätt att gå rakt om man vill gå rakt, men måste man gå rakt är det svårare.
Ofta tvingades hon titta bakåt och korrigera sin riktning med klipporna bakom sig.
Steg för steg. Innan hon satte ned foten kände hon försiktigt med tårna för att inte
kliva på något som skulle kunna få henne att tappa balansen. Kupolen var som en
enorm slät vägg framför henne och den blev bara större för varje litet kliv hon tog.
Där fanns också kameror med ögon som bevakade hennes steg, och automatvapen
beredda att utan tvekan avfyra sin ammunition.
Halvvägs in i dödszonen tog Mio en paus och sneglade på Torben och Virgo som
förskräckt stirrade på henne.
”Det går finfint!” ropade Virgo.
Nu är det inte långt kvar, tänkte Mio och klev försiktigt vidare. Några mystiska
ljud fick Mio att stanna upp och stirra på kupolens vägg som nu sträckte sig rakt
upp framför henne.
”Vad är det?” ropade Torben.
Men Mio tordes inte svara, istället kom en försiktig tumme upp. Ljuden har nog
inget med mig att göra, tänkte hon och klev vidare med svetten rinnande i pannan.

När det bara var några meter kvar tittade hon upp mot kupolens släta yta. Vad händer nu? tänkte hon. Inte ett handtag, inget nyckelhål, här finns ingenting, bara en slät vägg. Några steg till. Hon lade handen mot ytan bara för att känna på den då ett surrande ljud startade innanför. En lucka stor som en resväska gled åt sidan. Sval frisk luft strömmade ut som belöning för hennes strapats. En skön svalka. I det mörka hålet fanns en lång gång som såg ut att fortsätta i oändlighet.

Mio kravlade in och landade på rygg varvid öppningen förslöts bakom henne. Totalt mörker. Hon försökte öppna för att vinka till sina vänner men luckan var som fastgjuten.

"Jag är okay!!" ropade hon men fick genast känslan att inget hördes till dem där ute. "Vi syns om några dar," sa hon tyst för själv och som förblindad kände Mio på väggarna. Plåten kändes kall och gav ifrån sig ett märkligt ljud när hon tryckte till. Schaktet var smalt och för att undvika slå i huvudet tvingades hon krypa på alla fyra.

Då och då kände hon på sidorna i mörkret för att inte missa någon öppning. Hon visste inte hur länge hon krupit, men knäna värkte och händerna sved när hon kunde ana ett svagt ljus långt framför henne. Äntligen framme? Tyst kröp hon vidare för att skymta ett galler på ena sidan. Ljudlöst rörde hon sig sista biten, för att se. Där nedanför var ett rum, ett servicerum, inte större än att ett par personer skulle kunna gå in och vända. Ljuset bländade men hon kunde se att där stod en android, utan huvud, helt orörlig. Mio väntade. Var den i funktion? Varför står den där?

Plåten som Mio låg på gav plötsligt ifrån sig ett vecklande ljud som plåtar gör ibland. Avslöjad, tänkte hon och försökte backa då en stor smiley dök upp på robotens mage.

"Mio! Jag har väntat på dig. Kom fram! Jag ska hjälpa dig." Det var Leonardo, Mio's robotkompis, och Mio kunde äntligen pusta ut. Att känna en sådan glädje över en maskin förvånade henne, men samtidigt tänkte hon, att Leonardo är inte som en maskin, han är mer levande. Mer mänsklig än många människor.

"Vad jag är glad att se dig igen!" Mio skrattade av glädje, likaså gjorde figuren på robotens mage när han tog bort gallret för att försiktigt lyfta ned flickan på golvet.

"Det kom en signal om att ingången öppnats och då tog jag mig genast hit. Jag förstod att det var du. Numera har jag kontroll över alla kameror och mikrofoner så nu kan vi prata och röra oss fritt."

"Det är helt fantastiskt! Då blir det lättare att genomföra det jag önskat så länge."

"Aha, låter spännande, låt höra!"

***

Mio's två kamrater väntade utanför hela kvällen och natten, men när de inte hört av Mio på morgonen var de tvungna att söka sig vidare, att finna något att äta och dricka. Att gå mot lägren var inte att tänka på, där kunde man bara finna föda genom att arbeta, och arbeta ville de absolut inte. Vi är det fria folket, ingen kan tvinga oss till något, tänkte Torben när de med raska steg lämnade kupolen bakom sig.

Två dagar senare var de tillbaka vid kupolen, denna gång närmare lägren. Det hade varit en lång vandring för att finna föda och ryggsäckarna var nu fyllda med nötter och frukt. På behörigt avstånd gjorde de ett stopp. Framför dem hade ett hav av människor samlats kring stora porten, och fler såg ut att vara på väg. Folket förväntade sig att något speciellt skulle hända, en förändring i deras liv, men ingen visste vad. Förhoppningen var stor att de skulle få mat, eller kanske få komma in i himmelriket?

Torben och Virgo bevakade platsen på avstånd och spanade ofta uppåt kupolen. Vad skulle de göra om Mio kom hängandes under en drönare med magen fylld av guld? Med så mycket folk skulle de aldrig hinna fram till henne. Istället skulle de på avstånd se på hur hon blev dödad och uppsprättad, utan att kunna göra något. Hemska tanke!

Dagen gick men inget hände, ingen drönare syntes till.

På morgonen den tredje dagen hördes mummel från den stora folkmassan. När Torben tittade dit såg han att de stora portarna hade börjat röra på sig.

"Kom fort!" Snabbt packade han ihop sina saker och jagade på Virgo att skynda sig. "Vi måste genast dit. Mio är kanske på väg ut! Vi måste möta henne!"

När de närmade sig folkmassan tog det stopp, det var trångt och det var svårt att ta sig förbi, alla villa ha så bra plats som möjligt. Portarna var nu vidöppna. Hundra tusentals personer ropade och trängde ihop sig än mer.

Långbågen och pilarna gav inte längre den respekt som deras vapen framkallat de första dagarna. Det två jägarna tog sig inte längre framåt då Torben såg Mio komma gående ut genom porten. Det var inte bara Torben och Virgo som tyckte hon såg ut som en ängel i den vita särken, en liten ängel utan vingar.

"Mio! Här är vi!" Han ropade allt vad han orkade men Mio hörde inte för allt oväsen. Bakom Mio kom en android gående och folkmassan tystnade för en kort stund. Den huvudlösa roboten hjälpte Mio upp på en husvagn och alla väntade med spänd förväntan på vad som nu skulle ske.

Torben och Virgo kämpade för att ta sig närmare, en bit i taget. Mio börja tala men de kunde inte urskilja vad hon sa.

"Tala högre!" En kille bredvid dem busvisslade. "Vi hör inget!"

Folkmassan trängde sig in genom porten och Mio viftade för att de skulle gå tillbaka. Ett par killar tog sig upp på husvagnen trots att roboten jobbade hårt med att hålla folkhopen borta. Torben och Virgo lyckades tränga sig närmare och kom fram precis när Mio knuffade ned angriparna från taket.

"Vi är här, vi hjälper dig!" Torben ropade och kände en varm lycka sprida sig i kroppen när han tittade på den unga flickan som kämpade med att hålla folket borta från taket.

Plötsligt stannade allt upp, folkhopen tystnade. Det lät som om ett flygplan var på väg ut genom porten och de som tagit sig in rusade förskrämda ut. Oljudet ökade i styrka, folk skrek och trampade på varandra.

Tusentals drönare vällde ut genom porten och fler var på väg. Likt en enorm bisvärm fyllde de lufthavet, det svarta molnet svävade över folkhopen. Växte större och större.

Folk vrålade och skrek, vände sig mot flickan på taket.

"Du har lurat oss! Du ska döden dö!"

Stenar kom flygande i luften och hennes två vänner kämpade hårt med att hålla borta folkmassan.

Androiden stod helt stilla, som om den gett upp då hela molnet av drönare samlades ovanför Mio. De flygande farkosterna formerade sig och skapade en enorm kopia av flickan som stod där ensam på husvagnen. Stor som en skyskrapa följde de hennes minsta rörelse, en svart jätte i form av en människa. Leonardo styrde drönarna och fick dem att kopiera flickans rörelser. Högtalare var synkade och när Mio höjde rösten ekade hennes röst över världen. Ingen kunde undgå att höra vad hon sa.

NI BEHÖVER INTE ARBETA LÄNGRE!

Folkhavet tystnade, häpna över den svarta varelsen och den dånande rösten. Vad menade flickan? Klart vi måste arbeta, hur ska vi annars få mat?

OM NI VANDRAR NÅGRA VECKOR BORT FRÅN KUPOLEN BLIR MOLNTÄCKET TUNNARE OCH DÄR FINNS MAT, MÄNGDER MED OLIKA GRÖDOR, FRUKT OCH NÖTTER. DÄR ÄR ALLT FRITT, DET ÄR BARA ATT TA FÖR SIG AV JORDENS ENORMA SKAFFERI.

Burop hördes, men många visste inte vad de skulle tro, tysta stod de och väntade att det skulle hända något mer. Var detta allt? Knåpar-Willy gillade inte alls det han hörde. Guldet som han skulle kräva in var bortglömt och istället började han att jaga på sina män. Den här farliga kvinnan måste stoppas.

"Det är ljug! Där finns ingen mat, inget kött." Willy försökte göra sig hörd men bara hans egna män lyssnade på honom.

"Om ni inte arbetar kan ni inte få någon mat, så enkelt är det! Döda henne!"

En av livvakterna tog sig upp på husvagnen men Virgo satte en pil rakt genom halsen på mannen innan han hann fram till Mio.

IBLAND TITTAR SOLEN FRAM OCH GRÄSET VÄXER I RYSANDE FART. SNART FINNS OCKSÅ DJUR SOM BETAR PÅ DESSA MARKER. DJUR SOM NI KAN JAGA OCH DÖDA SÅ NI OCH ER FAMILJ KAN ÄTA ER MÄTTA.

Nu började det jublas.

MEN....!

Denna enorma svärmar-figuren satte armarna i kors och tittade ut över folkhopen. Det här betydde mycket för Mio, det här var mycket viktigt att hon fick detta sagt.

NI FÅR ALDRIG HÄNGNA IN, FÄNGSLA, TJUDRA ELLER FRIHETSBERÖVA NÅGOT DJUR! DJUREN SKA VANDRA FRITT PÅ JORDEN, PRECIS SOM NI ÄR FRIA MÄNNISKOR. INGEN KAN HELLER ÄGA MARKEN VI GÅR PÅ, JORDEN TILLHÖR ALLA!

"Hon luras" vrålade deras tidigare ledare. "Ni kommer alla att svälta till döds! Det finns inga djur!" Hans vakter tittade förvånat på honom, men vände snabbt blicken upp mot flickan på husvagnen.

MEN NI SKA FÖRSTÅS JAGA OCH DÖDA DJUR SÅ NI KAN ÄTA ER MÄTTA!

Nu kom återigen jublet. Alla började förstå att Knåpar-Willys tyranni höll på att ta slut.

LÅT NU DJUREN SPRIDA SIG ÖVER JORDEN! JAGA SEDAN DET NI BEHÖVER FÖR ATT BLI MÄTTA OCH HÅLLA ER FRISKA! JORDEN ÄR ERT SKAFFERI, INGEN KAN ÄGA DET, DET TILLHÖR ALLA OCH SKA SÅ FÖRBLI!

En vilsen get dök upp i portöppningen. Förskräckt tittade den på folkmassan som gapande stirrade tillbaka. Några killar försökte fånga den varvid geten hoppade tillbaka in genom porten.

Då kom mullret, dånet. Tusentals hovar som klampade uppför gången mot friheten. Ljudet blev starkare och starkare. Ut kom en hord med kreatur som alla kämpade och trängdes för att ta sig ut till friheten. Folkmassan backade förskräckta undan och beredde väg för djurflocken som stormade fram. Tusentals kor passerade, sedan kom grisarna, och fåren, hur många som helst, sedan getter så långt ögat kunde se. En flock vita kaniner rusade ut, likt ett enormt snötäcke spred sig djuren längs marken. Därefter kom gässen, ankorna och tusentals höns som kacklade och flaxade med vingarna. Dammet yrde och folk kunde knappt se eller förstå vad som höll på att hända. Det verkade aldrig ta slut. Ut kom även horder av gnuer, zebror, antiloper och till och med elefanter. De slet av sig sina cyklop och rusade ut mot friheten. Leonardo hade även öppnat voljären varvid hundratals rovfåglar och andra flygande varelser seglade ut, steg högt och försvann in i molnet. Ett lejon vrålade och förskräckt kröp folkmassan ihop. Cyklopen hängde runt halsen och lossnade när den rusade fram. Fler lejon visade sig, även tigrar och pantrar, och de sprang alla förbi människorna och ut över fälten.

I tumultet hade några djur skadats och dessa fångades in och dödades. Ikväll skulle det bli fest.

När dammet lagt sig skingrades folkmassan och de följande dagarna rörde sig alla människor iväg för att söka sig ut i världen och friheten. Torben och Virgo hade fått visa sina långbågar och instruerat många ungdomar i bågskyttets ädla konst.

Leonardo hade försvunnit in genom porten kort efter att djuren lämnat fängelsehålorna. Mio's tal med den enorma drönar-jätten skulle han spara och använda när han framöver tänkte frigöra djuren i världens alla kupoler. Men Mio verkade ändå inte riktigt nöjd.

”Hur är det med dig? Torben satte sig ned bredvid Mio som suttit länge och tittat ut över det ödsliga landskapet.

”Är allt inte bra nu när alla djuren och människorna är fria? Fattar du vad du gjort? Du är helt enastående!”

”Ja, men kan man lita på att det kommer att fungera? Kanske någon hägnar in några djur, kallar marken för sin, lurar folk att arbeta för dem. Skapar ännu större farmar och snart har vi samma helvete igen med arbete, pengar och miljardärer som samlar på sig än mer och mer. De söker makt och folk luras att arbeta åt dem hela sitt liv. Då är vi tillbaka till fängslade djur, arbetslöshet, svält, orättvisor, våld och krig. Det är helt sjukt! Det får inte bli så igen!”

”Vi kan nog inte göra mer just nu?”

Mio satt tyst en stund för att sedan skina upp som en sol. "Jo, det kanske kan gå!"

"Vadå? Ännu en otrolig idé?"

"Ja, men jag måste in igen. In i kupolen. Vänta på mig härute. Lova det. Lova att vänta på mig!"

"Vi stannar här. Kanske vi drar iväg och fixar något att äta, men vi kommer alltid tillbaka. Vi lovar!"

Mio sprang mot den stora porten. Ställde sig framför den och ropade. "Leonardo!" Leonardo!"

Efter en lång stund öppnades portarna och Mio sprang in, helt orädd.

Kvällsmålet bestod av de sista frukterna från deras ryggsäckar. Brasan var inte stor, men den behövde inte vara större och det var svårt att hitta något att elda, om man nu inte ville elda husvagnsinredningar, tält och annat skräp.

"Hon sa inte hur länge vi skulle vänta?" Virgo tittade upp mot den lysande kupolen.

"Vi vandrar iväg i morgon och kommer tillbaka så fort vi kan."

En vecka senare var de tillbaka vid kupolen. Vandringen hade varit lång men de var båda vana vandrare. Tre dagar hade det tagit att nå de gräsbevuxna vidderna men det visade sig vara väl värt mödan. De hade bland annat fångat var sin kanin. Fantastiskt gott. För Virgo var det första gången han åt något annat djur än råtta. Saskia verkade också väldigt nöjd.

Mio syntes inte till när de närmade sig den stora porten. Torben tittade upp mot kupolen. Varje gång han gjorde det blev han orolig för flickan. Han kände stor saknad.

Högt däruppe öppnades plötsligt en lucka och båda tittade förskräckta upp.

"Kommer Mio där uppe?" undrade Virgo oroligt.

"Nej, jag hoppas inte det!" Torben darrade på rösten.

"Men skulle hon komma hängandes under en drönare så är det inte så farligt. Vi kan ta emot henne."

"Ja, det förstås, det finns inga här som kan sprätta upp henne."

Mannen tittade ned på sin grabb. "Fy vad du säger! Men kommer hon ut den vägen har hon nog inte lyckats med det hon företagits sig och vill säkert in igen!"

"Inte bra! Inte alls bra!" Virgo skakade på huvudet.

"Den flickan ger inte upp så lätt!" sa Torben med saknad i rösten.

Men inget hända, ingen Mio kom utflygande. Genom molnet skymtade ett flygplan och hundratals drönare flög istället ut och fångade upp den flygande farkosten. Dånet övergick till ett evinnerligt surrande.

”Kan hon inte vara klar snart och komma ut så vi får sticka härifrån, jag ogillar stället, det ger mig rysningar,” suckade Virgo samtidigt som planet försvann in genom en öppning långt där uppe.

Deras väntan blev inte lång. Följande dag trippade Mio ut ur sfären, via den stora porten. De gamla slitna kläderna hon haft tidigare var tvättade och lagade, hon sken, så här vacker hade de aldrig sett henne. Saskia rusade fram, hoppade och slickade henne i ansiktet.
”Hej, killar, tack för att ni väntat. Nu går vi härifrån! Nu väntar livet, det härliga äventyret!”
”Men berätta, vad är det du har haft för dig därinne?” Torben hade tvingat sig att titta bort och packade ihop sina saker.
”Jag träffade en gammal vän, Elon, han är expert på virus, en virolog. Han har tidigare konstruerat ett virus som gör att alla därinne inte blir sjukt deppiga av sitt meningslösa liv.
Nu har han skapat ett virus som gör att människan inte suktar efter makt och övervåld. Ett virus som förändrar vårt DNA så att vi inte längre är giriga och själviska. Vi människor är alla lite egoister, fullt naturligt, annars skulle vi inte ha överlevt tvåhundratusen år på savannen. Större delen av en tiden har vi levt i små grupper. Det fungerar bra, och om en psykopat skulle ta makten över gruppen har han svårt att behålla den, gruppen är för liten. Men människan fungerar inte när en sådan tyrann tar över ett helt land på flera miljoner människor.
Att vara härsklysten har visat sig mycket dåligt, för alla här på Jorden, allt liv, växter och djur. Dessa gener är inte bra och det här viruset klipper bort detta maktgalna arvsanlag."
”Men hur funkar det!”
”Det sprids i luften, över hela Jorden!”
”Men hur…?”
”Elon och Leonardo, min robot-kamrat, ordnade så att viruset blandas in i bränslet på alla flygplan världen över. Har ni varit med om en riktigt blå himmel?”
Båda herrarna tittade tveksamt upp på de mörka moln som täckte himlen kring kupolen.
”Kanske, det har hänt ibland att en blå himmel har skymtat fram. Varför undrar du om det?”
”Då har ni säkert sett de vita streck som bildas efter planets motorer när de flyger på hög höjd. Det är så det nya viruset sprids, i de vita strimmorna.
Förhoppningsvis ska det inte längre skapas några civilisationer där maktlystna män lurar människor att arbeta åt dem för att skapa märkliga byggnadsverk och maskiner, kanske hela städer bara för sin egen själviskhet. Inga regeringar, politiker, direktörer, styrelseledamöter, miljardärer, poliser eller jurister.”

”Det sistnämnda vet jag inte vad det är?” Virgo kliade sig i huvudet.

”Vad glad för det! När alla är snälla behövs de inte alls! På tal om maktgalna män, Knåpar-Willy, vad hände med honom?”

”Först ville han att hans hejdukar skulle dra hans husvagn, men den satt fast, de orkade inte rubba den. Sedan lastade de allt guld på en släpvagn som de drog iväg, med Willy sittande ovanpå.” Torben kunde inte låta bli att dra lite på munnen när han tänkte på ekipaget.

”Stackars idioter! Ibland vet man inte om människoartens fiasko beror på de rika eller de fattiga?” Mio tittade upp på den enorma vägg som kupolen bildade. ”Bara att det finns fattiga och rika är i sig ett enormt misslyckande, och det är skapat av en art som kallar sig intelligent.”

Tyst stirrande hon uppåt och suckade. ”Hej då, Leonardo, hej då, mamma och pappa, var ni än är. Hoppas den konstgjorda maten kommer att smaka bra. Nu lämnar vi er, nu är jag trött på det här stället.”

När hon vände sig om var det som om kupolen inte fanns längre. ”Har ni min långbåge och pilar?”

”Visst. Men ska vi bara lämna det så här. Behöver vi inte någon som vaktar, så de inte kommer ut?” Torben hade en pil beredd i bågen som om han skulle vilja punktera den stora glasbubblan framför sig.”

”Människorna kommer inte kunna ta sig ut! Till slut kommer det endast vara robotar kvar därinne, och de kommer att inse när det är dags att lägga ner alltihopa. Androiderna kan verka dumma men de är absolut inte härsklystna, det är något som människan är ensam om.”

”Men de kanske vill komma ut?” undrade Virgo.

”Människorna därinne kommer aldrig att förstå, de tror de lever det ultimata livet.”

De tre vännerna vände kupolen ryggen och fick se solen vid horisonten som för en kort stund trängde sig igenom det mörka molntäcket. Mio var lycklig, lycklig som aldrig förr. Nu väntade äventyret, det sanna äventyret, det riktiga livet.

”Vet ni, detta är första gången på tiotusen år som människan är fullständigt befriad från överklassen. Varken naturen, djuren eller människorna behöver längre lida och slita för att bygga upp deras rikedomar.”

THE END

Epilog

Människans framgång, vad innebär det? Alla civilisationer före oss har gått under och tur är väl det. De är alla exempel på människans tillkortakommanden. Vi hänförs lätt över att några präster eller smått sinnessjuka makthavare lurat sitt folk att arbeta, upprätta städer med storslagen konst i överdådiga byggnader, oftast till sig själv och sina närstående. Historiker och arkeologer förtjusas av dessa kvarlämningar, men det är inte dessa kulturer vi ska vara stolta över. Den större delen av tiden som människan levt på Jorden har vi inte lämnat dessa avtryck, det är då och endast då som vi levt med naturen i samspel med de andra djuren på vår planet. Hade samspelet fortgått skulle vi kunna leva vidare och njuta av Jorden, i flera hundra tusen år till. Flera miljarder människor hade fått leva i frihet, utan arbete och förtryck.

Stolta ser vi oss som den sanna civilisationen, den som slutligen lyckades, men skärskådar vi oss är vi pinsamt dåliga på att fördela jordens resurser och rikedomar, vår intelligens till trots. Vi utarmar Jorden och den här gången drar vi tyvärr med oss hela planeten i vår kollaps.

Då har civilisationerna före oss lyckats betydligt bättre eftersom de överlämnade en relativt orörd planet efter sig, deras bearbetade stenblock har inte gjort någon större skada.

När jag ser all miljöförstöring på Jorden blir jag ledsen, mycket ledsen. Börjar nästan gråta. Vad kan vi göra? Man vill ge upp, det finns inte längre någon återvändo. Människan kommer att fortsätta utrota Jordens djur, alltfler för varje år. Vi kommer att fortsätta hantera dem under vidriga former, några inlåsta, andra i kätting och alltför många i alldeles för små burar. Hur kan det komma sig att människan, som en art bland många på Jorden, tillåts hålla andra arter fängslade, djur som är helt oskyldiga? En självutnämnd härskare, som inget annat djur har bett om. Det skulle aldrig hålla i en rättegång. Om det fanns en universell domstol i Vintergatan skulle den här apan åka fast ordentligt, garanterat livstid, troligen dödstraff.

Vi sprider plast och skräp överallt, dumpar skiten i havet.

De stackars djuren som vi delar vår planet med vet inte bättre och kämpar för att överleva bland de gifter vi sprider omkring oss. Stackars dem. Helt oskyldiga. Det är som om en del människor inte förstår att djuren också har en själ, ett jag, som tänker, de existerar, precis som du och jag. Ändå fortsätter vi att smutsa ned vår planet. Koldioxidhalten i atmosfären ökar i allt snabbare takt och det kommer att sluta illa för oss alla. Mycket illa. Det är oundvikligt.

Världshaven stiger, skogsbränder kommer att ödelägga allt. Svält, krig och katastrofer. De som kan göra något, de superrika och deras lakejer, politikerna, ser inte längre än till sin egen plånbok. De gör inget, tvärsom, de driver på detta vansinne. Det är synd, väldigt synd. Jag blir så ledsen, fortsätter gråta. För Jorden är en fantastisk planet. Så underbar, så vacker. Den var som gjord för oss. Vi har under lång tid levt i symbios med djuren och naturen på Jorden.

Men inte nu längre.

Men misströsta ej. När jag blir deprimerad över hur vi missköter Jorden brukar jag tänka att Universum är stort, oerhört stort. Det finns miljoner planeter därute som är fulla av liv. Några är helt täckta med vatten, en enda stor ocean, där fiskar och andra varelser lever och har levt där i miljoner år. Märkliga hajar, och jättebläckfiskar simmar i djupet bland plankton och småfisk.

Det finns andra planeter, som liksom vår, har landmassor där växter och landdjur frodas. Några är större än Jorden. Där finns djur med bastanta ben, som elefanter, för att klara den kraftiga gravitationen. Andra planeter är mindre än Jorden och där kryllar det av spindlar stora som lejon. Gräshoppor stora som hästar. Gigantiska trollsländor fyller himlen under deras soluppgång. Insekter surrar överallt i enorma regnskogar. Vilken underbar tanke. Vilka fantastiska världar det finns. Jag blir lycklig när jag tänker på dem.

På dessa planeter finns inga människor som förstör bara för att tjäna pengar, eller fyller haven med plast av lathet och oförståelse. Allt detta liv är mångt mycket större än den krympande lilla skara vi har här på Jorden. De här fjärran platserna är också säkra, helt säkra, för människan kommer aldrig någonsin kunna nå dem.

Författaren

Följ mig på

www.gadnell.com

www.ingramcontent.com/pod-product-compliance
Lightning Source LLC
Chambersburg PA
CBHW061422160726
47995CB00003B/721